Gefühlvoll

EINE ZWEITE CHANCE FÜR DIE LIEBE

KATRINA VERDE

Was bisher geschah

Der Sommer am Naschmarkt geht weiter! Vielen Dank, dass Du den dritten Teil meiner „Sinnvoll“-Serie liest! Du musst die ersten beiden Teile der Serie nicht gelesen haben, um dieses Buch unterhaltsam zu finden.

Damit Du in jedem Fall unkompliziert einsteigen kannst (oder damit Du Dich an die bisherigen Geschichten erinnern kannst, falls Du die ersten beiden Teile schon vor Längerem gelesen hast), hier ein kurzer Abriss der wichtigsten Personen und Geschehnisse:

Im ersten Teil der Reihe, „Genussvoll“, zieht der Koch Fred in die Nachbarwohnung von Eliza ein und inmitten von Kirschküssen, Kaffeetrüffeln und zahlreichen genussvollen Momenten lernen sich die beiden kennen. Und lieben.

Im Zuge des ersten Bands verliert Fred seinen Job als Koch in einem Szenelokal, lernt aber über Eliza den Bäcker Ivo kennen, mit dem er schlussendlich gemeinsam das Bistro *Endlich satt* eröffnet.

Im zweiten Teil der Serie, „Handvoll“, kämpft Ivo um Rosas Herz, unter anderem mit Vanillecroissants und täglichen Spaziergängen über den Naschmarkt. Rosa wohnt mit ihrer Tochter Viola im gleichen Haus wie Fred und Eliza, aber erst ein gemeinsamer Ausflug in die Wachau (und sehr viel 80er-Jahre-Musik) lässt die beiden auf ihr Happy End zusteuern.

Dieses Buch hier startet ein gutes Jahr nach Ivos und Rosas Geschichte und wir kehren unter anderem häufiger ins *Endlich satt* zurück. In Freds und Ivos Bistro arbeiten ein junger Student, den alle Herr Andi nennen, und Lavendel, mit dem sich Ivo während seiner Frühschichten in der Backstube angefreundet hat, nachdem Lavendel (im zweiten Teil der Serie) immer wieder im Hinterhof des Lokals die Morgenstunden abgewartet hatte.

So zurückhaltend Lavendel allen Menschen gegenüber anfänglich ist, so unmittelbar scheint seine Freundschaft zu Herrn Andi zu sein. Oder vielleicht sind es auch einfach nur Frühlingsgefühle ...

Im Zentrum dieses Buchs hier steht jedenfalls Freds bester Freund Lonny, der eigentlich immer sehr entspannt wirkt. Und der bekannt ist für seine selbst gebrannten Schnäpse, die meist Freds Abenteuer begleiten ... oder auslösen – aber das ist eine andere Geschichte.

Und weil in meinen Büchern immer die Rede vom Naschmarkt-Grätzl ist: In Wien ist ein Grätzl ein kleiner Stadtteil innerhalb eines Bezirks, hier eben die unmittelbare Gegend rund um den berühmten Wiener Naschmarkt mit seinen Obst- und Gemüseständen, wo die frische Ware lauthals feilgeboten wird und man in einer Duftmischung aus Gewürzen und frischen Blumen und Schokolade und Obst und Käse und Falafeln und vielem, vielem mehr durch die engen Gänge lustwandeln kann.

In diesem Sinne wünsche ich Dir eine genussvolle Reise ins sommerliche Wien und viel Spaß beim Lesen!

Katrina Verde - Wien, im Juni 2023

Prolog

LONNY

Juli 2005, kurz vor den Sommerferien

Ushers „Yeah" drang durch die Tür, wann immer irgendeiner meiner Schulkollegen aus dem Lokal nach draußen stolperte. Es war zwar spät, aber immer noch nicht gänzlich finster, und seit geraumer Zeit konnte man bei den meisten meiner Freunde die Art der Fortbewegung tatsächlich nur mehr als ein Stolpern bezeichnen.

Es würde eine lange Nacht werden.

Vor allem, wenn mich Birdie noch länger warten ließ.

Ich sah ungeduldig die Straße auf und ab. Und nochmals

hinauf und wieder hinab. Aber es war einfach niemand zu sehen.

Der DJ wechselte zu einem anderen Song und lautes Jubeln tönte auf die Straße. Die Tür hinter mir öffnete sich ein weiteres Mal und wieder spülte es einige Leute auf die Gasse, Gläser in Händen. Stolpernd.

„Auf den Sommer!", brüllte mir mein bester Freund Fred lauthals ins Ohr, warf seinen Arm um meine Schulter und sprang neben mir auf und ab. Wie im Fußballstadion.

Ich sprang mit. Warum auch nicht?

„Das werden die besten Ferien aller Zeiten!", brüllte Fred und eine kleine Runde neben der Tür stimmte ihm grölend und mit erhobenen Gläsern zu.

„Warum trinkst du nichts?", fragte mich Fred, als sich die Menge wieder beruhigt und ihren eigenen Gesprächen zugewandt hatte.

Ich hielt ihm meine halbvolle Bierflasche als Antwort unter die Nase.

„Birdie kommt gleich …", sagte ich und um Freds Augenrollen nicht sehen zu müssen, drehte ich mich weg, klappte mein Telefon nochmals auf, als hätte ich in den vergangenen 35 Minuten nicht schon jeden erdenklichen Augenblick das Display kontrolliert.

Aber nichts. Kein SMS. Kein Anruf.

„Alter", fing Fred sofort mit der gleichen Litanei an, die ich mir seit ein paar Wochen täglich anhören durfte. Freds Frühlingsliebschaft mit Susanne aus der Parallelklasse hatte es von den Osterferien gerade mal bis Pfingsten geschafft und nach einigen Tagen des Schmollens hatte Fred beschlossen, dass die Trauerphase vorbei war – und hatte somit gleichzeitig den besten Sommer aller Zeiten ausgerufen. Fred war jetzt Single – und am liebsten wäre es ihm, wenn ich es auch wäre.

Aber Birdie und ich hatten endlich mal eine gute Phase.

Ich kannte Birdie schon so lang, dass ich mich an gar keine Zeit ohne sie erinnern konnte. Birdie war in der gleichen Gruppe meines Kindergartens, sie saß in der Volksschule vier Jahre lang drei Reihen hinter mir und wir gingen fast täglich etwa zwei Drittel unseres Schulwegs gemeinsam.

Als wir uns mit zehn Jahren am ersten Tag im neuen Gymnasium vor der Schule trafen und niemanden, niemanden, niemanden kannten, waren wir verwirrt und schüchtern (zumindest ich) nebeneinander stehen geblieben, bis wir erfuhren, in welche Klassenzimmer wir zu gehen hatten. Birdie hatte immer schon mehr Überblick als ich gehabt und so hatte sie mich an diesem einen ersten Schultag an der Hand genommen, während wir uns durch die Menge an Schülern durch das breite Stiegenhaus ins Schulgebäude geschoben hatten.

Erst im Klassenzimmer trafen wir alte Bekannte aus unserer bisherigen Schule wieder, aber da hatte Birdie für uns bereits einen Tisch ausgesucht und so saß ich seither jedes Jahr in jedem Klassenzimmer neben ihr, immer am mittleren Tisch an der rechten Wand. Birdie behauptete, das wäre der beste Platz im Klassenzimmer. Man hätte den gesamten

Raum im Blick und wäre dennoch mittendrin im Geschehen.

Mir war es nur recht, ich verschlief die halben Schulstunden ohnehin zumeist – und da war es perfekt, am Platz zwischen Birdie und der Wand gut gestützt vor mich hinzudösen.

In den meisten Jahren, seit ich Birdie kannte, hätte ich vermutlich kein einziges Mal behauptet, dass wir Freunde waren. Wir sprachen nicht einmal sonderlich häufig miteinander, außer die üblichen organisatorischen Dinge, wie man sich eben in der Schule unterhielt.

„Die Mathehausübung war soo schwer, oder?“ (Birdie)

„Mmmh.“ (ich)

„Darf ich sie abschreiben?“ (Wieder ich, fünf Minuten später.)

Seit ein paar Jahren trafen wir uns auch nicht mehr regelmäßig auf dem Schulweg, was hauptsächlich an meiner Wecker-Intoleranz lag, die mich täglich verschlafen ließ.

Nicht, dass ich großartig was verpassen würde in den ersten fünfzehn Minuten nach dem Läuten.

Aber obwohl wir eher gewohnheitsmäßige Sitznachbarn als Freunde waren, hatte es Birdie geschafft, bei all meinen relevanten Meilensteinen der vergangenen Jahre eine zentrale Rolle zu spielen.

Sie saß im Publikum, als ich den ehrgeizigen Toni das erste und einzige Mal im 100-Meter-Lauf besiegt hatte.

Sie war dabei, als es mich im Schikurs auf der Buckelpiste zerlegt hatte. Und sie war es auch, auf die die Flasche zeigte, als ich am selben Schikursabend beim Flaschendrehen das erste Mal jemanden küssen sollte.

Im nächsten Schuljahr gratulierte mir Birdie als erste zu meinem sensationellen Sehr Gut auf die erste Lateinschularbeit und tröstete mich mit einem nonchalanten Schulterzucken über meine erste verhaute Matheschularbeit hinweg.

Sie war natürlich auch dabei, als ich mir nach meinem ersten Liebeskummer-Rausch (nach einem intensiven Sommerflirt im Italienurlaub) die Seele aus dem Leib gekotzt hatte. Und dann auch Jahre später wieder, nachdem ich mithilfe von Bier vergessen wollte, dass die Wiener Austria die Fußball-Meisterschaft gewonnen hatte. Was im Rückblick der fast nachhaltigere Schmerz gewesen war als der Kater am nächsten Tag.

Es war genau drei Tage nach diesem grauenhaften Fußballdesaster gewesen, als Birdie und ich uns das erste Mal geküsst hatten. So richtig. Ganz ohne Flaschendrehen.

Die ganze Stadt war damals vom traditionellen Maiaufmarsch weiter in den Prater gezogen, nur wir hatten uns durch die Innenstadt treiben lassen, ziellos und planlos. Birdie hatte ständig vor sich hin geplaudert, ständig irgendetwas erzählt: Sie hatte die in den Auslagen ausgestellte Kleidung besprochen, sie hatte von einer Freundin berichtet, die angeblich unsterblich in Fred verliebt war (wobei ich mir sicher war, dass Fred die Freundin nicht einmal kannte, aber das war eine andere Geschichte). Und plötzlich, mitten in der Dorotheergasse, hatte sich Birdie zu mir umgedreht und gesagt: „Du weißt, dass alle behaupten, wir seien zusammen, ja?"

„Warum?", hatte ich gefragt, ein deutliches Zeichen meiner Intelligenz und auch meiner sozialen Kompetenz. Ich hatte meine Augen verdreht und über mich gelacht, dann den Kopf geschüttelt, meine Schultern geschüttelt, alles im Versuch, das plumpe „Warum?" ungeschehen zu machen.

Aber Birdie hatte bereits die Stirn gerunzelt und mich streng angesehen. „Warum nicht?"

„Du magst mich ja nicht mal besonders!", hatte ich zurückgegeben.

Für ungefähr eineinhalb Sekunden war Birdie sprachlos – ein Novum in unserer gemeinsamen Geschichte.

Dann hatte sie aufgelacht und sich langsam nach vorn gebeugt ... und, wie soll ich das am besten beschreiben? Das Flaschendrehen war bei Weitem nicht vielversprechend genug gewesen.

Ich gab alles, was ich an Kusstechnik bis dahin erlernt hatte und ich hätte schwören können, dass jemand auf der anderen Straßenseite anerkennend gepfiffen hatte. Voller Stolz wollte ich einfach gar nicht mehr aufhören, Birdie zu küssen, aber sie hatte sich irgendwann doch mit roten Wangen zurückgelehnt und mir auf die Schultern geklopft. „Müssen wir ja niemandem erzählen, dass wir uns jetzt auch küssen", hatte sie dann gesagt und meine Hand genommen.

Im darauffolgenden Sommer, der wenige Wochen später begonnen hatte, küssten Birdie und ich uns an den meisten Abenden, nachdem wir Pfirsichspritzer getrunken hatten, heimlich hinter dem Lokal und dann nochmals auf dem Nachhauseweg.

Und wir küssten uns gut versteckt im Stadionbad hinter der Umkleide, bis uns der Bademeister wieder ins Wasser scheuchte.

Wir küssten uns, wann immer Birdie zufällig bei mir zu Hause oder im Café meines Vaters vorbeigekommen war. Obwohl ich mir heute nicht mehr so sicher war, wie „zufällig" ihre Besuche damals tatsächlich waren.

Im darauffolgenden Schuljahr saßen Birdie und ich wieder nebeneinander. Selbst dann noch, als sie wenige Tage nach Schulbeginn Hand in Hand mit dem ehrgeizigen Toni ins Klassenzimmer kam und mir mitten in der Geschichtestunde flüsternd erklärte, wie verliebt sie doch in den Toni sei und wir uns deshalb nicht mehr küssen dürften.

Noch bevor ich antworten hatte können, wurde ich zu einer mündlichen Wiederholung aufgerufen, die ein Desaster für sich war.

Fred, der als einziger von unserer heimlichen Küsserei Bescheid gewusst und diese den ganzen Sommer über kopfschüttelnd begleitet hatte, schüttelte auch an diesem Tag nur seinen Kopf und murmelte etwas, das er in den vergangenen Wochen von Sydney Bristow in „Alias" gelernt hatte – Freds damalige Quelle aller Lebensweisheiten.

Birdie und ich küssten uns in den darauffolgenden Jahren weiterhin immer wieder mal. Natürlich ebenso an jenem Abend im November, nachdem sie vom ehrgeizigen Toni verlassen worden war. Aber auch sonst ab und zu, ganz ohne Grund und Anlass. Manchmal war es ein kalter Dezembernachmittag gewesen und wir hatten uns auf dem Heimweg von der Schule getroffen. Manchmal war Birdie auch einfach bei mir vorbeigekommen und hatte ihre Hausübungen gemacht, während ich Musik gehört hatte.

Diese Küsse waren mir immer die liebsten gewesen. Birdie war ans Fußende meines Betts gelehnt mit verschränkten Beinen gesessen, hatte sich irgendetwas notiert, herumgeblättert und nachgeschlagen. Ich hatte ihr einfach zugesehen, während aus meinen Kopfhörern U2 dröhnte. (Ich ging damals durch eine exzessive U2-Phase, was – wie sich herausstellte – der perfekte Soundtrack für die Zeit mit Birdie war.)

Mit Bono im Ohr sah ich zu, wie sich Birdies Stirn immer wieder mal kurz in Falten legte, wie sie leicht auf ihre Unterlippe biss, während sie etwas nachschlug, und wie sich ihr Gesicht aufhellte, bevor sie weiterschrieb. Manchmal drehte sie ihre langen blonden Haare erst um ihre Finger, dann ums Handgelenk, bis sie den Knoten schließlich mit einem Haargummi und mehreren Bleistiften auf ihrem Hinterkopf fixierte.

Irgendwann inmitten ihrer Konzentration hatte sie jedoch immer auch ihre Bücher zur Seite geräumt und sich langsam neben mich gelegt. Sie hatte ihr Ohr an meine Kopfhörer gehalten und mir dann zugelächelt.

„Du bist so anders“, hatte sie an einem dieser Nachmittage geflüstert und mich dann ganz sanft, ganz zärtlich geküsst.

Beinahe hätte ich vergessen, weiterzuatmen, meine Sinne und mein Verstand waren gleichermaßen ausgeschalten. Überfordert.

. . .

Fred hatte nur die Augen verdreht und den Kopf geschüttelt, wann immer ich von Birdies Küssen erzählt hatte.

Irgendwann während des aktuellen Schuljahrs hatte sich aber dann schließlich doch etwas verändert. Vielleicht lag es daran, dass Birdies Großmutter in die Wohnung ihrer Familie gezogen war. Vielleicht lag es an den Weisheiten von Lorelai Gilmore, die die ganze Schule seit Monaten in jedem Augenblick zu zitieren schien (Fred allen voran, natürlich).

Jedenfalls küssten Birdie und ich uns nicht mehr nur heimlich, sondern sogar am Schulhof und in der Pause. Auf dem Nachhauseweg und an allen Nachmittagen, an denen Birdie ihre Hausübung am Fußende meines Betts machte.

Seit Februar waren das sehr, sehr, sehr viele Nachmittage gewesen.

Aber nun, heute, an diesem Abend wenige Tage vor dem Beginn der Sommerferien, ließ sie auf sich warten und auch wenn Fred wieder nur den Kopf schüttelte und die Augen verdrehte, nagte in meinem Bauch ein unangenehmes Gefühl, das ich nicht kannte. Es war beinahe so, als wäre ich genervt. Ähnlich genervt wie an jenen Abenden, an denen ich meine Eltern durch die Zimmertür, durch die Kopfhörer hindurch, über Bonos Stimme hinweg streiten hörte.

Aber das passte nicht zusammen, also nippte ich an meinem Bier und versuchte Fred auszublenden, der mir jedoch mehrmals gegen die Schulter stieß.

„Alter …“, raunzte ich. Genervt, eben.

„Schau doch“, sagte Fred und deutete die Straße hinauf.

Eine Gruppe Menschen kam auf uns zu und ich erkannte Birdie sofort. So wie ich auch den ehrgeizigen Toni gleich erkannte. Und den Arm, den er weitaus mehr als freundschaftlich um sie gelegt hatte.

Ich starrte auf die Gruppe, regungslos, blendete Freds wütendes Schnauben und rechthaberisches Seufzen aus. Ich wollte nicht hören, dass er recht gehabt hatte. Natürlich hatte er recht gehabt.

Natürlich waren die vergangenen Wochen wieder nur eine Phase gewesen.

Die schönste bisher, aber eben mit Ablaufdatum. Wie immer.

Wenige Meter vor mir blieben Birdie und der ehrgeizige Toni stehen und küssten sich mit einer Intensität, als hätten sie seit dem Frühstück nichts mehr gegessen. Die anderen Leute zogen an Fred und mir vorbei, ein oder zwei klopften mir mitfühlend auf die Schultern. Birdies Freundinnen kicherten hämisch.

„Lass uns gehen", sagte Fred und zog an meinem Oberarm. Ich schüttelte ihn ab.

Machte einen Schritt.

Dann noch einen.

Ich fühlte meine Beine kaum, die Kniekehlen schon gar nicht.

„Birdie", sagte ich mit überraschend ruhiger Stimme.

Birdie löste sich aus der Schmuserei, aber nicht aus der Umarmung. Ihr Blick war ähnlich glasig wie der von allen rund um uns herum.

Sie sah mich und lächelte.

„Apollon“, sagte Birdie dann, nannte mich bei meinem verhassten vollen Namen. „Der Gott des Frühlings …“

„Unter anderem“, antwortete ich aus einem Anfall von wahnwitziger Rechthaberei heraus, fing mich aber gleich wieder: „Was soll das?“

„Was meinst du?“, fragte sie mich, immer noch die Arme um den ehrgeizigen Toni gelegt, der mittlerweile ihr Kinn aufzufressen schien.

Ich deutete wild auf die beiden.

„Na, die Sommerferien gehen jetzt los!“, erklärte Birdie, als würde all das Sinn machen. Dann zog sie den ehrgeizigen Toni hinter sich her ins Lokal.

Als ich um kurz nach Mitternacht nach Hause kam, schlich ich mich so leise wie möglich in die Wohnung. Fred und ich hatten bald nach Birdies Erscheinen das Weite gesucht, hatten uns auf dem alten Kinderspielplatz auf die Schaukeln gesetzt und über alles und nichts gesprochen. Fred hatte große Pläne rund ums Essen und erzählte mir von Rezepten, die er unbedingt ausprobieren wollte. Ich hörte ihm nur halb zu, in Gedanken an die unerwartete Wende, die meine Sommerferienpläne vor wenigen Stunden genommen hatten.

In der Küche trank ich im Dunkeln ein Glas Wasser und starrte eine Zeit lang auf die spärlich beleuchtete Straße draußen. Im Haus gegenüber brannte Licht im 5. Stock. Zwei Häuser daneben standen alle Fenster einer Wohnung offen, ganz ohne Licht dahinter, nur ab und zu sah man eine

Zigarette aufglimmen, sich der Dunkelheit entgegenstemmend. In der Wohnung darüber flimmerte es bläulich hinter den Fensterscheiben, hier sah wohl jemand fern. Oder war vor dem Fernseher eingeschlafen.

Als ich mich in mein Zimmer schleichen wollte, sah ich, dass auch aus unserem Wohnzimmer bläuliches Licht flimmerte. Aber meine Mutter war hellwach, als ich meinen Kopf durch die Tür in den Raum steckte.

„Wir müssen reden“, sagte sie und nahm einen Schluck aus einem Weinglas.

Eins

LONNY

Viele, sehr viele Jahre später

Ich schwitzte. Und ich bereute jede einzelne Entscheidung meines Lebens, die mich genau hierher in diesen Moment geführt hatte. In dieses stickige, von der Morgensonne aufgebackene Zimmer, an dessen Wand irgendetwas hing, das mich blendete. Waren das Herzen an Schnüren?

Ich kniff meine Augen zusammen. Irgendwoher musste Luftzug kommen, denn die mutmaßlichen Herzen bewegten sich leicht, reflektierten das Sonnenlicht zum Teil an die Decke und zum Teil direkt in meine Augen.

Und ich schwitzte.

Mein rechter Arm war halb taub und mein Hirn startete nur sehr, sehr langsam in den Tag (der – am Tageslicht gemessen – bereits sehr, sehr weit fortgeschritten sein durfte). Ich bewegte mich leicht und behutsam, erntete dafür aber nur ein Seufzen. Eine Leintuch-gedämpftes Seufzen wohlgemerkt.

Ich unterdrückte ein frustriertes Grunzen, das mir im Hals brannte. Ich musste so schnell wie möglich das Weite suchen, bevor sie aufwachte.

Bevor mir der blitzende und blendende Deko-Vorhang aus Herzen gänzlich das Augenlicht raubte.

Ich robbte langsam und so geräuschlos wie möglich aus dem Bett, fand meine Hose, mein T-Shirt, meine Socken ... verdammt noch mal, wo waren meine Boxershorts? Auf Zehenspitzen balancierend drehte ich mich hin und her, suchte fieberhaft den Boden ab und ließ mich dann sehr, sehr langsam auf meine Knie fallen, um unter dem Bett nachzusehen.

Nichts.

Keine Shorts.

Der ganze Raum war übersät mit Zierpölstern, Kuscheldecken und anderem Unrat, aber meine Boxershorts hatten sich in Luft aufgelöst.

Ich lüpfte die Bettdecke ein Stück weit, dann noch ein Stück, dann noch ein ... und traute meinen Augen nicht!

Irgendwann mitten in der Nacht musste sich die Holde meine Shorts geschnappt und einfach angezogen haben!

Wo gab's denn sowas?

Würde ich jemals in einer nächtlichen Verwirrung nach ihrem Slip ... –

Nein, ich stoppte meine irrlaufenden Gedanken. Die Empörung war es einfach nicht wert. Ich atmete tief durch. Manchmal musste man eben Opfer bringen. Diesmal waren es meine Boxershorts, die ich bedauerlicherweise zurücklassen musste.

Hauptsache, ich kam unbemerkt davon.

Ich trippelte leise durch die Zimmertür nach draußen, durch die restliche Wohnung, obwohl ich davon ausging, dass hier sonst niemand ... –

„Auch schon munter?“, fragte eine biestige, aber amüsierte Stimme links hinter mir.

Ich drehte mich langsam um, zog die Schultern hoch und bemühte mich um ein freundliches Lächeln.

Im Türstock zwischen Vorzimmer und Küche stand eine dunkelhaarige Frau und löffelte aus einem Vanillejoghurtbecher, während sie mich mit hochgezogener Augenbraue musterte.

„Ich schon“, gab ich zurück. „Brüdlgü leider noch nicht“, murmelte ich so unauffällig wie möglich über den Namen der in meinen Shorts schlafenden Holden hinweg.

Das ließ jedoch beide Augenbrauen der Joghurt-Frau in die Höhe schießen. „Du kennst ihren Namen nicht?“, fragte sie mich schockiert.

„Doch, natürlich!“, antwortete ich und lächelte jenes Lächeln, das anstrengende Kundschaft in der Bar, in der ich arbeitete, normalerweise besänftigen konnte. Ich fischte mein Haarband aus der Hosentasche und band mir meine

Haare zusammen. Für einen Augenblick fixierte die Joghurt-Frau meinen Bauchnabel, der wegen des hochgerutschten T-Shirts zu sehen war, dann warf sie mir wieder einen vernichtenden Blick zu.

Es war Zeit, den Rückzug anzutreten.

„Schönen Tag noch!“, wünschte ich der Mitbewohnerin, schlüpfte in meine Turnschuhe und suchte so schnell wie mögliche das Weite.

~

„Du bist zu spät“, grummelte Arthur, gerade als ich mir die Schürze mit dem goldbestickten *Goldie's*-Logo festband. Ich ignorierte ihn und fixierte die Fliege, die wir während der Arbeit tragen mussten. Ich hatte keine Ahnung, wie spät es war, also hatte ich auch keine Ahnung, ob ich pünktlich bei der Arbeit angekommen war. Es war ohnehin egal, die Bar hatte noch nicht geöffnet und die für den Abend nötigen Vorbereitungen konnte ich – sogar verspätet – wie im Schlaf erledigen.

Arthur leitete die Abendschicht im Hotel, zu dem das *Goldie's* gehörte, und ich konnte schwören, dass er jeden Abend, an dem ich Dienst hatte, nur deshalb in unserer Garderobe stand, um mir einen Hinweis zu geben, ob ich zu früh oder zu spät dran war.

Egal, wie man es machte, passte es nicht. Egal, wie *ich* es machte, passte es nicht.

Zum Glück war es den Gästen wenigstens egal, wann ich zur Arbeit erschien, solang die Bar rechtzeitig öffnete und sie den

Rotwein in der richtigen Temperatur serviert bekamen, mit mir über den Espresso fachsimpeln konnten oder versuchten, mich von einer besonderen Tonic-Marke zu überzeugen, von der ich *bestimmt noch nie* gehört hatte. (Spoiler Alert: Hatte ich zumeist sehr wohl. Und es gab einen Grund, warum wir diese Marke nicht führten.)

Die größte Anstrengung bei meiner Arbeit war es jedoch nicht, diese Gespräche zu führen, sondern währenddessen nicht stets einen Gesichtsausdruck zu ziehen wie dieses eine Emoji mit dem schiefen Mund, bei dem nur ein Mundwinkel nach oben ragte.

Meinen zweiten Mundwinkel dazu zu bringen, ebenso nach oben zu zeigen, den Gästen ein freundliches Lächeln zu präsentieren, das war die hohe Kunst des Lebens hinter der Bar.

Und mit diesem Lächeln im Gesicht hatte ich mich heute Mittag schon aus einer fremden Wohnung geschlichen und nun wandte ich mich damit an Arthur, nickte ihm zu und marschierte in die Bar, um meine Arbeit zu beginnen.

Zwei

BIRDIE

Ich schwitzte. Und ich bereute jede einzelne Entscheidung meines Lebens, die mich genau hierher in diesen Moment geführt hatte. In dieses stickige, enge Foyer des Brautmodengeschäfts in der Innenstadt, wo ich auf Vroni zu warten hatte, die gerade das zwölfte Brautkleid anprobierte.

Das zwölfte!

Man konnte fast meinen, sie wählte bereits für ihre zweite oder dritte Hochzeit aus, so viele Modelle standen zur Auswahl.

Noch dazu war der Prosecco warm und hatte in den vergangenen dreißig Minuten deutlich an Sprudel verloren.

Durch den Vorhang, hinter dem Vroni und die Verkäuferin vor siebenundzwanzig Minuten verschwunden waren, drang Stimmengewirr und aufgeregtes Gemurmel, aber es zeichnete sich weiterhin keine Bewegung ab.

Ich stand von dem gepolsterten Stuhl, der den Raum noch wärmer zu machen schien, auf und zählte zum fünften Mal die Anzahl der Schritte zwischen dem Verkaufsraum und dem Vorhang. Dann zählte ich die Schritte zwischen Vorhang und der Tür, auf der ein schiefer Zettel mit „Staff only" klebte. Ich blieb einige Augenblicke stehen und lüftete mein gepunktetes Kleid. Dann zählte ich die Schritte bis zum Polstersessel und ließ mich wieder darauf fallen.

Ich nahm mein Telefon zur Hand und probierte zum siebten Mal den gleichen Shot von mir auf dem Polstersessel und wie sich das Proseccoglas im Wandspiegel mir gegenüber spiegelte. Aber selbst beim siebten Mal sah das Foto amateurhaft aus. Ich probierte ein paar Filter durch, suchte nach Musik für ein Reel, fand nichts und legte mein Telefon wieder zur Seite.

Drei Minuten waren in der Zwischenzeit vergangen.

Der Prosecco schmeckte immer noch nicht besser.

Ich öffnete Instagram und scrollte über die einzelnen Postings hinweg, ohne sie mir genau anzusehen. Was interessierte mich die Mode für den Herbst, wenn sich jeder Zentimeter Stoff auf meiner Haut wie ein Brandbeschleuniger anfühlte? Was interessierte mich irgendeine schreckliche Nachricht aus irgendeinem entlegenen Teil der Welt, wenn ich ... – Oh! Wie sich diese zwei Kaninchen um das Salatblatt stritten! *Like.*

Wie hieß schnell nochmals die Freundin von Joaquin Phoenix? *Scroll.*

Oooh, diese Schuhe waren ja süß! *Like.*

No matter what people think of you, always keep singing

your own song. #motivation #choosekindness. So true! *Like.* Und gespeichert.

35 Posts später waren nur weitere drei Minuten vergangen und ich war bereit, die Wände hochzulaufen.

Ich zählte noch einmal die Schritte zwischen dem Polstersessel und der Tür und ließ mich frustriert ein weiteres Mal auf den überhitzten Stuhl fallen.

Ich griff wieder zu meinem Telefon und schrieb Rafa mit der Frage, wo wir uns heute zum Abendessen treffen würden.

„Bin heute mit den Jungs unterwegs, Baby", schrieb er zurück und ich verdrehte zweimal die Augen. Ich hasste es, wenn er mich „Baby" nannte. Und ich hasste es, wenn er „mit den Jungs" unterwegs war. Die „Jungs" waren zwei seiner Arbeitskollegen, die Single waren und vor nichts und niemandem Halt machten.

„Was heißt das?", antwortete ich, obwohl ich genau wusste, was es hieß: Ich musste mich selbst ums Abendessen kümmern und Rafa würde sich vor morgen Mittag nicht bei mir melden. Aber auf die Rosen, die ich morgen wieder bekommen würde, freute ich mich. Die gaben immer ein ganz gutes Fotomotiv ab. Musste ja keiner wissen, dass ... –

Der Vorhang raschelte und Vroni erschien endlich in ihrem nächsten Brautkleid, ein leichter Schweißfilm auf ihrer Stirn. Ich wollte mir gar nicht ausmalen, wie heiß ihr erst sein musste, wenn ich hier im Sitzen schon kaum Luft bekam.

„Du siehst wunderwunderschön aus!", rief ich mit dem authentischsten Enthusiasmus aus, der mir bei der zwölften Kleidvariante über die Lippen kam.

„Ich weiß!", lächelte Vroni.

„Das ist es jetzt, oder?", fragte ich. „Das ist das Beste!"

Vroni legte ihre Stirn in Falten. „Meinst du?" Sie sah

mich mit dieser unschuldigen Miene an, die sie so häufig aufsetzte, bevor sie mir irgendeine Gemeinheit um die Ohren warf.

„Es erinnert mich ein wenig an das Kleid, das du damals...“, sie ließ den Satz offen und strich über ihre paillettenbesetzte Taille.

Ich atmete so dezent wie möglich tief durch und versuchte mich daran zu erinnern, warum ich mich eigentlich irgendwann einmal darüber gefreut hatte, Vronis Trauzeugin zu sein.

Natürlich war sie genau so eine Braut, die mich an einem der heißesten Tage des Jahres zur Brautkleidanprobe mitnehmen würde und dabei mindestens zwölf Modelle vorführte. Und natürlich würde sie meine physische Erschöpfung, allein schon aufgrund der ausdauernden Anwesenheit und des mangelnden Proseccos, auszunutzen versuchen, indem sie mich an meine eigene Brautkleidanprobe und meine eigenen Hochzeitspläne erinnerte. Jene Pläne, die sich vor ziemlich genau sechs Jahren genauso wie der hoffnungsfrohe Bräutigam und ein guter Teil unseres Hochzeitsbudgets (des Hochzeitsbudgets, das mein Vater zur Verfügung gestellt hatte) in Luft aufgelöst hatten.

Aber das war eine alte Geschichte. Ich war darüber hinweg. Ich lieb- ... ich war jetzt mit Rafa zusammen, der mir regelmäßig Rosen schenkte. Da war doch ein Anprobemarathon mit Seitenhieb gut auszuhalten.

Oder?

Ich legte meine Stirn theatralisch in Falten. „Findest du?“, fragte ich mit all der Ernsthaftigkeit und Unschuld, die mir in der brütenden Hitze möglich war. „Das Modell wäre dann ja tatsächlich schon fünf, nein sechs Jahre alt.“ Ich ließ meine Augenbrauen etwas länger in der Luft, als es sich angenehm anfühlte, aber bei Vroni musste man gewappnet sein.

„Du bist so tapfer, dass du das mit mir mitmachst", sagte Vroni und verzog ihren Mund zum schmollenden Duckface.

„Für dich jederzeit!", sagte ich und strahlte sie an. „Für dich jederzeit!"

Drei

BIRDIE

Der nächste Tag war einer jener Tage, an denen man am Abend dachte, man hätte in der Früh besser nie das Bett verlassen. Schon dass ich mit Kopfschmerzen erwacht war, hätte mir ein Hinweis sein sollen.

Es hatte am Vortag noch zwei weitere Kleidanproben gedauert, bis wir endlich das Brautmodengeschäft verlassen konnten. Nach dem vierzehnten Kleid hatte Vroni nämlich endlich beschlossen, dass wir in diesem Geschäft nicht fündig werden würden, was mich (und bei näherer Betrachtung auch das Verkaufspersonal) deutlich erleichterte. Endlich wieder an der frischen Luft war ich kurzfristig übermütig geworden und hatte mich von Vroni zu einem Ausflug in eines dieser schicken Lokale auf der Tuchlauben überreden lassen, wo ich mehrere Martinis gegen die Hitze getrunken hatte. (*Don't try this at home!* Martinis gegen den Durst zu trinken, war wahrlich keine gute Idee!)

Vronis ehemalige Studienkollegin, die vor einem halben Jahr an der Grenze zwischen Innenstadt und drittem Bezirk eine Galerie eröffnet hatte und sich seither nur mehr Phoebe rufen ließ, war im Laufe des Abends zu uns gestoßen, was ein weiterer Grund für einen weiteren Martini gewesen war – und definitiv ein weiterer Grund für meine Kopfschmerzen heute Morgen.

Ich tastete mich schläfrig ins Badezimmer, gähnte lauthals, da ich vermutlich ohnehin die einzige im Haus war. Außer Beatrice, der Haushälterin meiner Eltern, aber die war es gewöhnt, mich zu überhören. In meiner Hausapotheke fand ich keine Schmerztabletten, also wühlte ich mich durch drei meiner Handtaschen, bis mir einfiel, dass ich bei meinem letzten Kurztrip nach Paris eine kleine Tasche mit Medikamenten gepackt hatte, die vermutlich immer noch im Koffer lag.

Vor meinem Kasten streckte ich mich nach oben, zog am Koffer, der sich irgendwo verhakt hatte und zum ungefähr vierten Mal an diesem Morgen verfluchte ich alle meine Entscheidungen des Vortags, vor allem jene, Martinis gegen den Durst zu trinken.

Mit weniger Martini-vernebeltem Gehirn hätte ich vermutlich kein weiteres Mal am verkeilten Koffer gezerrt, so aber kam er schließlich – endlich – aus dem obersten Fach meines Kastens herausgeschossen und riss einen dunkelblauen Schuhkarton mit sich, dessen Deckel noch im Flug vom Karton fiel. Und der gesamte Inhalt verteilte sich über den Fußboden.

Und was für Inhalt das war!

Kennen Sie diesen Moment, wenn sich plötzlich die Vergangenheit ganz unvermutet anschleicht und einen auf eine Zeitreise mitnimmt, als hätte man mit dem DeLorean gerade 140 Stundenkilometer erreicht und Doc Brown hüpft erfreut herum …? Meist war es ein Foto, das zwischen den Seiten eines alten Buchs hervorlugte.

Oder man traf auf der Straße jemanden, den man schon sehr lang nicht mehr gesehen hatte.

Oder man fand eben eine selbstgebrannte CD von seiner Jugendlieb- … von meinem Teenagerflirt … von Lonny halt, die aus einem in den tiefsten Tiefen meines Kleiderkasten versteckten dunkelblauen Schuhkarton herausgefallen war. Aus jenem Karton, in dem es auch ein Foto von meiner damaligen besten Freundin Mari und mir gab sowie eine aus der *Brigitte* herausgerissene Seite mit einer mittlerweile schrecklich altmodischen Frisur, die ich Senor Santos damals als Vorlage an den Spiegel seines Salons geheftet hatte. Und dann war da noch dieses waldgrüne Lederbuch, das ich aus den persönlichen Dingen meiner Großmutter herausgefischt hatte, bevor meine Eltern alles verschenkt oder verkauft oder entsorgt hatten, was an sie erinnerte.

Ich seufzte, weil mein Kopf nach diesem Schreck nur noch pulsierender pochte. Ich sah mich um. Die CD war aus der Hülle gefallen, also legte ich sie behutsam wieder zurück. Als würde es heutzutage noch genau so viel Sinn machen wie damals, CDs nicht zu zerkratzen. Mittlerweile hätte man eine Playlist wie diese in weniger als zwei Minuten erstellt und stets am Handy verfügbar. Erstellten verliebte Jugendliche auch heute noch Playlists wie früher?

Ich gab ein lautes „Pfft“ von mir, nur für mich, um die Lächerlichkeit meiner Gedanken zu unterstreichen. Wir waren doch nicht verliebt gewesen! Lonny war einfach ... Lonny war einfach immer da gewesen und dann irgendwann im letzten Sommer vor dem letzten Schuljahr war er nicht mehr da gewesen, aber ich konnte mich einfach nicht mehr genau erinnern, warum ... –

Aber genug der Zeitreise.

Sehen Sie, das meinte ich! Da kam einem plötzlich eine CD entgegengeflogen und auf einmal verließ man das gute alte Jahr, in dem es einfach nur brütend heiß war, und landete in einer Zeit, die man eigentlich aus seinem Gedächtnis gestrichen hatte.

Ich sammelte alle herausgefallenen Gegenstände ein und warf sie achtlos zurück in die Box: die weiteren Fotos von lustigen und weniger lustigen Partys, ein Foto von mir als etwa 8-Jährige als Clown verkleidet, mehrere alte Schilling-Münzen, vier Glücksbringerschweinchen in unterschiedlichen Formen, der Schulkalender für das Jahr, als ich 16 geworden war (warum auch immer der bedeutsam genug für die dunkelblaue Schuhschachtel gewesen war), drei zusammengefaltete Briefchen (aus Blöcken achtlos herausgerissene Zettel, die ich nicht öffnete, aus Angst, dass auch das Notizen von Lonny sein könnten), die Frisuren-Vorlage aus der *Brigitte* sowie natürlich die CD.

Das Notizbuch meiner Großmutter legte ich nicht mehr dazu, sondern gab es auf den Bücherstapel auf dem Nachttisch neben meinem Bett. Dann eilte ich aus dem Zimmer und begann noch im Stiegenhaus nach Beatrice zu rufen.

Irgendwer musste ja schließlich wissen, wo es Schmerzmittel gegen den Martini-Kopfschmerz (und gegen die alten Erinnerungen) gab.

Die Sonne brannte bereits wieder vom Himmel, als ich etwas später durch die Innenstadt flanierte. Ich hatte mir unterwegs einen alle Nahrungsgruppen vereinigenden Smoothie besorgt und bereits ein Kleid, zwei Paar Schuhe und eine neue Sonnenbrille gekauft sowie eine Handtasche auf meine mentale „Vielleicht"-Liste gesetzt. Ich war nicht hundertprozentig überzeugt gewesen von der Farbe der Tasche und hatte der Verkäuferin versprochen, mir ausgiebig Gedanken dazu zu machen, womit ich gleich nach dem Verlassen des Geschäfts begonnen hatte.

Meine Kopfschmerzen hatten beinahe zur Gänze nachgelassen, die heilende Kraft neuer Kleidungsstücke war einfach unbestritten. Das bisschen Restmüdigkeit, das mir noch über der Stirn hing, wurde zum Glück von meiner Sonnenbrille überdeckt.

Mir war gerade eine Hose eingefallen, die ich neulich in einem Geschäft in der Nähe gesehen und damals auf meine „Vielleicht"-Liste gesetzt hatte und die wunderbar zur „Vielleicht"-Handtasche und ihrer überlegenswürdigen Farbe passen würde, als ich an diese unübersichtliche Kreuzung mitten in der Stadt kam, wo sich Busse, Taxis und Fiaker mit Touristen und Radfahrern um den wenigen Platz stritten.

„Entschuldigen Sie", sagte plötzlich eine Stimme neben

mir und ich drehte mich verwirrt um. Neben mir stand ein etwas älterer Mann mit dunkler Sonnenbrille und einem Stock in der Hand. „Könnten Sie mir bitte über die Straße helfen?“, fragte der Mann.

„Selbstverständlich“, antwortete ich.

„Ich müsste mich unterhaken“, erklärte er daraufhin und ich erkannte jetzt endlich seinen Stock als Blindenstock – ich schob es wieder auf den Martininebel, warum ich so schwer von Begriff war.

„Selbstverständlich“, sagte ich erneut und der Mann nickte erleichtert.

Ich würde gerne behaupten, dass ich die folgenden Minuten besonders elegant und nobel gemeistert hatte, aber das wäre tatsächlich gelogen gewesen. Ich musste gestehen, es brauchte ein paar Sekunden, bis ich begriffen hatte, dass es nicht ausreichte, dem Mann meinen Ellbogen als Stütze hinzuhalten. Nein, ich musste natürlich zusätzlich seine Hand an die passende Stelle führen. Er konnte ja nichts sehen!

Und wer schon jemals durch die Wiener Innenstadt gegangen war und den Boden als eben und gleichmäßig beschrieben hatte, war noch nie mit den Herausforderungen einer sehbeeinträchtigten Person konfrontiert gewesen. Wir hatten gute zehn Meter zu bewältigen – von einem Gehsteig zum nächsten. Auf diesen zehn Metern gab es drei wetter- oder abnützungsbedingte Erhebungen im Asphalt, dazu einen Kanaldeckel, der gute sieben Zentimeter aus dem Boden hervorragte, sowie eine plattgewalzte Taube mitten auf der Fahrbahn. Und dabei hatte ich noch gar nicht all jene Menschen erwähnt, die in Höchstgeschwindigkeit mit ihren Autos oder Fahrrädern in Kreuzungen einfuhren, oder jene

Personen, die ihren Blick gar nie mehr von ihren Mobiltelefonen hoben, oder jene Leute, die so vertieft in das Gespräch mit ihrem Gegenüber waren, dass sie ihre Umgebung nicht mehr wahrnahmen.

Auf der anderen Straßenseite angekommen lächelte mich der Mann erleichtert an, während ich mich schweißgebadet an seiner Hand festhielt. Er bedankte sich überschwänglich und mehrmals, klappte dann seinen Langstock aus und schob sich unbeeindruckt durch die Menge, den Stock vor sich als Warnung an alle Ignoranten und als Sicherheit für ihn, falls er auf weitere Unebenheiten treffen sollte.

Ich sah ihm noch eine Zeit lang hinterher, bis mich das Läuten meines Telefons aus meinen Gedanken riss.

Das Display zeigte eines der süßesten Selfies, das Rafa und ich während eines Kurztrips nach Sizilien gemacht hatten, und das mich heute noch, viele Monate später, zum Lächeln brachte. So sehr zum Lächeln brachte, dass ich für einen Moment gar nicht irritiert war, dass Rafa anrief, anstatt sich – wie sonst nach seinen Abenden „mit den Jungs“ – per Whatsapp zu melden.

„Hallooo!“, lächelte ich ins Telefon und spazierte langsam weiter in Richtung des Geschäfts mit der „Vielleicht“-Hose.

„Hallo Liebl- ... hallo Birdie“, begrüßte mich Rafa und räusperte sich, während ich einer Mutter mit Kinderwagen und untröstlich heulendem Kindergartenkind im Arm auswich.

„Wie war dein Abend mit den Jungs?“, flötete ich.

„Sehr gut“, sagte er und räusperte sich erneut. „Also, es ist so“, begann er und in meiner Magengrube setzte sich ein Gefühl fest, das eindeutig *nicht* von den Martinis des

Vorabends kam. „Es ist so", wiederholte er, „wir waren ja eh nie so ernst. Oder?"

Fragte er mich das gerade? „Fragst du mich das gerade?", gab ich zurück und zog mich in den Seiteneingang eines Restaurants zurück.

„Ja, nein", er lachte nervös auf (ein Geräusch, das ich hasste, jetzt gerade noch mehr als in all den Monaten davor). „Natürlich frage ich dich das ... nicht." Er räusperte sich erneut. „Es ist so", startete er ein weiteres Mal. „Es gab gestern Tequila, diesen ... also, den Tequila, der George Clooney gehört, du weißt, wovon ich spreche?"

Ich nickte.

„Birdie? Schatz?", fragte Rafa, der mein Nicken ja nicht sehen konnte.

„Ich höre dir zu", sagte ich leise. „Ich kenne den Tequila."

„Es ist so", sagte Rafa und lachte wieder nervös auf, „der Tequila allein ist natürlich nicht der Grund, aber ich habe da gestern ein bisschen einen Blödsinn gemacht."

„Du hast ein bisschen einen Blödsinn gemacht?", wiederholte ich ungläubig. Wer sprach denn so? Was war denn bitte „ein bisschen ein Blödsinn"?

„Ja, genau", antwortete Rafa und klang fast ein wenig erleichtert. „Ich wusste, dass du mich verstehst."

„Was sollte ich denn verstehen?", fragte ich nach, obwohl ich plötzlich ein sehr klares Bild vor Augen hatte.

„Dass ich mit Phoebe ein bisschen herumgeschmust habe und Vroni dann ein bisschen mit mir mit nach Hause gegangen ist", sagte Rafa dann plötzlich ganz schnell und ich musste zugeben, *das* Bild hatte ich dann doch nicht ganz so klar vor Augen gehabt.

„Und Phoebe?", fragte ich.

„Was ist mit Phoebe?", gab Rafa zurück.

„Ist sie auch mit nach Hause? Also, ein bisschen mit nach Hause gegangen?", fragte ich und schlug mir auf die Stirn. Wollte ich das wirklich alles wissen?

„Nein, natürlich nicht", sagte Rafa und klang beinahe empört, was den gerade noch so heilsamen Smoothie in meinem Bauch wütend aufkochen ließ.

„Natürlich nicht", sagte ich so ruhig wie möglich. „Natürlich nicht."

„Hör mal", sagte Rafa, „ich muss jetzt weiter. Es war sehr schön … bla, bla … und so weiter. Das weißt du ja eh. Aber mir ist das jetzt passiert und dir ist es offenkundig eh egal … –"

„Wieso glaubst du, dass mir das egal ist?"

„Du regst dich ja gar nicht auf!"

„Ich verarbeite noch!", brüllte ich ins Telefon. „Das muss man ja erst mal verstehen! *Ich* war ja gestern mit Phoebe und Vroni aus und eigentlich sind wir alle nach Hause gegangen. *Alleine*! Und ich habe gestern mit Vroni *Brautkleider* ausgesucht!"

„Aber wir hatten doch nie vor, zu heiraten", gab Rafa verwirrt zu bedenken. „Warum hast du Brautkleider anprobiert?"

„Doch nicht für mich, du Dumpfnuss! Für Vroni! Aber die war ja gestern *ein bisschen* mit dir zu Hause, insofern findet diese Hochzeit wohl nicht statt." Ich dachte kurz nach. Es war halt doch Vroni – und ihre Art, Dinge zu ihrem Vorteil zu verdrehen, war in unseren Kreisen legendär. „Oder zumindest findet diese Hochzeit *ohne mich* statt", lenkte ich ein.

Rafa schwieg für einen Moment. „Whatever", sagte er dann und schob noch ein „Alles gut?" hinterher.

Daraufhin legte ich einfach auf.

Ich zählte bis zehn.

Dann nochmals.

Zählte weiter bis 20.

Ich konzentrierte mich auf meine Atemzüge und nicht auf das Brennen hinter meinen Augen.

Dann ging ich los. Drei Schritte, sechs Schritte, mein Gehirn im Takt mit dem Klacken meiner Sandalen auf dem Gehsteig.

Ich wusste, dass Rafa nicht der treueste aller Boyfriends, die ich bisher gehabt hatte, gewesen war. Ich hatte die mitleidigen Blicke der Inhaberin jenes Blumengeschäfts, wo Rafa stets seine Nach-einem-Abend-mit-den-Jungs-Rosen kaufte, wahrgenommen und ignoriert. Warum also rief er jetzt an und machte Schluss?

Noch drei Schritte.

Und weitere sechs.

Dann fiel der Groschen.

Ich hielt abrupt inne und kramte nach meinem Telefon, öffnete Instagram und musste gar nicht lang scrollen. Das dritte Bild bereits war von einem dieser Jungs, mit denen Rafa öfters ausging. Und der hatte eine Fotoserie von Rafa mit Phoebe geschossen, die eigentlich nicht jugendfrei war. Wo waren die prüden Instagram-Zensoren jetzt, wenn ich sie mal brauchte?!

In Vronis Instagram-Stories fand ich dazu noch ein Kuschel-Selfie von ihr und Rafa kurz nach dem Aufwachen heute Morgen. Es war definitiv nicht so süß wie unser Sizilien-Selfie, aber angesichts dessen, dass diese wilde Partynacht am Vortag ohne mich, aber jedenfalls öffentlich für alle Instagram-User stattgefunden hatte, war mir das nur ein kleiner Trost.

„Ich wusste, dass du mich nicht sonderlich magst, aber dass du mich richtiggehend hasst, ist mir neu", tippte ich in eine Nachricht an Vroni. Dann blockierte ich ihre Nummer und all ihre Social-Media-Feeds, das gleiche machte ich bei Rafa und Phoebe sowie dem dummdreisten Freund von Rafa. Wer wusste schon, was der in Zukunft noch alles an Abenden „mit den Jungs" dokumentieren würde.

Ich atmete durch. Dreimal. Ich ignorierte den brennenden Schmerz, der sich von meiner Kehle bis zum Bauchnabel zog, und fokussierte mein nächstes Ziel: Gerade waren mehrere Kleidungsstücke von meiner „Vielleicht"-Liste auf die „Definitiv"-Liste gewandert.

Ich hatte einzukaufen.

Beatrice half mir gerade dabei, meine neuen Einkäufe zu verstauen, als meine Mutter an meine Zimmertür klopfte.

„Birdie?", fragte sie durch die Tür.

„Ja?"

„Kommst du mal bitte ins Wohnzimmer?"

Irgendetwas an der Stimme meiner Mutter ließ mich hilfesuchend zu Beatrice blicken, die ihren Blick jedoch von mir abgewandt hielt und gerade eine der neuen Hosen glattstrich.

„Jetzt sofort?“, rief ich durch die Zimmertür.

„Ich fürchte schon“, gab die Mutter zurück und diesmal sah mich Beatrice an, lächelte zuversichtlicher als ich mich fühlte und nickte mir zu. Sie würde sich allein um die restliche Kleidung kümmern, hieß dieses Nicken.

Meine Eltern saßen nebeneinander, Schulter an Schulter, inmitten unserer Wohnlandschaft, als ich ins Wohnzimmer trat. Im Hintergrund lief leise CNN oder irgendein anderer dieser Nachrichtensender, die mein Vater ständig konsumierte.

„Was gibt's?“, fragte ich lächelnd und ließ mich auf der kniehohen Sitzbank gegenüber nieder, mit dem Körper zur Hälfte Richtung Tür gerichtet, um anzudeuten, dass ich nicht viel Zeit hatte. Wahrscheinlich ging es nur wieder um irgendeines dieser zahllosen Events, auf die ich meine Eltern begleiten musste.

Mein Vater seufzte, sah kurz zu meiner Mutter, dann direkt zu mir.

„Wie alt bist du jetzt eigentlich?“, fragte er mich schließlich.

Ich runzelte meine Stirn. „Das weißt du ganz genau“, antwortete ich.

Mein Vater nickte. „Das stimmt“, gab er zu. „Und wie viel Geld hast du in diesem Jahr bereits verdient?“

Ich schluckte. Worauf wollte er hinaus?

„Nun ja, der Job im Schmuck-Pop-up lief ja im November aus ...“, begann ich und meine Mutter sah mich mit schmalen Augen an. „Und seither hat sich nichts Neues ergeben“, sagte ich so selbstbewusst wie möglich.

„Wie oft warst du heuer schon außer Landes?“, fragte mein Vater weiter und ich begann langsam, ein gewisses Muster zu erkennen. Sollte ich tatsächlich auf all seine Fragen ehrlich antworten? In diesem Jahr waren zweimal Venedig, einmal Paris, einmal London und natürlich der kurze Trip nach Tel Aviv auf dem Programm gestanden …

„Warum fragst du das alles?“, gab ich anstatt einer detaillierten Auskunft meiner Reiseliste zurück. Meine Mutter seufzte, was in diesem Moment auch nicht hilfreich war.

„Ich bin heute Abend von meiner Bank verständigt worden, weil man dachte, eine meiner Kreditkarten sei gestohlen worden“, erzählte der Vater nun mit sehr ruhiger Stimme. „Die ohnehin regelmäßig hohen Abbuchungen stiegen heute Nachmittag plötzlich um ein Vielfaches an und man machte sich Sorgen, dass hier jemand mit meiner Kreditkarte Amok lief.“ Er schluckte. „Stellte sich heraus, das war meine eigene Tochter.“

„Aber …“, begann ich, jedoch mein Vater stoppte mich mit einer Handbewegung ab.

„Es ist, wie es ist und deine Mutter insistiert, ich habe eigentlich die größte Schuld an dieser Situation, also nehme ich das als Hinweis, deine Verschwendungssucht endlich einzubremsen“, erklärte der Vater und holte nochmals Luft. „Ab sofort sind deine Kreditkarten ungültig, zumindest so lang, bis du ausreichend verdienst, um dir die Miete hier bei uns leisten zu können.“

„Welche Miete?“, fragte ich.

„Du bist über 30, du zahlst jetzt Miete für deinen

Wohnbereich hier im Haus“, erklärte der Vater und lehnte sich nach vorn.

„Aber warum?“, gab ich zurück.

„Weil du hier wohnst und täglich ein und aus spazierst, als wäre nichts, und dazu noch mein Geld beim Fenster hinauswirfst!“, rief der Vater aufgebracht. „Niemand braucht zehn neue Hosen! An einem Nachmittag!“

„Aber ich hatte nicht genügend Hosen, die zur neuen Handtasche passten!“, rief ich zurück, was in diesem Moment vielleicht nicht das klügste Argument gewesen war.

Mein Vater war kurz vor dem Siedepunkt, sein Kopf hatte diese ungesunde rote Farbe, die man sonst nur in alten Filmen aus den 90ern an Schauspielern sah. Ich musste die Situation irgendwie entschärfen.

„Aber Rafa hat heute mit mir Schluss gemacht!“, warf ich ein und bemühte mich darum, besonders weinerlich zu klingen.

Meine Mutter hob überrascht ihren Kopf. Offenbar hatten die Instagram-News ihre Kommunikationszirkel noch nicht erreicht. Sie musterte mich einen Augenblick, dann wurde ihr Gesichtsausdruck fast vorwurfsvoll, wohingegen mein Vater einen Großteil seiner Spannung und seines Ärgers rapide zu verlieren schien.

„Und warum ist das wohl so?“, fragte mein Vater und klang müde.

„Wie bitte?“, gab ich scharf zurück.

„Was glaubst du wohl, warum dich ein toller Kerl wie Rafa nach wenigen Monaten einfach abserviert?“

Ich sah hilfesuchend zur Mutter, aber selbst sie schien es irgendwie als meine Schuld anzusehen, dass Rafa mich verlassen hatte.

„Das ist jetzt schon ein bisschen gemein“, sagte ich zaghaft, „solltet ihr nicht eigentlich auf meiner Seite sein? Vielleicht war Rafa ja ohnehin eine Dumpfnuss und ich bin besser dran ohne ihn! Vielleicht wäre auch er mit dem Geld abgehauen, bevor es ernst geworden wäre!“

Ein Mundwinkel meines Vaters zuckte leicht und sein Gesichtsausdruck wurde milder. „Du bist ohne die Dumpfnuss definitiv besser dran“, sagte er versöhnlich, „aber dennoch musst du langsam etwas aus deinem Leben machen. Sonst werden dich alle Rafas dieser Welt nach ein paar Monaten verlassen.“

„Das ist immer noch sehr gemein, wenn du das so sagst“, seufzte ich.

Mein Vater erhob sich von der Couch und ging die wenigen Schritte, bis er vor mir stehen blieb, dann legte er seine Hand auf meine Schulter. „Birdie“, sagte er leise, „es tut mir leid, dass ich das …“, er zögerte kurz, „ich dachte, es hilft deiner Entfaltung, wenn du keinen finanziellen Druck hast. Wenn du ohne Sorgen reisen kannst.“ Er seufzte nun auch, wartete, bis ich meinen Kopf so weit in den Nacken gelegt hatte, um ihm in die Augen sehen zu können (eine etwas unangenehme Körperhaltung, dagegen half sogar das jahrelange Pilatestraining nicht). „Du hast überhaupt keinen Begriff davon, wie viel Geld du in diesem Jahr bereits ausgegeben hast. Das geht so nicht mehr weiter.“

Ich drehte mich an der Hüfte meines Vaters vorbei und sah zu meiner Mutter, die mittlerweile ihre Fingernägel studierte.

„Und was sagst du dazu?“, fragte ich sie patzig. Schließlich führte ich ja den gleichen Lebensstil wie sie. Quasi. Mit etwas mehr Reisen. Eventuell. Und einer etwas üppigeren Garderobe. Oder so.

Meine Mutter warf mir einen kühlen Blick zu. „Wenn du Rafa geheiratet hättest, hättest du diese Sorgen jetzt nicht", sagte sie und klang fast ein wenig biestig. Ich verdrehte die Augen. „Rafa hat mich gestern mit zwei meiner engsten Freundinnen betrogen. Nicht einer, nein: mit zweien!", rief ich empört aus. „Das ist kein Heiratsmaterial!" Ich holte Luft. „Und nach aktuellem Stand der Dinge hätte ich auch nicht einmal mehr Brautjungfern für eine Hochzeit, WEIL DIE MIT DEM BRÄUTIGAM DURCHGEBRANNT SIND!"

Ich brüllte abwechselnd meine Mutter und meinen Vater an, die mich beide etwas schockiert ansahen. So viel Gefühl zeigte man bei uns im Haus eigentlich nicht und von allen Gefühlen dieser Welt waren Wut und Frust zusätzlich am wenigsten gern gesehen.

Also atmete ich tief durch und erhob mich.

„Wie viel Zeit habe ich?", fragte ich meinen Vater.

„Die Miete wird fällig, sobald du dein eigenes Geld verdienst."

„Und wenn ich keinen Job finde?"

„Dann hast du zumindest ein Dach über dem Kopf", der Vater klopfte mir leicht auf die Schultern, dann fischte er sein Telefon aus der Hosentasche und ging mit aufs Display gesenktem Kopf aus dem Wohnzimmer.

Die Mutter sah mich immer noch vorwurfsvoll an. Und ich verstand mittlerweile sogar, warum.

Vier

LONNY

„Diese Rätsel werden auch immer schwerer“, sagte ich über Ollys Schulter hinweg. Olly zuckte kurz erschrocken zusammen und hob seinen Blick.

„Werd’ nicht frech, Kind!“, antwortete er grinsend und richtete seinen Blick wieder auf das vor ihm liegende Kreuzworträtsel. Olly saß wie immer auf der Sitzbank im äußersten Winkel seines Cafés, von wo aus er das gesamte Lokal im Blick hatte. Ich ließ mich auf der Bank gegenüber nieder und nahm einen Schluck aus seinem Apfelsaft.

Es gab zwei unverrückbare Dinge in meiner Erinnerung: erstens, dass Olly zu jeder Tageszeit Apfelsaft trank. Und zweitens, dass wir alle den Olly immer Olly rufen sollten. Auch ich. „Wenn du mich Papa oder Vati oder sonst wie nennst, macht uns das alle älter“, hatte der Olly immer gesagt und dabei hatte sich sein ohnehin schon sehr gutmütiges Gesicht zu diesem verschmitzten Gesichtsausdruck verzogen, bei dem noch jeder seiner Gäste hier im Lokal weich geworden war.

Nun schob der Olly seine Zeitung von sich, seufzte und trank seinen Apfelsaft aus. „Gut, dass du da bist“, begann er, „willst du etwas essen?“ Ich schüttelte den Kopf. „Auch gut, der Egon ist heute eh schon nicht mehr da.“

Ich runzelte meine Stirn und sah auf die Uhr. Es war erst kurz nach 15:00 Uhr, das Café hatte eigentlich noch bis 20:00 Uhr geöffnet und Egon, der Koch mit einem gewissen Hang zum Übersinnlichen, war üblicherweise bis Ladenschluss in der Küche anzutreffen.

„Es zahlt sich nicht aus, dass sowohl der Egon als auch ich uns die Beine in den Bauch stehen, wenn es so ruhig ist wie jetzt“, erklärte der Olly, als hätte er meine Gedanken gelesen. „Und das Gulasch für den alten Müller kann ich genauso gut aufwärmen.“

Ich sah mich um. In einem Eck des Cafés hingen zwei Teenager-Mädchen über einem Handy und dann war da eben der alte Herr Müller auch hier. Herr Müller, der mich aus Trotz oder fehlgeleitetem Humor immer „Zeus“ nannte.

Ich vermutete, Herr Müller stand seit einigen Jahrzehnten morgens nur auf, um am späten Vormittag hier im Café einzumarschieren und sein erstes großes Bier zu bestellen. Bis 15:00 Uhr konsumierte er mehrere Biere und irgendetwas von der Speisekarte, bevor er um Punkt 16:30 Uhr sein letztes Bier für diesen Tag und ein kleines Gulasch bestellte. Das machte er täglich, wann immer das Café geöffnet hatte.

Ich richtete meinen Blick wieder auf Olly. „Seit wann ist das denn so?", fragte ich, als hätte ich nicht schon seit Monaten bemerkt, dass die Sitzbänke immer staubiger, immer weniger benützt aussahen.

Der Olly seufzte und ließ seine Schultern fallen. „Du weißt ...", begann er, dann seufzte er erneut. „Ich wollte mit dir schon darüber reden", sagte er schließlich. „Gut, dass du da bist", wiederholte er. Dann lehnte er sich zurück.

Und ich hielt die Luft an.

Ich wusste, was jetzt kam. Und ich wusste auch, dass es immer unausweichlicher wurde, dass ich eine Entscheidung traf. Dafür musste ich mich ja bloß hier im Café umsehen. So konnte es nicht weitergehen.

„Ich höre mit Ende des Jahres auf", sagte Olly und mir zog es leicht den Magen zusammen. So konkret hatte er noch nie geklungen. Ich schluckte.

„Du hast bis Ende der Sommerferien Zeit, um dir zu überlegen, ob du hier einsteigst und übernimmst", sagte Olly schließlich und sah mich direkt an, „im Herbst suche ich sonst jemanden, der mir das Café hier abkauft."

„Aber ... –", begann ich.

Ich wollte doch ...

„Kein ‚Aber'", unterbrach mich Olly ungewohnt konsequent, „du kennst meine Meinung dazu. Es geht so nicht mehr weiter."

„Aber du könntest einfach die Speisekarte modernisieren", schlug ich vor, „ein paar Bowls, ein paar Cocktails ..., dann kommen schon wieder Leute."

Der Olly musterte mich eine Zeitlang mit schief gelegtem

Kopf, dann sagte er: „Apollon", und so selten wie er meinen vollen Namen aussprach, desto ernsthafter klang er dabei auch, „Apollon, ich will mir keine neuen Speisen und Getränke einfallen lassen. Ich will den Egon nicht ersetzen oder umschulen. Ich will mir keine Marketingstrategien oder Tiktok-Videos einfallen lassen, damit ich weiterhin 12 Stunden am Tag hier im Lokal stehe." Er seufzte und ich mit ihm mit. „Wenn du übernimmst, helfe ich dir natürlich, damit du anfangs Personalkosten sparen kannst. Aber ich muss einfach weniger arbeiten. Das geht so nicht mehr weiter."

Ich kniff meine Augen zusammen und musterte Olly genau, versuchte hinter die Mimik zu blicken, durch seine an den Wangen fast schlaffe Haut zu dringen, um zu erkennen, was er *tatsächlich* meinte. Ja, ich wusste, dass der Olly mir lieber gestern als heute das Café übergeben hätte, aber ich wusste auch, dass er eigentliche nie diese Dringlichkeit wie jetzt vermittelt hatte. Er wirkte ... müde ... verletzlich ... irgendwie ...

„Bist du krank?", fragte ich und klang fast hysterisch.

Olly runzelte seine Stirn und sah mich verwirrt an. „Nein", sagte er verwundert, dann seufzte er wieder. „Aber der Egon ..." Olly schluckte. „Der Egon hat so Kreuzschmerzen, dass er keinen ganzen Tag mehr durchhält. Und er will noch ein bisschen was von der Welt sehen, bevor er gar nicht mehr gehen kann, sagt er."

„Was will er denn sehen?", fragte ich irritiert.

„Die Westküste der USA zum Beispiel", antwortete Olly, ohne eine Sekunde zu zögern.

Ich hob überrascht meine Augenbrauen und ließ sie noch weiter nach oben steigen, als ich sah, wie Olly von der

Sitzbank neben sich einen Reisekatalog hervorfischte. Oben aus dem Heft ragten zwei färbige Post-its heraus und Olly schlug den Katalog bei der violetten Markierung auf. Auf den Fotos im Heft erkannte ich eine Gruppe Biker auf Harleys, den Grand Canyon und Seattles Space Needle.

„Ganz schön lang, die Westküste", murmelte ich.

„Deswegen fahren wir ja nächstes Jahr im März schon los", antwortete Olly wieder mit dieser ungewohnt festen Stimme.

„Warum?", fragte ich, weiterhin verwirrt.

„Weil er ständig davon träumt", sagte Olly. „Also, er hat echte Träume. Jeden Tag in der Früh berichtet er mir von irgendeinem anderen Ort. Erst war es Las Vegas, logischerweise, dann war es mal Seattle, neulich war es Oregon! Oregon!", rief Olly aus. „Ich wusste nicht mal, wo das liegt! Aber der Egon träumt davon und du weißt ganz genau, wie er ist, wenn es um seine Träume geht."

Ich nickte wissend. Egons Träume waren legendär. Angeblich war der Egon vor vielen Jahren, nein: Jahrzehnten, sogar wegen eines Traums hier im Café gelandet. Laut Olly hatte Egon damals in irgendeinem Magistrat der Stadt gearbeitet und konnte nicht einmal eine Eierspeise zubereiten. Aber er hatte vom Café und seiner Arbeit hier geträumt, wenige Tage später war er bei Olly aufgetaucht und seither geblieben.

Ich kniff meine Augen zusammen, als ob ich Olly damit besser durchschauen könnte. „Und was ist der wirkliche Grund?", bohrte ich nach.

„Die Träume", beharrte Olly.

„Olly", raunzte ich.

„Weil sein Kreuz nicht besser wird!", Olly klang fast ein

wenig ungeduldig, als wäre ich schwer von Begriff. Dabei waren das ja völlig neue Töne!

„Ich weiß nicht, ob ich am Ende der Sommerferien schon weiß …“, begann ich zögerlich.

„Wie lang willst du dir denn das noch überlegen?“, Olly klang fast aufgebracht. Selbst das war ein ungewohnter Anblick für mich. „Wenn du mir mit Schulanfang Bescheid gibst, dann haben wir genug Zeit für die Übergabe und dafür, dass ich dir aushelfe in den ersten Monaten. Ab März müsstest du dann für drei Monate allein zurechtkommen.“

„Ihr fahrt drei Monate in die USA?“, fragte ich fassungslos und ignorierte den Druck in meiner Brust, der sich jedes Mal einstellte, wenn die Entscheidung zum Café zur Sprache kam.

„Na ja, wenn wir schon mal dort sind …“, murmelte Olly.

„Aber was ist, wenn Egons Rücken Schwierigkeiten macht?“, gab ich zu bedenken, es war der berühmte Griff nach dem Strohhalm.

„Dann bleiben wir halt dort“, sagte Olly und zuckte mit den Schultern, vollkommen ignorierend, dass sich bei mir gleichzeitig der Hals zuschnürte und der Brustkorb so weit verengte, dass ich kaum Luft bekam.

„Das geht doch nicht!“, presste ich hervor.

Olly musterte mich neugierig, dann griff er nach meiner Hand. „Lonny“, sagte er fast zärtlich, „Kind, das ist nicht so schlimm, wenn ich mal kurzfristig weg bin.“

„Aber wo trinken wir dann am Nachmittag immer den Kaffee, bevor ich Dienst habe?“, ich hörte mich an wie ein Fünfjähriger und glücklicherweise lächelte Olly trotzdem.

„Vielleicht finden wir ja ein neues Ritual“, schlug er mit seiner gewohnt ruhigen Stimme vor. „Vielleicht eh weiterhin hier in diesem Lokal." Er lehnte sich lächelnd und mit fast zufriedener Miene zurück und strahlte mich an.

„Ich weiß nicht …", murmelte ich. *Ob ich das kann*, dachte ich nur für mich den Satz fertig und ignorierte den sich wieder zusammenziehenden Brustkorb.

„Ich denke darüber nach", versprach ich und bemühte mich um ein Lächeln.

Olly zog seine Zeitung mit dem aufgeschlagenen Kreuzworträtsel wieder zu sich und zwinkerte mir zu. „Das lief jetzt besser als gedacht", sagte er lachend. „Normalerweise bist du immer davongelaufen, wenn ich von der Übernahme nur zu reden begonnen habe."

„Ach, Olly", sagte ich nur und klang dabei, als verpackte ich meinen gesamten Herzschmerz in diese wenigen Silben.

Aber Olly lachte nur ein weiteres Mal, stand auf und klopfte mir auf die Schultern. „Komm, ich mach dir einen frischen Kaffee, damit du heute Abend nicht einschläfst, wenn dir die rauschigen Barbesucher ihr Leid klagen."

„Die sind immer alle gut gelaunt", antwortete ich trotzig und folgte ihm hinter die riesige Theke.

„Jubelst du ihnen weiterhin deinen Schnaps unter?", fragte Olly grinsend.

Ich schüttelte den Kopf. „Das mache ich nicht mehr, seit Eliza und Fred mir die Schuld gegeben haben, dass sie wegen meines Birnenschnaps … also …", plötzlich wurde ich verlegen. „Es gibt da jetzt ja ihre Tochter, Holly …"

Darüber musste Olly sehr lachen. „Ich hatte ganz vergessen, dass du da deine Finger im Spiel hattest."

„Mutmaßlich!", hielt ich dagegen. „Ich kann nicht die Verantwortung dafür übernehmen, wie sich jemand *nach* dem Schnapskonsum verhält.“ Ich zwinkerte und Olly lachte gutmütig.

Wir unterhielten uns noch eine Zeitlang über die Kaffeemaschine, die Olly hier im Lokal verwendete und wo er seine Kaffeebohnen bezog, während ich ihm versuchte, eine der kleinen Röstereien, die in Wien an allen Ecken dieser Stadt aufpoppten, schmackhaft zu machen. Mit einem der Inhaber, Jim, hatte ich mich angefreundet, weil er den – meiner Meinung nach – besten Kaffee im Angebot hatte.

„Das wäre doch etwas für hier“, schlug Olly schließlich vor und breitete seine Arme weit aus, „Schnaps und Kaffee by Apollon. Klingt doch gut!“

Ich nahm wieder einige eingeengte Atemzüge und sah Olly skeptisch an. „Ich weiß nicht …“, murmelte ich zum wiederholten Mal. „Ich kann das einfach nicht entscheiden“, gab ich zu, obwohl ich mir sicher war, dass Olly meine Panik ohnehin sehen oder gar spüren konnte. Warum er mich trotzdem zu dieser Entscheidung drängte, war mir ein Rätsel.

Ich war immer davon ausgegangen, dass es irgendwann einmal eine Zeit geben würde, in der sich die Entscheidung, ob ich das Café übernehmen sollte, quasi natürlich ergab – entweder, weil ich es unbedingt wollte. Oder weil ich es unbedingt nicht wollte (und ein anderes attraktives Angebot in der Tasche hatte).

Aber wie es derzeit aussah, mochte ich weder meinen aktuellen Job sonderlich gern, noch wollte ich mein eigenes Geschäft führen. Ich wollte eigentlich … eigentlich wollte ich doch nur …, wenn ich darüber nachdachte, wollte ich doch eigentlich nur …

„Ich weiß einfach überhaupt nicht, was ich will", sagte ich zu Olly, der nur stumm nickte.

„Dann find's heraus", antwortete er schnippisch. „Bis zum Ende des Sommers hast du ja Zeit. Halt die Augen offen, vielleicht zeigt sich dir die Lösung ja irgendwo im Vorübergehen. Oder in deinen Träumen."

„Du verbringst definitiv zu viel Zeit mit Egon", sagte ich zu ihm und Olly lachte wiederum auf, zeigte sein verschmitzt-gutmütiges Gesicht.

„Das ist schon okay so", sagte er schließlich und zwinkerte mir ein weiteres Mal zu.

Fünf

LONNY

Das *Goldie's* war noch spärlich besucht, als sich Fred zu mir an die Theke setzte. Draußen glühte weiterhin die Sonne vom Himmel und gab noch keinen Hinweis auf den bevorstehenden Abend sowie den kurzfristigen Rückzug der bedingungslosen Sommerhitze.

„Warum bist du so abgelenkt?“, fragte mich Fred plötzlich und nippte an seinem Brombeer-Lavendel-Shrub, den wir immer kunstvoll mit frischen Beeren und sehr viel Eiswürfeln servierten. Mir war es ein Rätsel, warum Fred diese immer leicht nach Essig schmeckenden Limonaden inhalieren konnte, als hätte er seit Tagen nichts getrunken, aber sei's drum.

Ich freute mich in jedem Fall, ihn zu sehen. Seit Holly,

Freds und Elizas Tochter, auf der Welt war, hatte Fred wesentlich seltener Zeit, mich im *Goldie's* zu besuchen, um mit mir über das Leben und seine zahllosen Rezeptideen zu philosophieren. Meistens blieb uns nur mehr eine kurze Stunde, gleich zu Beginn meines Diensts in der Bar, in der wir die wichtigsten Neuigkeiten austauschten.

Und meistens beäugte uns Arthur währenddessen argwöhnisch bei seinen „Rundgängen" durchs Hotel.

Nach Arthurs dritter Runde durch meine Bar blieb er kurz neben Fred stehen und nickte mir quasi auffordernd zu: „Nichts los heute, hm?", sagte er so laut, dass sich die anderen drei Gäste nach ihm umsahen.

„Es ist zu finster hier herinnen", antwortete ich leise, wie jedes Mal, wenn ein ruhiger Sommernachmittag in einen ruhigen Sommerabend überging. „Die Leute sitzen bei diesem Wetter lieber draußen. Oder sie sind im Schwimmbad."

„Oder sie sind auf Urlaub", mischte sich Fred ein, nahm den Strohhalm seines Getränks in den Mund und schaute Arthur herausfordernd an, während er kräftig anzog. Er sah gleichzeitig provokant und lächerlich aus und ich wusste in diesem Moment einmal mehr, warum wir seit Jahrzehnten so gut befreundet sind.

Arthur hob eine seiner buschigen Augenbrauen missbilligend und zog schnaubend wieder ab.

„Ich habe noch nie zuvor jemanden gesehen, der beim Shrub trinken bedrohlicher ausgesehen hat als du", sagte ich zu Fred, der daraufhin – den Strohhalm weiterhin im Mund – so lachen musste, dass sein Getränk kurz aufblubberte.

„Was ist sein Problem?", fragte Fred schließlich und nickte in die Richtung, in die Arthur verschwunden war.

„Ich", antwortete ich, „ich bin sein Problem. Aus irgendeinem Grund mag er mich nicht." Ich seufzte. „Er mag es nicht, wenn ich zu spät komme. Er mag es nicht, wenn ich zu früh komme."

Fred sah mich nachdenklich an. „Wann hat das angefangen?"

Ich zuckte mit den Schultern. „Er hat mich mal gesehen", sagte ich, „da hatte ich gerade die Bar zugesperrt. Damals war eine Mädelsrunde an der Bar gesessen und eine von denen hat auf mich gewartet, bis ich alles zugesperrt hatte und so weiter."

„Machst du das immer noch?", fragte mich Fred und sah mich überrascht an.

„Was?", gab ich zurück. „Zusperren?"

Fred lachte leicht auf. „Nein, Leute aufreißen, die hier an der Bar sitzen."

Ich zuckte mit den Schultern. „Wenn es sich ergibt ...", ich ließ den Satz in der Luft hängen. Normalerweise hätte ich ihm jetzt von meiner Boxershort-klauenden Eroberung ohne Namen erzählt, aber nach dem Gespräch mit Olly vom Nachmittag war das überhitzte Aufwachen in der fremden Wohnung vor ein paar Tagen in weite Ferne gerückt.

Fred sagte eine Zeitlang nichts, sondern beobachtete nur meine typischen, rhythmischen Bewegungen hinter der Bar, die ich fast jeden Abend machte.

„Warum bist du heute so abgelenkt?", fragte er mich schließlich erneut, gerade als ich zum dritten Mal innerhalb einer Minute über die Arbeitsfläche wischte, die bereits seit dem ersten Drüberwischen trocken gewesen war.

„Ich bin nicht abgelenkt", antwortete ich.

„Natürlich bist du das", beharrte Fred. „Du hast bereits

gefühlt vierundzwanzig Zitronen aufgeschnitten, obwohl du an einem ruhigen Abend wie heute sicher nur sieben benötigen wirst. Außerdem kann man sich bald in deiner Arbeitsfläche spiegeln, so blankpoliert ist die Bar. Fehlt nur mehr, dass du beschließt, die Kaffeemaschine zu entkalken."

„Sicher nicht während der Öffnungszeiten", antwortete ich auf Freds Beobachtungen, erntete aber nur einen schiefgelegten Kopf, der mich ob meiner bemühten Ablenkung vom Thema entnervt ansah.

Ich wischte ein viertes Mal über die Arbeitsfläche und warf dann mein Tuch genervt neben das Waschbecken.

„Ich war vorhin bei Olly", lenkte ich schließlich ein.

„Ist alles okay mit ihm?", fragte Fred und klang ernsthaft besorgt.

„Ja, sicher", antwortete ich irritiert, als hätte ich nicht heute Nachmittag eine gute Sekunde lang die gleiche Sorge durch meinen Kopf spuken gehabt, „bestens sogar. Alles ist bestens. Der Egon und er planen eine Reise an die Westküste der USA."

Freds Gesicht leuchtete auf, als wäre das die beste Nachricht, die er seit Tagen erhalten hatte. „Das ist doch mal was!", rief er aus und wieder wurden die anderen drei Gäste beim Reden und Denken unterbrochen. „Das finde ich eine *hervorragende* Idee! Gut, wenn sie das machen!" Fred lachte auf. „Wann geht's denn los?"

„Nächsten März", grummelte ich.

„Hervorragend!", fand Fred auch das. „Sie sollten das wirklich bald machen, bevor Egons Rückenprobleme noch schlimmer werden." Fred nickte ernsthaft, zog dann wieder am Strohhalm und lächelte glücklich vor sich hin.

Ich war irritiert. Natürlich wusste auch ich von Egons

Rückenproblemen. Aber deshalb musste man ja nicht gleich nach Las Vegas oder Seattle oder Oregon! Diese Logik erschloss sich für mich wirklich nicht. Aber offenbar für jeden anderen rund um mich herum.

„Und du übernimmst derweil das Café?“, fragte mich Fred.

„Wie kommst du darauf?“

Fred sah mich überrascht an. „Irgendwer muss sich ja in ihrer Abwesenheit darum kümmern!“

Mein Brustkorb schnürte sich zusammen wie schon am Nachmittag während des Gesprächs mit Olly. Zum Glück kam genau in diesem Moment eine schnaufende, schwitzende Gruppe Briten, die im Hotel wohnte, in die Bar. Einer nach dem anderen ließ sich auf den Hocker fallen und seufzte und jammerte über die Hitze, fächelte sich mit der Barkarte Luft zu oder starrte einfach nur müde ins Leere.

Ich beneidete sie keineswegs. Wien zu erkunden war schon bei normalen Temperaturen kein Honiglecken, aber bei Hitze war die Stadt kaum auszuhalten. Der immer zugige Schatten, der beinahe zehn Monate des Jahres in allen Ecken und kleinen Gassen der Stadt vorherrschte, löste sich in den Sommermonaten wortwörtlich in Luft auf und man musste in manchen Gegenden jeden Schritt, den man tat, strategisch kalkulieren. An manchen Hitzetagen beobachtete ich sogar Leute, die sich bei einem Fußgängerübergang in den schmalen Schatten der Fußgängerampel stellten, um zumindest wenige Zentimeter ihres Körpers vor der erbarmungslosen Sonne zu schützen.

Seit ein paar Jahren ließen die Verantwortlichen der Stadt zwar verzweifelt da wie dort den Asphalt aufreißen, um vereinzelt Bäume zu pflanzen. Es würde aber wohl noch

Jahre, wenn nicht Jahrzehnte dauern, bis diese tatsächlich groß genug gewachsen waren, um ernsthafte Abkühlung zu verschaffen. In der Zwischenzeit blieb nur die Hoffnung auf möglichst wenige Hitzetage – oder einen Grund, die Stadt vorübergehend verlassen zu können.

Ich versorgte die Touristen mit Bier und Shrubs und Kaffee und gespritztem Weißwein – was man eben so trank, wenn man der Hitze entkommen war – und genoss die kurze Atempause, die mir dadurch im Gespräch mit Fred gegönnt war.

Als ich nichts mehr zu tun hatte, füllte ich Freds Shrub nach und sah mir ein paar neue Bilder von Holly auf seinem Telefon an. „Das war von gestern", beschrieb er eine lächelnde Holly, die mit klugen Augen in die Kamera schaute.

„Sie sieht aus wie du", sagte ich, wie immer.

Und Fred wurde leicht rot, wie immer.

„Sie sieht aus wie Eliza", antwortete er mit sanfter Stimme, wie immer. Ich grinste. Die Geschichte zwischen Eliza und Fred war geprägt von Zufällen und kulinarischen Höhenflügen – und natürlich Birnenschnaps, man konnte es nicht anders sagen. Aber all das ließ Fred seit Jahren glücklich und entspannt durch die Welt laufen und mehr konnte man sich für seine Freunde ja gar nicht wünschen, oder?

„Aber zurück zum Café", sagte Fred schließlich und verdunkelte sein Handy-Display. „Wer wird es während ihrer Abwesenheit führen?"

Ich verdrehte innerlich meine Augen. Nicht einmal ein Tag im Stillen schmollen war mir gegönnt. Nein, Fred musste natürlich genau heute im *Goldie's* auftauchen und nachbohren und nachbohren und nachbohren.

„Ah“, sagte Fred schließlich. „Er hat mit dir wieder über die Nachfolge gesprochen.“ Tja, was sollte ich sagen? Fred und ich kannten uns so gut, unsere Gespräche verliefen fast wortlos. Zumindest ohne meine Worte.

„Ja“, grummelte ich und sah mich hoffnungsvoll um, ob einer der Gäste etwas benötigte, aber natürlich waren jetzt im Moment gerade alle versorgt. „Ich habe bis zum Ende des Sommers Zeit, um mich zu entscheiden.“

„Und wenn du es nicht machst?“, fragte Fred.

„Dann verkauft er“, ich zuckte mit den Schultern, „oder er schließt das Café.“

Fred nahm stirnrunzelnd weitere Schlucke aus seinem Shrub.

„Ich kann das Café im Moment leider noch nicht übernehmen“, sagte er schließlich. „Das *Endlich satt* läuft noch nicht lang genug und da wir ja jetzt Personal haben …“

„Du musst das Café wirklich nicht übernehmen“, sagte ich vehement.

„Ja, aber ich könnte es vorübergehend für dich finanzieren!“, schlug Fred vor. „Also, das wäre eine Möglichkeit. Man könnte das *Endlich satt*-Konzept sicher auf andere Lokale ausweiten. Aber Holly ist noch so klein.“ Fred schluckte. „Eliza reißt mir den Kopf ab, wenn ich jetzt so ein Projekt übernehme.“

„Du sollst das Café gar nicht übernehmen!“, rief ich so leise wie möglich, um keine anderen Gäste zu alarmieren.

„Ja, aber wenn du es nicht machen willst!“

„Ich habe mich noch nicht entschieden!“

„Worauf wartest du noch?“ Fred sah sich um. „Bis Arthur dir so weit auf die Nerven gegangen ist, dass dich ein Magengeschwür von innen heraus auffrisst?“

„Ich bekomme doch kein Magengeschwür!“, ich verdrehte meine Augen. „Arthur ist mir egal. Solchen Menschen begegnet man immer wieder.“

„Nicht, wenn man sein eigenes Lokal hat“, gab Fred zu bedenken und ich verdrehte nochmals meine Augen.

„Dann ist es eben ein Gast, der sich blöd verhält, oder ein Lieferant – oder ein Mitarbeiter …“

Fred winkte ab. „Was sagen eigentlich Egons Träume?“, fragte er mich plötzlich.

„Dass er nach Oregon muss“, antwortete ich ehrlich und Fred lachte lauthals auf.

„Natürlich“, schmunzelte er. „Aber träumt er auch von dir als Nachfolger von Olly?“

Ich zuckte mit den Schultern. „Darüber haben sie nicht mit mir gesprochen.“

Fred zog wieder an seinem Strohhalm und der Shrub senkte sich im Glas.

„Was hält dich *wirklich* ab?“, fragte er mich schließlich mit ruhiger ernsthafter Stimme. Das war Freds „Bester-Freund-Stimme“, der Tonfall, der verkündete, dass alles Ausweichen und Herumtrödeln ab jetzt umsonst war. Jetzt wurde offen gesprochen oder verhandelt oder gehandelt. Je nachdem, worum es gerade ging.

Ich jedoch zuckte nur mit den Schultern, plötzlich verlegen um alle Worte. Ich atmete ruckartig ein, um dem sich verengenden Brustkorb zuvorzukommen, um nicht wieder mit dem metaphorischen Kettenhemd um den Oberkörper dazustehen.

Glücklicherweise winkte die Dame, die kurz nach der Öffnung der Bar heute Nachmittag hereingekommen war, einen Cappuccino bestellt hatte und nun eine Stunde lang wie wild auf dem Handy herumgetippt hatte, mit ihrer Kreditkarte nach mir und ich hatte zu tun.

Fred murmelte etwas von „Toilette" und rutschte von seinem Barhocker, während ich mich um die Cappuccino-Dame kümmerte. Diese verwickelte mich noch in ein kurzes Gespräch über den Kaffee, den wir servierten, und fragte mich nach einer Gasse, die in Richtung des Naschmarkts lag. Als ich mich nach einigen Minuten wieder nach Fred umdrehte, war er immer noch nicht zurück, aber auf seinem Platz saß ein Frau, die aussah wie …

Ach, du meine Güte!

Mein Herz klopfte wie wild, das atmungseinschränkende Kettenhemd war wieder da und sogar meine Hände zitterten leicht. Mein Hirn musste mir einen Streich spielen, sie sah sicher nur so aus wie …

Das gab es ja nicht! Gerade heute! Gerade heute, an dem Tag, an dem mich Olly mit seinen (und somit teilweise meinen) Zukunftsplänen konfrontiert hatte, an dem Tag, an dem selbst Fred mal nicht lockergelassen hatte und einfach nachgebohrt und nachgebohrt hatte.

Ich atmete einmal tief durch, noch ein weiteres Mal, bis meine in den vergangenen Jahren antrainierte Yoga-Atmung instinktiv einsetzte.

Vielleicht war sie's ja doch nicht.

Ich beugte mich nach vorn, stützte mich auf die Bar und begrüßte sie wie jeden Neuankömmling mit einem „Herzlich willkommen im *Goldie's*! Was darf's denn für Sie sein?"

Sie hob ihren Kopf und … ja, nein, es gab keine Zweifel.

Nach mehr als fünfzehn Jahren stand ich also wieder einmal Birdie gegenüber.

Und sie lächelte mich an.

Erst höflich, wie man eben jemanden anlächelte, der einem demnächst ein Getränk servieren sollte. Dann erkannte auch sie mich wieder.

Und strahlte.

Tatsächlich.

Birdie strahlte mich an und mein Herz klopfte gleich noch einmal eine Spur schneller.

Aber plötzlich und ganz ohne mein Zutun runzelte sie ihre Stirn, ihr Lächeln verschwand und sie verdrehte die Augen. „Das ist ja wieder typisch, dass ich dir genau heute über den Weg laufe!", sagte Birdie und sah mich ärgerlich an.

Was sollte ich sagen? Ihr komödiantisches Talent war immer schon unbestritten, wenn auch immer eher unbeabsichtigt gewesen.

Sechs

BIRDIE

Es musste Vollmond sein. Oder Saturn wechselte in irgendein Sternzeichen. Da stand doch neulich was auf Instagram, oder?

Es konnte jedenfalls nur irgendeine kosmische Fügung sein, warum ich genau heute und genau in diesem Moment in dieser Bar gelandet war und plötzlich Lonny gegenübersaß, noch dazu umringt von lauter Briten, die jedoch aussahen, als wären sie Gallier und frisch dem Asterix-Heft entstiegen.

Das lauthalse „Cheers, mate!" war bis auf die Straße hinausgeklungen, als ich an der Bar vorbeigekommen war, und ich hatte es irgendwie sympathisch gefunden. Warum solltest du deinen Verzweiflungs-Rosé nicht hier trinken,

Birdie?, hatte ich mich selbst gefragt, war hereinmarschiert und hatte mich auf den letzten freien Barhocker gesetzt.

„Auf diesem Stuhl sitzt eigentlich schon jemand", sagte Lonny jetzt zu mir und mir blieb nichts anderes übrig, als theatralisch die Hände in die Luft zu werfen.

„Natürlich!", rief ich aus. „Natürlich sitzt hier schon jemand! Die ganze Welt hat sich gegen mich verschworen, hat die Umlaufbahn geändert, nur um mich aus dem Gleichgewicht zu werfen. Gib mir noch ein paar Stunden, dann schleudert es mich womöglich eh gleich von der Erdoberfläche hinaus ins ferne Weltall, dorthin, wo Saturn grad in die Fische oder den Löwen oder – Gott bewahre – in den Steinbock wechselt!"

Hinter mir lachte jemand und ich drehte mich wutschnaubend um.

„Hallo Fred", sagte ich ernüchtert, als ich Lonnys bessere Hälfte aus Schulzeiten wiedererkannte. Ich hatte neulich mal in einem Magazin über ihn und sein eigenes Lokal, das er gemeinsam mit einem Bäcker eröffnet hatte, gelesen. Die Fotos waren herrlich ansprechend und einladend gewesen und eigentlich wollte ich schon längst mal bei ihm im Lokal vorbeischauen, aber dann kamen das Leben und Rafa und vermutlich ein Wochenende in Venedig oder Paris dazwischen. Ich seufzte. „War ja klar, dass du nicht weit entfernt bist", murmelte ich.

Fred grinste. „Bist auch erwachsen geworden, hm?", gab Fred zurück und ich rümpfte die Nase.

„Das ist ja jetzt wohl ein bisschen unpassend, oder?", sagte ich.

„Warum?", fragte Fred mit dieser ihm so eigenen

Unschuldsmiene, die bedauerlicherweise wirklich ernstgemeint war. Damit hatte er mich zu Schulzeiten schon auf die Palme bringen können.

„Man spricht ab einem gewissen Alter nicht mehr übers Alter", ließ ich ihn wissen.

Aber Fred lachte nur. „Ist okay", sagte er besänftigend und griff nach diesem eigenartig gefärbten Getränk, das neben mir auf der Theke stand, und zog wie ein Kleinkind am Strohhalm. „Bleib ruhig sitzen", sagte nun Fred zu mir, als hätte ich Anstalten gemacht, vom Barhocker aufzustehen. Er grinste mich wieder an, aber irgendwie waren seine Augen in den vergangenen Minuten etwas abgekühlt. Und mit diesem kühlen Blick sah er nun zwischen Lonny und mir hin und her, setzte kurz an, um etwas zu sagen, entschied sich dann aber offenbar doch dagegen.

„Ihr seid beide erwachsen", sagte er kurioserweise dann jedoch und ich nickte. „Das ist korrekt", antwortete ich langsam und Fred kicherte freundlich.

Er reichte Lonny den Arm über die Bar und sie schlugen ein, als hätte sie gerade ein Tor geschossen oder irgendetwas anderes klischeehaft Männliches gemacht, was rituelles Hände- und Schulterklopfen verlangte. Die beiden verabschiedeten sich dabei, versprachen einander, sich „über die Sache" später zu unterhalten und ich hoffte wirklich, sie meinten nicht mein heutiges Outfit.

In meinem Frust über meinen Vater und die gesperrten Kreditkarten war ich heute in der neuen Hose (also: in einer der neuen Hosen) gemeinsam mit der neuen Handtasche losgezogen. Bei Tageslicht betrachtet – und im Lichte des erschreckenden Ultimatums meines Vaters – war mir wieder sonnenklar geworden, warum die Handtasche eigentlich auf der „Vielleicht“-Liste gestanden war. Dennoch war ich mit der Tasche außer Haus gegangen, im naiven Glauben, mein Tag könnte ohnehin nicht schlimmer werden als der Vortag.

Ich hatte unrecht.

„Pluto wechselt vorübergehend in den Steinbock“, sagte Lonny zu mir, nachdem Fred gegangen war, und lächelte mir zaghaft zu.

„Wie bitte?“

„Nicht Saturn, wie du gerade gesagt hast, sondern Pluto wechselt in den Steinbock“, erklärte Lonny geduldig.

Ich fixierte ihn für einen Augenblick, musterte ihn, während er auf eine Antwort von mir wartete. Er trug seine Haare länger und zusammengebunden, außerdem hatte er eine – nicht nur bei diesen Außentemperaturen – lächerliche Fliege um den Hals gebunden. Ich hatte noch nie verstanden, warum sich manche Gastronomiebetriebe einbildeten, ihre Mitarbeiter als Clowns verkleiden zu müssen, aber was wusste ich denn schon. Offenbar gar nichts, wie mir ein Gespräch in einer der Galerien, in denen ich heute vorstellig geworden war, verdeutlichte.

„So oder so“, sagte ich, weil es langsam peinlich wurde, wie lang ich Lonny anstarrte, „so oder so ist dieser Planet verantwortlich für mein Unglück. Also, wenn ich den zwischen die Finger bekomme!“, drohte ich und Lonny grinste.

„Was bekommst du gegen dein Unglück?“, fragte er mich dann und deutete auf die Flaschen hinter ihm an der Bar.

„Rosé“, antwortete ich und Lonny nickte.

Er servierte mir meinen Wein und stellte daneben ein

Glas kaltes Leitungswasser auf die Bar, das ich gierig trank. Lonny räumte die Reste der eigenartigen Limonade, die Fred getrunken hatte, weg und kümmerte sich um die nächste Runde der Briten. Zwei Männer in Anzügen winkten mit ihren leeren Prosecco-Gläsern nach ihm und ich hatte somit ausreichend Zeit, um Lonnys flinke und sichere Bewegungen zu beobachten. Er schien diese Arbeit schon lang zu machen und, wenn ich seine kurzen Gespräche mit den Gästen richtig interpretierte, schien er es auch gerne zu machen.

Als alle anderen Personen rund um die Bar versorgt waren, drehte er sich mit seinem professionellen Lächeln zu mir, ein schneller Blick wanderte zu meinem weiterhin gut gefüllten Glas, dann sah er mir wieder ins Gesicht.

„Hallo Birdie", sagte er schließlich und lächelte. „Wo warst du die ganze Zeit?"

Argh, wie sehr ich Lonnys komische Fragen hasste! Was meinte er damit? Seit unserem letzten Zusammentreffen? Seit unserer Schulzeit? Seit wir das letzte Mal voneinander gehört hatten?

„Ach, hier und dort", antwortete ich unverbindlich und Lonny schnaubte kopfschüttelnd durch die Nase. „Du bist immer noch irgendwie gleich", hielt ich fest.

„Ich hoffe doch nicht!", antwortete Lonny.

Ich hoffe doch schon, dachte ich mir und überraschte mich selbst damit.

Irgendwann war ich dann beim dritten Gläschen Marillenschnaps gelandet und die wenigen Gehirnzellen, die noch nicht gänzlich betrunken waren, beschlossen, am nächsten Tag eine Petition zu starten: Jede erwachsene oder zumindest halb-erwachsene Person sollte regelmäßig daran erinnert werden, dass man einen schlechten Tag weder mit Shopping noch mit einer Handtasche in fragwürdiger Farbe noch mit Marillenschnaps kompensieren konnte. Es wurde einfach immer nur noch schlimmer.

Also saß ich hier in Lonnys Bar, die – wie ich zwischen drittem Rosé und zweitem Schnaps erfahren hatte – vermutlich nach Goldie Hawn benannt worden war, was mich und meine angetrunkenen Gehirnzellen vorübergehend glücklich gemacht hatte. Das war doch also wirklich mal eine richtig schöne Geschichte!

Die Briten hatten sich nach meinem vierten Rosé verabschiedet und waren gut gelaunt in Richtung ihrer Zimmer losgezogen. Dass sie dabei im Chor „You don't own me" gesungen hatten, konnte eventuell daran liegen, dass Lonny und ich irgendwann unsere liebsten Goldie-Hawn-Filme aufgezählt hatten und – um ehrlich zu sein – nach „First Wives Club" musste man nicht mehr weiterreden. Ich war mir hochprozentig sicher, dass Lonny der erste war, der die ikonische Schlussszene des Films angesprochen beziehungsweise angesungen hatte. Und dass wir beide die Choreografie (zumindest teilweise) kannten, wurde bis morgen hoffentlich vom Alkohol in die ewige Vergessenheit verbannt.

„Ich sperre jetzt dann zu", sagte Lonny irgendwann plötzlich zu mir, nachdem die beiden Herren im Anzug ihre vermutlich siebenundvierzig Gläser Prosecco bezahlt und mir zum Abschied zugewinkt hatten.

„Heißt es eigentlich Proseccos oder Prosecchi?", fragte ich Lonny, als ein grantig aussehender Mann in einem hässlichen Gilet in die Bar kam.

„Warum gibt man dem Personal eigentlich niemals ansprechende Kleidung?", fragte ich Lonny, nachdem er die Mehrzahl von Prosecco offenbar genauso wenig kannte. Aber Lonny grinste mich nur an und schüttelte den Kopf.

„Sie ist eine Freundin von mir", sagte Lonny zu dem grantigen Gilet und zum ersten Mal an diesem Abend klang er etwas angespannt.

„Du sollst hier keine privaten Verbindungen pflegen", schalt ihn der Grantige, „wie oft soll ich dir das noch sagen?"

Lonny drehte sich nur weg, wischte über die blitzblanke Theke und sah mich entschuldigend an. Warum wehrte er sich nicht gegen diesen komischen Menschen?

Ich lehnte mich halb über die Theke und sah den Mann und sein Gilet streng an. „Hören Sie", sagte ich und erhob meinen Zeigefinger, „Sie sollten keine Mitarbeiter vor Gästen zurechtweisen."

Ich hörte Lonny überrascht, aber leise lachen und der grantige Mann schaute mich einen Moment sprachlos an, dann richtete er sich zu seiner nicht sonderlich bemerkenswerten, aber offenkundig vollen Größe auf und fragte mich, ob ich ein Taxi benötigte.

„Eigentlich schon", antwortete ich ehrlich betrübt, „aber ich fürchte, ich kann es mir nicht leisten."

„Und Ihre Rechnung hier?", fragte mich der Mann nun, aber Lonny unterbrach ihn, stellte sich vor ihn hin und redete leise auf ihn ein. Ich hörte nur Wortfetzen, die wie

„schlechter Tag“ und „Rosé“ klangen und fürchtete, dass die beiden tatsächlich über mich sprachen. Zum Glück erwähnte niemand der beiden den Marillenschnaps oder die zweifelhafte Farbe meiner Handtasche.

Was hatte ich mir nur dabei gedacht?

Ich nippte weiterhin an den Resten meines Rosé und irgendwann war der Mann im Gilet verschwunden und dann stand Lonny plötzlich in Zivil vor mir und mir raubte es für einen ganz kurzen, sehr betrunkenen Moment den Atem. Sollte man jemals einen Beweis dafür benötigt haben, warum Männer *ohne* Fliege und *ohne* Gilet und *ohne* Barkeeperschürze besser aussahen, war dieser Augenblick der beste Beleg dafür.

Lonny trug Flipflops, mittelblaue Jeans und ein altes ausgewaschenes Beatles-Shirt. Seine Haare hatte er zu einem lockeren Knoten am Hinterkopf gebunden und er sah mich müde, aber freundlich an.

Er drehte alle restlichen Lichter ab und ließ uns aus der Bar, hinaus in die immer noch hochsommerwarme Abendluft.

~

Sollte es irgendjemand noch nicht gewusst haben: Alkohol war wirklich keine Lösung. Für nichts. Und niemanden.

Als ich am nächsten Morgen munter wurde, waren all meine Probleme sowie die hässliche Handtasche immer noch da. Und ein intensiver Kopfschmerz hatte sich unnötigerweise zu meiner langen Liste an verbesserungswürdigen Lebensentscheidungen hinzugefügt.

Mein aktuell größtes Problem nach dem Aufwachen war jedoch, dass ich nicht zu Hause war, in meinem eigenen Bett, in meinem abgekühlten, schattigen Schlafzimmer, vor dem im Sommer immer der alte Nussbaum leise raschelte.

Nein, ich war in einer sonnendurchfluteten Sauna aufgewacht, weiterhin in der Kleidung von gestern, die mir unangenehm am Körper klebte, während mir eine meiner Haarklammern ein Loch hinters Ohr pikste und meine Nase (meine Nase!) dicht an den Halsausschnitt eines T-Shirts gepresst war.

Und somit an die darunterliegende Schulter.

Ich wagte es kaum, mich zu bewegen, atmete erstmal zaghaft durch das eine freiliegende Nasenloch ein – und, ja: Der Geruchstest ergab eindeutig, dass es Lonnys Schulter war, in die ich mein Gesicht offenbar schlaftrunken gepresst hatte.

Ich gab mir zweieinhalb Sekunden, um darüber nachzudenken, warum ich Lonny nach so vielen Jahren am Geruch erkennen konnte und was das über mich und meine Nase aussagte, dann beschloss ich, dass dies nun tatsächlich ein etwas weniger Dringendes meiner vielen Probleme war und drehte mich langsam, langsam auf den Rücken.

Weitere zweihundertsiebenunddreißig Sekunden später hatten der alkoholbedingte Schwindel sowie meine dazugehörenden Selbstvorwürfe endlich aufgehört und ich war bereit, mich aus dem Bett zu rollen.

„Guten Morgen“, flüsterte dann jedoch Lonny neben mir und ich drehte meinen Kopf viel zu schnell in seine Richtung.

„Guten Morgen“, krächzte ich mit geschlossenen Augen zurück, um das sich drehende Zimmer auszublenden. Als hätte mein Gehirn mit meinen Problemen und meinem Kater nicht schon genug zu tun, spielte es jetzt auch noch im Sekundentakt Erinnerungen an früher aus, als ich neben Lonny im Bett gelegen war, an seinen Geruch von damals, der so gleich war wie heute, und an seine Stimme, die damals so gleich klang wie heute, und sein Lächeln, das … – ich öffnete zaghaft ein Auge – ja, sogar das Lächeln war damals gleich wie heute.

„Auf einer Skala von 1 bis 10 – wie sehr schmerzt dein Kopf?“, fragte mich Lonny leise und lächelnd.

„Siebenunddreißig“, antwortete ich wahrheitsgemäß, woraufhin er lachte.

„Ich bring dir was“, erklärte Lonny und rollte sich aus dem Bett.

Wenige Minuten später hatte ich Schmerzmittel geschluckt und einen halben Liter Wasser getrunken und Lonny schlug vor, dass ich nochmals die Augen schloss. „Damit die Tabletten besser wirken“, sagte er und ich widersprach ihm nicht, während meine Augenlider von selbst zufielen.

Als ich das nächste Mal erwachte, lag ich allein im Bett und die Sonne schien nicht mehr erbarmungslos durchs Fenster. Mein Kopfschmerz hatte sich zu diesem dumpfen Nebel zurückgezogen, der mich bis zum nächsten Tag an die durchzechte Nacht erinnern würde.

„Nie wieder Marillenschnaps“, murmelte ich leise vor mich hin.

„Das ist aber schade“, tönte es als Antwort von irgendwoher neben dem Bett und ich fuhr erschrocken zusammen, als Lonnys Kopf plötzlich neben der Matratze auftauchte, langsam gefolgt von seinem restlichen Oberkörper. Dann verschwand sein Kopf wieder und ich hörte Lonny laut ausatmen, bis nun sein Hinterteil plötzlich neben dem Bett erschien. Ich sah ihm sprachlos zu, bis er seine Turnübungen beendet hatte und mein Hirn mir meldete, dass Lonny gerade den Sonnengruß absolvierte.

Lonny drehte sich mit halbgeöffneten Augen und zur Gänze geöffneten Haaren zu mir. „Geht es dir besser?“, fragte er mich.

Nicht, dass ich in der Lage gewesen wäre, ihm zu antworten. Lonny hatte nämlich offenkundig beschlossen, es reichten dünne, dünne Baumwollshorts aus, um die Sonne zu begrüßen, und ich konnte mir jetzt – nachdem er wieder zur vollen Körpergröße aufgerichtet neben dem Bett stand – ein detailliertes Bild davon machen, was langjähriges Yoga-Training aus einem Männerkörper machen konnte: etwas sehr, sehr Schönes nämlich sei an dieser Stelle schon verraten.

Und mein ohnehin vom Marillenschnaps und Rosé ausgetrockneter Mund fühlte sich gleich noch etwas trockener an.

Ich nickte dümmlich – was blieb mir in meiner Situation auch anderes übrig? Seien Sie mal eloquent, wenn ein halbnackter Lonny in Yogaposen neben Ihnen auf- und abtaucht!

„Machst du mit?“, fragte mich Lonny und tauchte auch gleich wieder kopfüber nach unten, in die nächste Sonnengruß-Runde.

Ich schüttelte den Kopf.

„Hm?“, fragte Lonny, der mich nicht sehen konnte.

„Nein“, krächzte ich, „ich schau lieber zu.“

Ich hörte Lonny schmunzeln, aber das war mir nicht mal peinlich.

Ich bedankte mich im Stillen für das Geschenk, Lonny beim Yoga zusehen zu dürfen und fand, in diesem Moment wurde ich doch tatsächlich für all die Widrigkeiten der vergangenen Tage ausgiebig entschädigt.

Sieben

LONNY

Irgendetwas war anders an Birdie. Ich musterte sie heimlich, als wir die Straße in Richtung *Endlich satt* entlangschlenderten. Es war schon beinahe Mittag, aber eine dicke Wolkendecke verschaffte uns gerade eine Atempause vor der drückenden Hitze, die die Stadt seit Wochen im Griff hielt. Dennoch gelang uns kein schnelleres Tempo als gemütliches Schlendern, was hauptsächlich an Birdies Kater zu liegen schien.

Aber selbst unabhängig vom Kater machte sie einen veränderten Eindruck. Ich hatte sie wirklich sehr, sehr viele Jahre nicht mehr gesehen und all die körperlichen Veränderungen, die das Älterwerden einfach so mit sich brachte, hatte Birdie mit der ihr typischen Eleganz einfach in ihr

Wesen integriert. Bereits gestern Abend war mir aufgefallen, dass sie sich wie schon früher stets selbstsicher und selbstbewusst bewegte, sie zappelte niemals herum, hielt ihren Körper aufrecht und gerade noch so weit geöffnet, dass sie höflich, aber gleichzeitig distanziert wirkte. Aber trotzdem sie auf den ersten Blick wie eine einfach älter gewordene Version der Teenager-Birdie schien, war irgendetwas anders als früher.

Ich war jedenfalls überrascht gewesen, dass sie getrunken hatte. Und dass sie so viel getrunken hatte. Und dass sie den vielen Alkohol nicht besser vertragen hatte.

Ich hatte zu viel mit den anderen Gästen zu tun gehabt, um mich mit Birdie tiefergehender zu unterhalten, aber die wenigen Sätze, die wir miteinander gesprochen hatten, ihr seltener Griff zu ihrem Handy und das stete Nachbestellen, waren irgendwie alarmierend gewesen.

Jetzt, während sie neben mir durch die Kettenbrückengasse schlurfte, trug sie ein altes ärmelloses Shirt von mir, auf dem vorn (mutmaßlich) mal eine pinke Palme und der Spruch „Hey Ho, Miami!“ aufgedruckt gewesen war. Den ohnehin kaum mehr lesbaren Spruch hatte Birdie unter einem kunstvollen Knoten über ihrer Hüfte versteckt. Die ausgewaschene Palme war weiterhin zu sehen und man konnte fast meinen, ihr Outfit wäre bewusst gewählt, denn kurioserweise passte ihre Handtasche zum nachlassenden Druck auf meinem Shirt.

Drumherum um dieses ärmellose Shirt war sehr, sehr viel Birdie-Haut zu sehen, so auch das Dreigestirn an Muttermalen auf ihrer linken Schulter, die genau an dieser Stelle gelegentlich an meinen Oberarm stieß, während wir hier durch das gut aufgeheizte Naschmarkt-Viertel spazierten. Und mein Bauch kribbelte bei jeder Berührung genauso wie damals schon, als Birdie die Hausübungen mit ein paar Küssen unterbrochen hatte. Oder wie zuvor, als sie mir verschlafen, aber fast zufrieden lächelnd bei meiner morgendlichen Yoga-Routine zugesehen hatte.

Was wir wirklich nicht überinterpretieren wollten.

„Was?", fragte mich Birdie plötzlich und kniff ihre Augen zusammen, um mich vermutlich ärgerlich anzusehen. Ich grinste.

„Hm?", gab ich zurück.

„Du siehst mich so an", sagte sie.

„Dein Shirt ... also, *mein* Shirt passt zu deiner Tasche", hielt ich fest. Sie musste ja nicht gleich wissen, dass sie mir so anders vorkam als sonst.

Denn vielleicht spielte mir nur mein Bauchgefühl einen Streich. Wie konnte einem jemand anders vorkommen, den man kaum jemals sah?

Birdie verdrehte die Augen. „Hör auf mit dieser Tasche!", rief sie aus und erschreckte dabei einen uns entgegensteuernden Dackel. Ich entschuldigte mich bei der Besitzerin, die uns missbilligend ansah, als ob wir etwas über das Nervenkostüm des zartbesaiteten Dackels wissen hätten müssen.

„Das ist die Ursache allen Übels!", schimpfte Birdie weiter.

„Was?"

„Na, die Tasche!"

„So schlimm ist die gar nicht", meinte ich, eigenartigerweise fast ein wenig stolz, dass eines meiner ältesten Shirts an Birdie so gut aussah. Also, dass sich eines meiner ältesten Shirts zu Haute Couture kombinieren ließ.

Falls das Haute Couture war ... –

„Ich werde sie verkaufen müssen", seufzte Birdie.

„Was?“, fragte ich erneut nach, offenbar nicht in der Lage, ein konzentriertes Gespräch zu führen.

„Die Tasche!“, antwortete Birdie zurecht entnervt.

„Warum?“, erweiterte ich mein Spektrum an Fragewörtern, gerade als wir vor dem *Endlich satt* ankamen.

Der Schanigarten war gut besucht und die Tür zum Lokal stand offen. Herr Andi eilte gerade mit zwei kunstvoll drapierten Bagels an uns vorbei und Birdie hielt plötzlich inne.

„Genau so etwas möchte ich“, sagte sie und deutete auf Herrn Andi.

„Ich glaube, Herr Andi ist nicht verfügbar“, antwortete ich und erntete ein verwirrtes Stirnrunzeln von Birdie.

„Sie nennen ihre Bagels ‚Herr Andi‘?“, fragte mich Birdie und ich fragte mich im Stillen, wie ich mit ihr jemals ein vernünftiges Gespräch geführt hatte, wenn wir beide einfach ständig aneinander vorbeiredeten.

„*Ich* bin Herr Andi“, stellte sich Herr Andi sogleich vor und hielt Birdie seine Hand hin, sah aber mich erwartungsvoll an, als hätte ich etwas sagen sollen. Er wickelte seine andere Hand um seine heute sonnengelbe Perlenkette und strahlte Birdie mit von der Hitze und dem Stress der Lunch hour geröteten Wangen zu. „Herr Lonny bringt nie jemanden mit zu uns, ich freu mich so!“ Er drückte Birdies Hand, sah mich wieder erwartungsvoll an, seufzte dann schließlich und deutete nach drinnen ins Lokal: „Wir haben im Moment leider nur drinnen Platz, aber dafür essen hier heraußen grad alle, also hat Fred sofort Zeit für euch.“ Dann verschwand er.

„Ich *liebe* seinen Style“, flüsterte mir Birdie zu und ich grinste. „Dann lass uns einen Platz suchen, *Herr* Lonny!“, forderte sie mich lächelnd auf und marschierte direkt ins Lokal. Selbstsicher und selbstbewusst wie immer, aber trotzdem irgendwie verändert.

Ich folgte ihr und hörte gerade noch, wie Herr Andi durch die Tür hinter der Theke in der Küche verschwand und etwas rief wie: „Herr Lonny ist hier und er hat eine *Frau* mitgebracht!“ Ich glaubte sogar am Ende zu hören, wie sich seine Stimme leicht überschlug.

Die Sache mit Herrn Andi war eigentlich eine ausführliche Geschichte für sich. Wenn ich mich richtig erinnerte, kam Herr Andi vor etwas mehr als einem Jahr, vielleicht waren es auch schon eineinhalb Jahre, als studentische Aushilfe ins Bistro. In den ersten Wochen und Monaten hatte er sich ausschließlich flüsternd mit Ivo und Fred unterhalten – und die beiden beharrlich gesiezt. Was ihm schlussendlich auch selbst den beharrlichen Rufnamen „Herr Andi“ eingebracht hatte. Sogar Lavendel, Ivos Mitarbeiter in der Backstube, nannte ihn meistens so. Kurz nachdem Lavendel im vergangenen Sommer hier zu arbeiten begonnen hatte, hatte selbst Herr Andi wieder zu seiner hörbaren Stimme gefunden, was vermutlich ebenso an dieser eigenartigen Spannung lag, die zwischen Lavendel und Herrn Andi immer herrschte. Es knisterte und flirrte zwischen den beiden so sehr, dass ihre Geschichte seifenopernngleich von Fred und Eliza, Ivo und Rosa sowie Frau Lore und mehreren weiteren Stammgästen verfolgt wurde.

„Heißt es Cappuccinos oder Cappuccini?", fragte Birdie gerade, als Herr Andi unsere zweite Runde Kaffee vor uns abstellte.

„Je nachdem, in welchem Land wir uns gerade befinden", antwortete Herr Andi, ohne zu zögern, und lächelte Birdie zu.

„Und hier im Bagelland?", fragte Birdie. „Wie sagt man da dazu?"

„Wie immer Sie möchten, Frau Birdie", gab er zurück und verschwand daraufhin mit unseren leergeputzten Tellern.

Kaum dass wir im *Endlich satt* einen Platz gefunden hatten, zeigte sich, dass Birdie sich in den zwei Sekunden, die wir vor dem Lokal gewesen waren, sowohl in Herrn Andis Charme sowie in die hier servierten Bagels verliebt hatte.

„Ich geh hier nie wieder weg", murmelte sie nach dem ersten, siebten und vierundzwanzigsten Bissen von ihrem üppig gefüllten Bagel. Die Art und Weise, wie Birdie den Bagel verspeiste, war eine Kunst an sich: Zu Beginn nahm sie den Deckel vom Bagel und für eine halbe Minute hatte ich schon Sorge gehabt, sie würde die Hälfte der Zutaten aus dem Bagel herausklauben, aber selten in meinem Leben war ich so falsch gelegen. Nein, Birdie hatte die Zutaten vielmehr noch weiter der Schwerkraft widerstehend übereinandergestapelt, den Deckel schließlich draufgepresst und den gesamten Bagel in beide Hände genommen, um besser davon abbeißen zu können.

Bloß ein einzelnes kleines Salatblatt hatte sich (vorübergehend) retten können und war auf den Teller gefallen, der Rest wurde von ihr mit überbordender Begeisterung verspeist.

. . .

Ich nahm einen Schluck vom Kaffee und summte zufrieden.

Fred und ich hatten lang herumgetüftelt, welche Kaffeemaschine und welche Bohnen für das *Endlich satt* am passendsten waren. Natürlich hatte ich ihm auch Jims Röstungen empfohlen und war einmal mehr zufrieden mit unserer Wahl.

Auch Birdie schien zufrieden zu sein. Sie nippte an ihrem zweiten Kaffee und trank dazu einen Schluck Leitungswasser, dann sah sie sich lächelnd um.

„Mir gefällt es hier", hielt sie ein weiteres Mal fest.

„Mir auch", gab ich ihr recht und musterte sie. Ihre Wangen hatten wieder etwas Farbe gewonnen und sogar ihr Gemüt schien aufgeräumter zu sein. Ich lächelte ihr zu, als sich unsere Blicke trafen.

„Du siehst mich immer so an", sagte Birdie schließlich und hielt den Blick.

„Du wirkst verändert", antwortete ich.

„Das war auch ein lebensverändernder Bagel", gab sie zurück, aber ich schüttelte lächelnd den Kopf.

„Schon gestern Abend", sagte ich. „Du wirkst irgendwie verändert."

„Das ist das Alter", seufzte Birdie theatralisch.

„Ja, das bekommt dir eh gut", gab ich zurück und Birdie riss die Augen auf, was ich ignorierte. „Die Veränderung ist irgendetwas anderes", beharrte ich. „Aber ich komme gerade nicht drauf."

„Du findest, ich sehe alt aus?", fragte mich Birdie schockiert.

„Bird", sagte ich, ein bisschen ungeduldig, „das letzte Mal habe ich dich gesehen, da waren wir Teenager. Zum Glück siehst du mittlerweile älter aus als damals!"

Birdie runzelte die Stirn und am liebsten hätte ich mit meinem Daumen über diese kleine Falte gestrichen, die sich direkt über ihrer Nasenwurzel gebildet hatte, um ihre Stirn und den Kopf und das Denken dahinter zu entspannen.

Im Vergleich zum Vortag trug Birdie heute kein Make-up, die Reste des Vorabends hatte sie sich zuvor in meinem Badezimmer hastig vom Gesicht gewaschen, war aber ohne großes Aufheben zu machen, ungeschminkt außer Haus gegangen. Ich wusste nicht, ob es am fehlenden Make-up oder an der katerbedingten Müdigkeit lag, aber Birdie sah heute tatsächlich etwas älter aus als am Vorabend. Wann immer sie lächelte, legte sich die Haut um ihre Augen in kleine Falten, die vor fünfzehn Jahren sicher noch nicht da gewesen waren.

„Du siehst auch älter aus“, sagte Birdie schließlich etwas trotzig, konnte sich aber dann das Grinsen nicht verbergen, als sie ergänzte: „Vor allem beim Yoga.“

Und als sich schließlich ihre Wangen bis genau unter diese neuen Fältchen um die Augen röteten, konnte ich mich nicht mehr zurückhalten und ließ meine Finger über ihre Wange streichen, legte meine Handfläche auf ihre Wange, während mein Daumen die zarte, müde Haut unter ihren Augen nachzeichnete.

Für einen Augenblick schloss Birdie die Augen und legte ihren Kopf schief, fast unmerklich, als wollte sie sich selbst nicht eingestehen, dass sie die Berührung genoss. Und in diesem Moment blieb mein Herz stehen.

„Stör ich?“, fragte Fred plötzlich sehr nah neben unserem Tisch und grinste. Mein Herz startete klopfend wieder durch, ich zog schnell meine Hand zurück und Birdie räusperte sich, immer noch mit dem verführerischen Rot auf ihren Wangen, das jetzt sogar eine Spur intensiver geworden war.

„Lonny zeichnet meine Augenfalten nach“, sagte Birdie jedoch trocken und ich hob überrascht meine Augenbrauen. Ich war mir sicher, dass wir gerade zum ersten Mal an diesem Tag gleichzeitig über dasselbe nachgedacht und gesprochen hatten, ohne uns misszuverstehen.

„Lonny, du Charmeur!“, hänselte mich Fred und zog sich einen Sessel zu unserem Tisch.

Er stellte eine Espressotasse vor sich ab und sah Birdie direkt an.

„Du bist also gestern nicht nach Hause gegangen“, hielt er fest.

„Fred …“, versuchte ich mich einzumischen, aber Fred winkte nur ab.

Birdie nickte. „Da war dieser Marillenschnaps …“

Fred lachte auf und ließ sich theatralisch in seinem Sessel nach hinten fallen, verdrehte dabei die Augen. „Natürlich, Lonnys Schnaps …, das hätte ich ja gleich wissen müssen.“

Birdie sah ihn etwas verwirrt an.

„Ich habe deswegen jetzt eine Tochter“, erklärte Fred. „Also, erstmals habe ich so auch Eliza kennengelernt … –”

„Ihr hättet euch auch ohne den Schnaps kennengelernt“, warf ich ein.

„… und wir waren im Vorjahr etwas leichtsinnig, nachdem wir versucht hatten, ein Unwetter mit diesem Schnaps wegzutrinken“, setzte Fred unbeirrt fort. Birdie kicherte.

„Wenn der Schnaps etwas beigetragen hat, dann wohl nur, dass er das Unausweichliche eher beschleunigt hat“, sagte ich gespielt ärgerlich und Fred klopfte mir lachend auf die Schulter.

„Holly ist eine Heldin“, hielt ich fest.

„Das ist sie“, gab mir Fred zärtlich recht und Birdie musterte uns neugierig. „Vielleicht lernst du sie ja mal kennen, wenn du wieder ins Lokal kommst“, schlug ihr Fred vor und ich kannte ihn lang genug, um den Subtext seiner Aussage herauszuhören: *Falls* du vorhast, bald wiederzukommen.

„Oh, definitiv“, antwortete Birdie, ohne zu zögern. „Ich kann mir kein weiteres Leben mehr ohne diese Bagels vorstellen.“ Dann beugte sie sich verschwörerisch nach vorn. „Und ich will Herrn Andis beste Freundin werden. Dafür werde ich vermutlich einiges an Zeit investieren müssen.“

Wir lachten alle drei auf.

Die Küchentür öffnete sich und ein lächelnder Ivo gesellte sich für einen Moment zu uns an den Tisch. Er stellte sich bei Birdie vor und wir erklärten ihr, woher sich Fred und Ivo kannten, wie es zur Gründung des *Endlich satt* gekommen war und warum Ivo im Moment keine Zeit hatte, um sich zu ihnen zu setzen.

„Viola“, sagte er, dann wandte er sich an Birdie, „das ist Rosas Tochter, also Viola und ich gehen heute noch ins Schwimmbad.“ Wir richteten alle unseren Blick nach draußen, wo sich die Sonne wieder gegen die dichte Wolkendecke durchgesetzt hatte. Es war wirklich ein herrlicher Tag fürs Schwimmbad, wenn man nicht in wenigen Stunden bereits wieder zum Dienst ins *Goldie's* berufen wurde.

„Wie geht's dir?“, fragte ich Birdie leise, während Fred

und Ivo noch einige organisatorische Details besprachen.

Birdie wackelte leicht mit ihrem Kopf. „Besser, aber ich habe immer noch keine Idee ... –." Ivo grüßte in die Runde und verabschiedete sich, unterbrach somit Birdie.

„Keine Idee wozu ...?", bohrte ich nach, als Ivo durch die Tür nach draußen gerauscht war.

Birdie schluckte, sah zwischen Fred und mir hin und her.

Dann seufzte sie. „Ich war gestern zufällig in der Gegend", sagte sie und klang erstaunlich resigniert. „Ich kenne da jemanden in dieser einen Galerie und ich hatte gedacht, wenn ich persönlich vorbeischaue, können sie mich nicht ablehnen. Tja, da hatte ich falsch gedacht."

„Malst du?", fragte Fred.

„Nein, warum?", gab Birdie verwirrt zurück.

„Bildhauerei?", probierte es Fred ein weiteres Mal, darüber musste Birdie dann lachen. Sie schüttelte den Kopf. „Nein", lachte sie, „ich hatte mich um einen Job bemüht. Als Aushilfe oder zum Organisieren von Events oder so."

„Und die haben dich nicht genommen?", fragte ich nach.

Birdie schüttelte traurig den Kopf. „Ich war in drei Galerien und zwei Schmuckgeschäften – alles Orte, an denen ich schon mal gearbeitet hatte. Aber entweder suchen sie gerade niemanden ... oder ... oder sie suchen niemanden wie mich."

„Was heißt das?"

„Dass ich zu wenig qualifiziert bin", sagte Birdie mit gespielter Lockerheit, die sogar Freds Augen misstrauisch kleiner werden ließen.

„Blödsinn!", sagte ich, ohne jedoch zu wissen, ob Birdie jemals eine Ausbildung abgeschlossen hatte.

„Natürlich", sagte Birdie. „Aber so ist es nun mal. Ich war niemals lang irgendwo beschäftigt und wenn man einen

derart löchrigen Lebenslauf hat wie ich, reißt sich kein Arbeitgeber um dich."

„Blödsinn!", sagte nun auch Fred und Birdie zuckte mit den Schultern.

„Es ist, wie es ist", sagte sie und klang traurig.

„Warum suchst du überhaupt einen neuen Job?", fragte Fred.

Birdie sah ein wenig verlegen aus, aber atmete schließlich tief durch, um weiterzuerzählen: „Der Zugang zu meinen Kreditkarten wurde gesperrt", erklärte sie nüchtern.

„Oh", sagte ich.

„Oh", sagte auch Fred und runzelte seine Stirn. „Und dein Vater ..., kann der dir nicht helfen?"

Birdie sah plötzlich noch verlegener aus. „*Er* hat den Zugang gesperrt", flüsterte sie und fixierte die Tischplatte. „Und ich muss jetzt auch noch Miete zahlen." Sie sank seufzend gegen die Sessellehne. „Alles nur wegen dieser blöden Tasche!"

Und als Fred und ich in unserer überraschten Sprachlosigkeit einen Moment lang nichts sagten, startete Birdie in eine ausufernde Geschichte über Ungerechtigkeiten, Shopping Sprees, ein Scheusal namens Rafa und mehrerer falscher Schlangen, die Vroni und Phoebe hießen.

Während Birdie sprach, schwankte meine innere Stimmungslage von Überraschung zu Mitgefühl und schließlich von Fassungslosigkeit zu diesem einen Gefühl, das mich stets begleitete, wenn ich mit Birdie zu tun hatte, für das es aber in meinem Wortschatz keinen eigenen Ausdruck gab: Es lag irgendwo zwischen grenzenloser Anziehung, absoluter Unsicherheit und dem unstillbaren Bedürfnis, sie zu berühren.

Ganz leicht nur, damit sie wusste, dass sie nicht allein war. Damit sie wusste, dass ich hier war.

Und mitten in dieses mein Vokabular überforderndes Gefühlskarussell platzte Fred mit der Frage, ob Birdie denn nicht hier im *Endlich satt* arbeiten wollte.

„Wie bitte?“, fragte Birdie.

„Wie bitte?“, fragte auch ich, in seltener Einigkeit mit Birdie.

Fred zuckte mit den Schultern. „Wir brauchen jemanden“, erklärte er. „Herr Andi arbeitet ohnehin schon mehr, als er auf Dauer sollte, und nachdem Ivo und ich zurzeit ein bisschen flexibler sein müssen ... sein *wollen*, könnten wir eine helfende Hand benötigen“, erklärte er ruhig. „Außerdem lassen wir das Bistro heuer im August geöffnet.“ Er drehte sich zu mir. „Holly ist zu klein zum Reisen, also bleiben wir hier und schauen uns an, was die Stadt im Sommer zu bieten hat.“

„Aber ich kann das nicht“, erklärte Birdie.

„Was kannst du nicht?“, fragte Fred nach.

„Kaffee kochen, servieren, ... was auch immer ihr hier macht!“

Fred winkte ab. „Herr Andi schult dich ein. Wir fangen klein an. Anfangs nimmst du nur Bestellungen auf und servierst ein paar Gerichte, dann lernst du die Kaffeemaschine kennen – und wenn du dann immer noch bleiben willst, zeigen wir dir die Kassa.“

„So einfach ist das?“, fragte Birdie nach.

„Es ist relativ einfach“, sagte Fred, zögerte dann aber kurz. „Es ist nicht so üppig bezahlt, wie du es möglicherweise gewöhnt bist.“ Er nannte daraufhin eine Summe, bei der

Birdie die Augen aufriss, dann sah sie aus irgendeinem Grund mich an und wieder zurück zu Fred.

„Aber du magst sie gar nicht“, warf ich – wenig hilfreich – ein, als gerade niemand etwas sagte und drehte mich zu Fred.

Fred musterte mich für einen Augenblick.

„Ich muss sie nicht mögen“, sagte er achselzuckend, als würde Birdie gar nicht anwesend sein, „aber *du* magst sie aus irgendeinem Grund. Und sie mag dich. Das reicht fürs Erste.“

Er drehte sich wieder zu Birdie und erklärte ihr, dass sie sich ohne Weiteres bis zur nächsten Woche Zeit lassen könnte mit ihrer Entscheidung. „Es ist nur ein Angebot“, insistierte er. „Aber es ist sicher die bessere Lösung als Rosé mit Marillenschnaps.“ Woraufhin Birdie ein leises Wimmern entfuhr, das sie jedoch mit einem freundlichen Lächeln überspielte.

Acht

BIRDIE

Mein erster Arbeitstag im *Endlich satt* war eine Katastrophe. Bereits eine Stunde nach Dienstbeginn, so kurz nach 09:00 Uhr, war ich davon überzeugt, dass Fred einen großen Irrtum begangen hatte, indem er mich eingestellt hatte.

Auch wenn ich in der ersten Stunde tatsächlich nicht mehr zu tun hatte, als Croissants und Kipferl und Brot und Semmeln in diese hübschen Papiersackerln zu verpacken. Aber natürlich kamen ungefähr siebenunddreißig Menschen gleichzeitig ins Bistro und bei jedem zweiten Papiersackerl war die Öffnung irgendwie verklebt oder verkeilt und ich brauchte oft Minuten (Minuten!), um diese Croissants oder Kipferl oder Brote oder Semmeln zu verpacken, währenddessen hatte Herr Andi bereits Kaffee gerichtet, kassiert und noch nach dem Wohlbefinden der werten Kundschaft (seine Worte, nicht meine) gefragt.

Nur eine weitere Stunde später fühlten sich meine Füße bereit für die Amputation an und ich fragte mich, wie meine Gucci-Ballerinas, die beinahe einen halben Monatslohn im *Endlich satt* gekostet hatten, derart unbequem sein konnten und bereits nach so kurzer Zeit vermutlich orthopädisch nachhaltige Schäden verursachen konnten.

Aber es gab auch Lichtblicke: In der Mitte des Vormittags, als gerade kaum Gäste im Lokal waren, lud mich Herr Andi auf einen Cappuccino und eines von Ivos Schokoladecroissants ein und plauderte dabei – völlig unbeeindruckt von meinen tauben Zehen und meinem bestimmt gequälten Gesichtsausdruck – mit mir über das saisonal wechselnde Angebot des Bistros, erzählte von einigen Stammgästen und ließ mich das Lunch-Angebot des Tages auswendig lernen.

Die Lunch-Einschulung fand unter dem argwöhnischen Auge von Lavendel statt, der, wie Herr Andi erzählte, seit einem guten Jahr Ivos Mitarbeiter in der Bäckerei war. Lavendel sprach kein einziges Wort mit mir, sondern beobachtete mich bloß, während er an seinem Kaffee nippte. Als seine Tasse geleert war, tauschte er mit Herrn Andi ein paar kryptische Worte aus – irgendetwas, das nach Honig, Mond und Kuchen klang und Herrn Andi mit knallroten Wangen und kaum zu kontrollierenden Mundwinkeln zurückließ.

Mir blieb jedoch keine Zeit, dem aufgeregten Lächeln von Herrn Andi nachzugehen, weil plötzlich eine ältere Dame vor der Theke stand und von Herrn Andi verlangte, mich vorzustellen.

„Frau Lore, das ist Frau Birdie“, erklärte Herr Andi,

wieder völlig in sein professionelles Äußeres zurückgekehrt.

„Wie der Vogel?“, fragte Frau Lore und ich nickte leidvoll.

„Na ja, besser als Pumpkin“, hielt sie daraufhin trocken fest und ich musste lachen. Herr Andi erzählte, dass Frau Lore im gleichen Haus wohnte wie Fred, Eliza und Holly, das auch das Haus war, in dem Ivo, Rosa und Viola wohnten.

„Frau Birdie war mit Herrn Fred und Herrn Lonny in der Schule“, plauderte Herr Andi weiter, als hätte Frau Lore danach gefragt. Das brachte mir eine noch genauere Musterung mit einer hocherhobenen Augenbraue ein. Unwillkürlich richtete ich mich ein Stück weit zu meiner vollen Größe auf. (Gegen die schmerzenden Fußsohlen atmete ich so heimlich wie möglich an.)

Herr Andi und Frau Lore verloren aber bald das Interesse an mir und schimpften eine Zeit lang auf die Hitze in der Stadt und den fehlenden Regen. Frau Lore erzählte zudem von einer geplanten Italienreise, zu der sich Herr Andi die einzelnen Stationen ganz genau erklären ließ.

Und plötzlich war es kurz vor Mittag und der Schanigarten füllte sich bis auf den letzten Platz, während wiederum andere Menschen in einer langen Schlange bis auf die Straße hinaus anstanden, um sich ihr Mittagessen *to go* einpacken zu lassen.

Das Bistro war eine gut geölte Maschine: Kaum, dass die ersten Personen im Schanigarten auftauchten, kam auch Ivo aus der Küche und sprang überall dort ein, wo Herr Andi nicht gleichzeitig sein konnte. Auch Lavendel erschien und kümmerte sich um allfällige Kaffees oder Desserts, die die

Kunden zu ihrem Mittagessen dazubestellten. Und ich? Ich beantwortete Fragen so gut es ging, nahm ein paar Mal Bestellungen auf und wurde gelegentlich von Fred mit gefüllten Tellern nach draußen geschickt.

Die Gäste im *Endlich satt* waren alle freundlich, entspannt, etwas überhitzt von den Temperaturen selbstverständlich, aber grundsätzlich guter Dinge. Jede dritte Person sah mich neugierig an, alles offenkundig Stammkunden, die das neue Gesicht ausgiebig begutachteten. Einer davon, ein Anzugträger, stach nicht nur dadurch heraus, dass er trotz der Hitze, während er im Bistro anstand, tatsächlich sein Sakko anbehielt, sondern auch, indem er mich unverblümt fragte, ob ich neu hier sei. Aus irgendeinem Grund wurde ich verlegen und nickte beschämt wie eine Fünfzehnjährige, was mich insgeheim ein bisschen ärgerte.

Und so verging der Tag. Der Nachmittag verlief ein wenig ruhiger als der Vormittag und als meine Schicht schlussendlich vorbei war, stand plötzlich Lonny in der Tür. Er umarmte mich kurz zur Begrüßung und ich wurde mit einem tiefen Atemzug Lonnygeruch beschenkt.

„Wie war's?", fragte mich Lonny und ich lächelte ihm müde zu.

„Meine Füße sind taub, aber die Leute hier wollen, dass ich morgen wiederkomme", antwortete ich und Lonny lächelte mir zu, während er seine Haare zu einem lockeren Knoten band und seine Sonnenbrille wie einen Haarreifen auf seinem Kopf fixierte.

„Begleitest du mich zur Arbeit?", fragte er dann und ich nickte.

Herr Andi bereitete uns geeiste Vanilla Lattes zum Mitnehmen zu und während wir warteten, kam auch Lavendel aus der Küche. Er trug mittlerweile ein frisches Hemd und eine dunkelblaue Schürze mit dem *Endlich satt*-Logo darauf. „Bereit für die Abendschicht?“, begrüßte ihn Lonny und die beiden absolvierten einen komplizierten Handschlag mit abwechselnd geballter Faust und geöffneter Handfläche.

Lavendel nickte und begann Lonny von irgendeinem Wandgemälde an einer Hausfassade in der Nähe zu erzählen, das Lonny offenkundig noch nicht kannte – und ich sowieso nicht, weil ich mich in diesem Grätzl hier sowieso nicht so gut auskannte.

Mit unseren Eiskaffees in Händen spazierten Lonny und ich dann schließlich, so langsam mich meine schmerzenden Füße trugen, hinaus in die sonnenverbrannte Stadt.

„Ich will nur noch duschen und schlafen“, seufzte ich.

„War’s so schlimm?“, fragte Lonny besorgt.

Ich schüttelte den Kopf. „Keineswegs“, antwortete ich und meinte es auch so, „es ist nur richtig heiß, ich hatte die falschen Schuhe an und offenbar habe ich kein Talent, Papiersackerln zu öffnen.“

Ich erzählte Lonny ein paar der Anekdoten des heutigen Vormittags sowie vom Treffen mit Frau Lore.

Lonny hörte aufmerksam zu, lachte manchmal sogar auf, blieb aber die meiste Zeit lächelnd und in seinem federnden Gang einfach neben mir und nickte mir aufmunternd zu. Er wirkte so … *happy* und aus irgendeinem Grund irritierte mich das. Es war fast so, als würde ich keine anderen Menschen kennen, die einfach so entspannt waren, völlig fokussiert auf das Gespräch und nicht in Gedanken stets woanders.

„Warum bist du so entspannt?“, unterbrach ich schließlich eine meiner Erzählungen, in der ich davon berichtet hatte, wie mir im Eingang des Bistros beinahe ein Bagel vom Teller gesegelt war.

Lonny blieb stehen und sah mich überrascht an. „Ich bin immer so“, sagte er, dann zog er mich am Ellenbogen leicht zu sich, damit ich Platz machen konnte für eine Frau, die mit Höchstgeschwindigkeit auf einem E-Roller über den Gehsteig bretterte.

„Aber heute bist du so *happy*“, beharrte ich. „So unverrückbar gut drauf, ohne Sorgen oder so. Wieso hast du keine Sorgen?“

Lonny lachte auf, seufzte aber gleichzeitig „Ich habe genügend Sorgen“, meinte er lächelnd, was seiner Aussage irgendwie widersprach. „Wie jeder Mensch auch. Aber jetzt im Moment habe ich nicht daran gedacht. Der Kaffee ist gut und deine Geschichten waren es ebenso. Die Hitze lässt für heute langsam nach und ich bin pünktlich unterwegs zur Arbeit, ohne Stress. Das reicht doch, oder?“

„Ich habe doch wirklich keine Ahnung, was man braucht, damit man so … so … *happy* ist!“, rief ich aus, aber Lonny lachte nur wieder über mich.

„Das kommt schon noch“, erklärte er.

„Ich glaube, ich werde heute erst happy sein, wenn ich endlich aus diesen Schuhen draußen bin“, seufzte ich.

~

Die restliche Woche verlief ähnlich wie mein erster Arbeitstag. Lonny kam immer kurz vor dem Ende meiner Schicht ins Lokal, unterhielt sich mit Fred oder Ivo oder wer auch immer gerade da war und ließ sich von mir zur Arbeit begleiten. Wir tranken geeisten Kaffee in unterschiedlichen Geschmacksrichtungen, jammerten über die Hitze und sprachen über Alltagsbeobachtungen, die aktuellen Nachrichten oder den Sinn beziehungsweise Unsinn von Sportgroßveranstaltungen.

Im *Endlich satt* waren alle freundlich, hilfsbereit und vor allem geduldig mit mir. Herr Andi fand jeden Vormittag ein paar Minuten Zeit, um gemeinsam mit mir und dem schweigenden Lavendel Kaffee zu trinken und mir dabei Wissen über das *Endlich satt* einzuhämmern. Ich lernte über die Herkunft einzelner Zutaten, die Rezeptur von Ivos Broten und wie man die Preisschilder am besten in der Vitrine positionierte.

An meinem vierten Arbeitstag im Bistro wurde ich von Frau Lore in ein kurzes Gespräch über Sandalen verwickelt und als ich mich endlich zu unserer Kaffeepause umdrehte, nippte Herr Andi bereits an seinem geeisten Caramel Latte und sah Lavendel dabei zu, wie er einen Cappuccino – nein: *meinen* Cappuccino – gerade mit der perfekten Menge Kakao bestäubte.

Lavendel nickte mir zu, als er mir meinen Kaffee reichte, trank dann hastig aus seinem eigenen Espresso. Ich lächelte verlegen, aber glücklich.

Wir machten Fortschritte!

Am selben Tag lernte ich auch endlich Eliza und Holly kennen. Es ist immer ein leicht eigenartiges Gefühl, wenn man ehemalige Schulkollegen nach langer Zeit wieder trifft und sie dann bei erwachsenen Handlungen sieht. Als wäre man in der Zwischenzeit nur selbst erwachsen geworden und die anderen auf ewig Teenager geblieben. Und so war Fred als

Koch und Inhaber eines Lokals schon ein gewöhnungsbedürftiger Anblick, aber Fred als hingebungsvoller Partner und Vater war noch eine Spur seltsamer.

Ich wusste, dass mich Fred eigentlich nie sonderlich gut leiden konnte. Er hat es mir damals zu Schulzeiten zwar nie deutlich gesagt, aber man spürt so etwas ja. Nach dieser einen Schulschlussfeier, an diesem einen Tag, an dem meine Großmutter … na ja, jedenfalls hat er mich seither nie mehr gegrüßt. Und Lonny war danach sowieso fast wie vom Erdboden verschluckt gewesen. Nicht dass wir uns noch häufig über den Weg gelaufen wären. Im Stadionbad saßen die beiden immer demonstrativ woanders und weit entfernt von mir und dem ehrgeizigen Toni. Und Lonny war nach dem Sommer nie mehr in der Schule erschienen. Es kursierten wilde Gerüchte über seine Mutter, aber der einzige, den ich fragen hätte können, nämlich Fred, sprach nicht mehr mit mir. Also hatte ich eigentlich keine Ahnung, was passiert war.

Und jetzt waren sie beide wieder da. Und jeglicher Groll von damals schien vergessen, denn – so ehrlich musste ich zu mir sein – sie hatten mir beide in meinen dunklen Stunden nach der Trennung von Rafa und dem Kreditkarteneinzug von meinem Vater und der Enttäuschung auf der Jobsuche, ohne zu zögern, geholfen. Und ohne etwas dafür zu verlangen.

Nun ja, die Arbeit im *Endlich satt* fühlte sich angesichts der Sommerhitze und der seltenen Möglichkeiten, sich irgendwo hinzusetzen, weil ständig etwas los war, manchmal eher wie Schwerstarbeit an, aber ich war auch klar genug im Kopf, um zu wissen, dass ich richtig, richtig dankbar sein konnte, hier einen Job gefunden zu haben.

. . .

Am vierten Nachmittag im Bistro kam also eine müde aussehende Eliza mit einer völlig ausgeschlafenen Holly ins Lokal, drückte das Kind Herrn Andi in die Hand und ließ sich auf den erstbesten Sessel fallen.

Herr Andi verschwand mit dem Baby in der Küche und wenige Augenblicke später stürmte Fred mit Essen in der Hand aus der Küche ins Lokal und servierte dieses Eliza.

„Wo ist das Kind?“, fragte Eliza müde.

„Iss“, antwortete Fred.

„Ich will nicht, dass sie jetzt schon backen lernt“, beharrte Eliza und wollte sich gerade vom Sitz erheben, um Richtung Küche zu gehen.

„Ivo ist gar nicht da“, beruhigte sie Fred und wiederholte: „Iss!“

Und endlich nahm Eliza den Löffel in die Hand und schaufelte sich die Gazpacho des Tages in den Mund.

Fred rief mich zu sich. Er stellte mich Eliza vor und erklärte dann, dass er früher nach Hause gehen wollte. „Wir müssen schlafen gehen“, sagte er und Eliza verdrehte die Augen.

„*Ich* muss schlafen gehen“, sagte sie mit vollem Mund. „Du musst dich um unser Perpetuum mobile kümmern.“

Ich runzelte die Stirn, aber Fred grinste nur glücklich. „Das ist Elizas Spitzname für Holly“, erklärte er, „weil sie sich ständig bewegt. Eigentlich auch im Schlaf.“

Ich lachte auf.

„Birdie“, sagte Eliza schließlich und riss meine Aufmerksamkeit an sich, „du siehst wirklich sehr nett aus, aber ich werde beim nächsten Treffen vermutlich nicht mehr wissen, dass wir uns schon mal begegnet sind. Das Erste, das bei mir bei Schlafmangel nämlich den Geist aufgibt, ist das Kurzzeitgedächtnis. Dicht gefolgt von jeglicher Speicherfähigkeit über einen längeren Zeitraum. Ich führe also zurzeit de facto ein Leben ohne Gedächtnis. Es ist ein Wunder, dass ich Fred noch nie aus der Wohnung geworfen habe."

Ich lachte auf. „Ist okay", sagte ich.

Herr Andi und Holly waren immer noch in der Küche verschwunden und während ich mich umsah, ob irgendeiner der wenigen Nachmittagsgäste Nachschub benötigen würde, fragte ich: „Bleibt Holly jetzt am Nachmittag bei uns hier?"

Fred und Eliza sahen mich beide amüsiert an, dann schüttelten sie den Kopf. Obwohl Eliza gleich darauf eine Augenbraue hob und Fred fragend ansah. Aber der schüttelte nur noch vehementer den Kopf. „Wenn sie so klein ist, nehmen wir sie immer mit nach Hause", sagte er und klang, als hätten sie das schon öfters besprochen.

Eliza grinste und erhob sich dann langsam. Ich gab in der Küche Bescheid, dass Herr Andi und Lavendel die kleine Holly wieder hergeben mussten, wobei mir zwei sehr enttäuschte Mienen begegneten.

Und ein weiteres Mal überraschte mich diese unkomplizierte Herzlichkeit, die jeder hier im *Endlich satt* ungefragt und ohne Hintergedanken ausstrahlte.

So jedenfalls verging meine erste Arbeitswoche und ich freute mich aufs Wochenende. Doch am Freitag ging mein Dienst zu Ende, ohne dass Lonny im Bistro aufgetaucht war, um mich nach der Arbeit abzuholen.

Neun

LONNY

Es war Freitagabend und die Bar war gut gefüllt, als Birdie wieder ins *Goldie's* tänzelte. Man konnte es nicht anders bezeichnen. Sie trug zwar, wie schon jeden Tag nach ihrem ersten Arbeitstag im *Endlich satt,* luftige Sportschuhe, aber dennoch bewegte sie sich leichtfüßig, fast hopsend durch die Tür.

Das *Goldie's* war an diesem Abend gut besucht, der Hitze zum Trotz. Unser Schanigarten vor dem Eingang war fast voll besetzt und rund um die Bar hatte sich die übliche Mischung aus Hotelgästen, Anrainern und Laufkundschaft niedergelassen. Wir arbeiteten zu dritt hinter der Bar und jeder Handgriff saß, musste sitzen angesichts der durstigen Meute, die mit uns ins Wochenende starten wollte.

Birdie kam ins Lokal in ihrer typischen selbstbewussten Art, ließ sich auf einem freien Barhocker nieder, als würde sie das jeden Tag machen, und bestellte bei Ali, einem meiner Kollegen an diesem Abend, einen halben Liter Erdbeer-Shrub mit einer Extra-Portion Eiswürfel. Noch bevor sie ihr Getränk serviert bekam, wurde sie vom französischen Ehepaar neben ihr in ein Gespräch verwickelt, das die drei mit Händen und Füßen und ungefähr vier unterschiedlichen Sprachen, aber mit sehr viel Gelächter führten.

Ali und ich zapften derweil Bier, öffneten Wein- und Proseccoflaschen und mixten erfrischende Cocktails, während Malte, unser dritter Kollege, Bestellungen aufnahm, kleine Snackschüsseln verteilte und bei den Gästen abservierte und kassierte.

Gegen 20:00 Uhr beruhigte sich die Lage endlich ein wenig, das französische Ehepaar zog sich, wie viele andere Gäste, zum Abendessen zurück und auch der Schanigarten leerte sich zum Großteil. Ich sah noch zwei Frauen, die bei der dritten Runde Aperol Spritz saßen und sich gegenseitig irgendetwas brüllend Komisches auf ihren Telefonen zeigten, sowie eine große Runde Mittzwanziger, die aussahen, als wären sie von der Technischen Universität in der Nähe hierher gespült worden. Ich vermutete, dass uns die Mittzwanziger-Partie bis zur Sperrstunde beschäftigen würde, bei den Damen konnte nach diesem Getränk Schluss sein oder sie blieben bis zum fünften Aperol Spritz.

Und natürlich würde sich in einer guten Stunde das Lokal nochmals füllen, wenn einige Hotelgäste nach dem Essen auf einen Absacker vorbeischauten und einige Partywillige bei uns die bevorstehende lange Nacht eröffneten.

Ich beugte mich zu Birdie, die sich gerade die letzten

Chips aus der kleinen Schüssel vor ihr in den Mund steckte. „Bist du hungrig?", fragte ich sie.

„Wie ein Bär", antwortete Birdie und grinste.

Ich reichte ihr unsere Speisekarte, die zwar kein üppiges Essen anbot, aber zumindest das übliche Barfood, das etwas mehr sättigen konnte als der Inhalt unserer Snackschüsselchen.

„Bekommst du bei Fred kein Essen?", fragte ich, während Birdie die Karte studierte. Sie lachte auf und sah mich mit blitzenden Augen an.

„Ich habe in dieser Woche pro Tag irgendetwas zwischen zehn und zwanzig Kilometer zu Fuß zurückgelegt", erklärte sie mir mit ruhiger Stimme. „Mein Telefon und meine Uhr pendeln ständig zwischen euphorischen Jubelmeldungen, weil ich täglich irgendeinen neuen Tracking-Rekord breche, und besorgten Fragen, ob das Telefon wohl weiterhin in meinem Besitzt ist, weil sich das Bewegungsmuster so sehr verändert hat." Birdie lachte auf und ich lachte mit ihr mit. „*Eine* Mahlzeit am Tag reicht da einfach nicht mehr aus", ergänzte sie grinsend und bestellte schließlich die *Tortilla con Chorizo*, die sie gute zwanzig Minuten später inhalierte, als hätte sie seit Tagen nichts mehr gegessen.

Wir hatten in der Zwischenzeit wieder mehr zu tun bekommen. Eine weitere Runde, diesmal zusammengesetzt aus fünf Pensionistinnen, hatte sich in unserem Schanigarten niedergelassen und die halbe Karte (Essen *und* Getränke) bestellt.

Und so ging es den ganzen Abend weiter: Die Bar füllte sich in Wellenbewegungen und wann immer mir ein paar Sekunden Zeit blieben, sah ich nach Birdie, die auf ihrem Barhocker Hof hielt und jedes Mal mit den Gästen auf den

Sitzen neben ihr ins Gespräch kam. Beharrlich trank sie einen weiteren halben Liter des Erdbeer-Shrubs, obwohl ihr Ali mehrmals Prosecco oder unterschiedliche Cocktails anbot.

Und abermals kam mir Birdie irgendwie verändert vor, wenn ich sie beobachtete. Im Vergleich zur Vorwoche, als sie müde und verzweifelt hier in der Bar gelandet war, und im Vergleich zum Montag dieser Woche, als sie mich humpelnd und fast grau vor Erschöpfung das erste Mal zur Arbeit gebracht hatte, saß sie jetzt strahlend und glitzernd hier an der Theke, lachte herzlich und unterhielt sich mit wilder Gestik, setzte fast ihren gesamten Körper ein, um ihren Aussagen Nachdruck zu verleihen. Und darüber hinaus wirkte sie so grundsätzlich ruhig, als könnte sie derzeit kaum etwas irritieren.

In den kurzen, heimlichen Momenten, in denen ich Birdie bei ihren Unterhaltungen zusah, meldete sich ein altbekanntes, aber schon sehr, sehr lang nicht mehr gefühltes Nagen in meiner Magengegend: Es ziepte und prickelte ein Stück über dem Bauchnabel und im ersten Moment war ich fast ein wenig enttäuscht, dass ich dieses Gefühl nicht – wie so viele andere Geheimnisse meiner Jugend – in der ewigen Vergessenheit zurückgelassen hatte. Ich kannte dieses Prickeln mein ganzes Leben lang und es hatte erst aufgehört, nachdem Birdie an diesem einen Abend mit dem ehrgeizigen Toni … –

„Noch eine Runde Gin Tonic für Tisch 23“, rief uns Malte zu und stürzte sich ein Glas Leitungswasser hinunter, riss mich aus meinem Abstieg in den Teenagerkeller voller unheilvoller Erinnerungen. „Wir sollten Hitzezuschlag erhalten“, keuchte er, atemlos von der Arbeit und dem schnellen

Trinken. „Es hat sicher noch dreißig Grad draußen im Garten."

„Willst du mal tauschen?", bot ich ihm an. Hier in der Bar gab es eine Klimaanlage, die aber nur mäßig half, denn wir arbeiteten hier in für die Temperaturen völlig unpassender Kleidung und in völlig unpassendem Tempo.

„Nee, passt schon", sagte er und wischte sich mit einem Stück Küchenrolle den Schweiß von der Stirn. „Ich werde mich heute zu Hause einfach in ein Eisbad legen und bis morgen kurz vor Schichtbeginn nackt bleiben."

„Too much information!", rief Ali aus und warf einen Eiswürfel nach Malte, der sich grinsend wieder den Gästen zuwandte.

Und so verging der Abend. Um kurz vor Mitternacht kassierte Malte die letzten Runden ab, Ali schaltete zum letzten Mal den Geschirrspüler ein und ich drehte mich zu Birdie, die immer noch strahlte, aber langsam ein wenig müde wirkte.

„Ich habe frischen Kirschschnaps zum Kosten", schlug ich ihr vor, aber sie schüttelte nur den Kopf.

„Nie wieder trinke ich deinen Schnaps!", rief sie aus und ich hörte Malte und Ali hinter mir lachen.

„Was machen wir dann?", fragte ich sie und ignorierte das diesmal fast ängstliche Prickeln in meinem Bauch.

„Wir feiern!", verkündete Birdie.

„Was denn?"

„Dass ich wieder Gefühl in meinen Füßen habe", antwortete Birdie trocken.

. . .

Vor dem Lokal war es Nacht geworden und wir reihten uns in die verstreuten Gruppen, die alle in Richtung Innenstadt unterwegs waren. Die Nacht war nicht nur lau, wie Sommernächte zu sein hatten, sie war im wahrsten Sinne noch heiß. Ich verdrängte den Gedanken an diese bald zur Gewohnheit werdende Unnatürlichkeit und verfluchte im Stillen die viel zu langsamen Veränderungen in dieser zubetonierten Stadt.

Für den Moment konzentrierte ich mich lieber auf die zauberhafte, nonstop redende Birdie neben mir, die wild gestikulierend nachholte, was wir heute Nachmittag nicht besprechen hatten können, weil ich vor dem Dienst im *Goldie's* bei Olly im Café vorbeigeschaut hatte.

„Hast du Hunger?", unterbrach ich eine Anekdote über Viola, die offenbar jedes Mal verlegen wurde, wenn sie Lavendel sah. „Hast du *wieder* Hunger?", verbesserte ich mich selbst und Birdie nickte.

Also nahm ich ihre Hand und bog nach der Technischen Universität ab, führte sie weg von der breiten Straße, die direkt auf die Staatsoper zuführte und uns in die Innenstadt gebracht hätte, und schlug einen Weg in Richtung Naschmarkt ein.

Birdie ließ sich weder vom Richtungswechsel noch von meiner Hand, die ihre hielt, sonderlich irritieren. Bereits nach wenigen Schritten verschränkte sie unsere Finger ineinander, als würden wir das ständig machen, und setzte ihre Geschichte über die kleine schüchterne Viola und Lavendel einfach fort.

Wir landeten in einer dunklen kleinen Gasse auf der anderen Seite des Naschmarkts, wo es außer einer seit den 1950er-Jahren hängenden Straßenlaterne und dem alten staubigen Fensterlokal, das ich ansteuerte, keine nennenswerte

Beleuchtung gab. Die Pflastersteine unter unseren Füßen knirschten leicht und wir grüßten die zwei Jungs, die auf den Treppen eines verlassenen Altwarengeschäfts saßen und jeweils ein Kebap aßen, zwei Bierflaschen neben sich.

„Oh mein Gott", murmelte Birdie aufgeregt neben mir und beschleunigte ihre Schritte.

Über das spärlich beleuchtete Fenster hatte jemand kunstvoll „Hole in the Wall" gesprayt, was mir zuvor noch nie aufgefallen war. Ich war mir nicht sicher, ob Birdie den Schriftzug überhaupt gelesen hatte, denn sie konzentrierte sich bereits auf die Schiefertafel, die unter das Fenster gelehnt war und las die darauf aufgezählten Speisen laut vor.

Ich begrüßte Hamza, den Inhaber des kleinen Lokals, mit Handschlag und wir unterhielten uns kurz über die kommende Fußballsaison. Kein Mensch auf der Welt war interessierter an Fußball als Hamza, insofern war der Juli für ihn meist der traurigste Monat des Jahres. Zurzeit bereitete er sich aber nicht nur auf die einzelnen Fußballigen rund um die Welt vor, die in den kommenden Wochen wieder ihren Spielbetrieb aufnehmen würden, sondern auch auf die bald startende Fußballweltmeisterschaft der Frauen. „Alter, ich bin schon so gespannt!", erzählte er mir mit leuchtenden Augen. „Jamaica schickt ein Team zur WM! Und die Engländerinnen stehen unheimlich unter Druck seit der Europameisterschaft."

„Ach, das war sicher ein gutes Warm-up für sie", warf Birdie plötzlich ein, richtete sich auf und hob ihren Blick von der Speisetafel. „Jetzt wissen sie wenigstens, wie man ein Turnier gewinnt, da haben sie einigen Teams was voraus. Ich bekomme bitte einmal ‚Hamzas Freestyle Döner' zum Mitnehmen." Sie lächelte Hamza zu und hielt ihm ihre Hand hin. „Birdie“, stellte sie sich vor. „Ich freue mich wirklich sehr, dass Lonny mich hierher gebracht hat.“

Für ungefähr den Bruchteil einer Sekunde war Hamza sprachlos und hatte eventuell ganz kurz vergessen, dass er eigentlich glücklich verheiratet war, dann fing er sich aber sofort wieder und sein übliches Lächeln überzog sein Gesicht. Er sah mich fast stolz an, deutete mit seinem Zeigefinger auf mich und schüttelte leise lachend den Kopf. „Wie immer, Lonny?“, fragte er mich jedoch nur und ich nickte.

Während Hamza unsere Speisen zubereitete, erzählte er, dass er im August ein paar Wochen geschlossen haben würde, weil er seine Schwiegereltern nach Wien übersiedeln würde.

„Woher kommen denn deine Schwiegereltern?“, fragte Birdie, stets die bemühte Smalltalkerin.

„Aus dem Mühlviertel“, antwortete Hamza, „ist unfassbar entlegen dieser Ort. Und sie haben so viel Zeug!“ Birdie zuckte leichte zusammen und sah mich dann kurz (und sehr verlegen) an.

„Natürlich“, sagte sie freundlich zu Hamza. „Und ich bin wirklich ein ignoranter Trottel“, murmelte sie mir zu. Ich kicherte bloß. Sie war sicher nicht die erste, die sich in ihrem Bemühen, möglichst weltoffen zu zeigen, erst recht bloßgestellt hatte.

Zum Glück hatte Hamza ihren Lapsus nicht bemerkt. Oder geflissentlich ignoriert.

Hamza reichte uns unsere Speisen und zwei Flaschen eiskaltes Mineralwasser. „Geht ihr nach oben?“, fragte er mich und ich nickte. Dann führte ich Birdie zu einem in der Dunkelheit versteckten Stiegenaufgang, in dem mithilfe eines Bewegungsmelders automatisch Licht anging, sobald wir uns näherten.

Kaum jemand kannte diesen versteckten, fast magischen Ort, der hier – genährt von Hamzas Freundlichkeit und Speisen – mitten in der Stadt versteckt lag. Über gut zwanzig oder dreißig Stufen erreichte man eine kleine Plattform, die von einem Steingeländer umringt ist. Hamza hatte hier schon vor Jahren mal alte Gartenstühle und eine wenig vertrauenswürdig aussehende Hollywoodschaukel heraufgebracht und einige Lichterketten installiert. Die Terrasse wurde zudem von den anderen Gebäuden der Stadt beleuchtet. Hier oben wehte endlich ein angenehmer leichter Wind, der uns zwar bei Weitem nicht abkühlen konnte, aber zumindest vorübergehend aus der stehenden Backofenhitze des Asphalts befreite.

Birdie hatte den ganzen Aufstieg über geschwiegen und als ich mich nach ihr umdrehte, sah ich auch warum. Von ihrem Döner fehlten bereits zwei oder drei große Bissen und sie war mir kauend den ganzen Weg durch die Dunkelheit gefolgt.

Ohne zu zögern, ließ sie sich auf die Hollywoodschaukel fallen, die in Richtung der vor uns liegenden Innenstadt gedreht war. Nicht dass wir über die hässlichen Gebäude entlang des Getreidemarkts weit hinwegsehen konnten, aber wir konnten zumindest die Secession erkennen und den dahinter liegenden Karlsplatz. Unter uns rollte der spärliche Nachtverkehr, ein paar leuchtende Taxi-Schilder zogen dort ebenso vorbei, durchbrochen von gelegentlichem Gelächter und Gejohle der typischen Freitagabend-Crowd, die sich durch die Stadt bewegte.

Ich nahm neben Birdie Platz, biss von meinem Döner ab und selbst wenn ich gewollt hätte, hätte ich das laute Seufzen über die Vielfalt der unterschiedlichen

Geschmacksrichtungen auf meiner Zunge nicht zurückhalten können.

Ich lehnte mich auf der Schaukel zurück, genoss den leichten Lufthauch und versuchte ein weiteres Mal zu erkennen, welche Geheimzutat Hamza in seine Saucen mischte. Schließlich drehte ich mich zu Birdie um, die mich fast regungslos ansah.

„Was?“, fragte ich und seufzte diesmal schon zufrieden, während ich den nächsten Biss nahm. „Warum hast du aufgehört zu essen?“, fragte ich sie, die ja vorhin *bereits im Gehen* gegessen hatte.

Aber Birdie lächelte mir nur zu, irgendwie wissend und gleichzeitig herausfordernd, biss von ihrem Döner ab und seufzte ähnlich wie ich, nur eine Spur lauter und tiefer und zufriedener und … – da war es wieder, das Prickeln in meinem Bauch.

„Du schaust also Fußball“, sagte ich einige Zeit später, als unsere Döner schon längst verputzt und unsere Mineralwasserflaschen ausgetrunken waren. Wir hatten uns eine Zeit lang über die Köstlichkeit der Döner und all ihrer Zutaten ausgetauscht. Birdie hatte mehrmals versichert, dass sie in diesem Döner wohnen würde, wenn sie könnte. Und währenddessen waren wir auf der Schaukel immer näher zueinander gerutscht, sodass wir jetzt Schulter an Schulter dasaßen, auf die mitternächtlich beleuchteten Häuser vor uns starrten und ich nichts Besseres zu tun wusste, als das Gespräch aufs Thema Fußball zu lenken.

„Frauenfußball“, spezifizierte Birdie als Antwort auf meine holprige Gesprächseröffnung.

„Aja“, antwortete ich weiterhin vorbildlich eloquent.

„Du nicht?“, fragte Birdie zurück und ich zuckte mit den Schultern.

„Ich schaue nur mehr selten Fußball“, antwortete ich. „Meistens arbeite ich zu der Zeit. Wir haben zwar immer irgendwo einen Fernseher laufen und manchmal screenen wir ein wichtiges Match, aber selbst da habe ich meist keine Zeit zuzuschauen.“

„Ich dachte, du hast heute frei“, wechselte Birdie plötzlich das Thema.

„Warum?“, fragte ich sie verwirrt. Es gab wirklich nur wenige Tage, an denen ich frei hatte – und so gut wie nie an einem Freitag.

„Du warst heute Nachmittag nicht im *Endlich satt …*“, sie ließ den Satz unvollendet, als wäre ihr mittendrin die Luft ausgegangen und ich drehte mich zu ihr. Wodurch meine Schulter von ihrer Schulter rutschte und ich plötzlich mit meinem halben Brustkorb an ihren Oberarm gelehnt dasaß. Ich wusste nicht genau, wie ich mich bewegen sollte, ohne dass es falsch interpretiert werden konnte (und jede Richtung, in die ich mich bewegen konnte, konnte falsch interpretiert werden), also holte ich in meiner Not Luft, was meinen Brustkorb nur noch weiter an Birdies Oberarm drückte und ich war mir sicher, sie spürte mein aufgrund der Nähe zu ihr ausgelöstes Herzstolpern wie den Bass in einem Club nach Mitternacht.

Was machte ich bloß? Sie hatte mir eine Frage gestellt, auf die ich noch antworten sollte. Was war nur die Frage gewesen? Mein Hirn war blank und mein Herz stolperte ein weiteres Mal in Bass-Stärke durch meinen Körper über den Brustkorb hinein in Birdies Bizeps, der sich plötzlich von mir wegbewegte, weil auch Birdie sich drehte, und zwar genau so, dass wir auf Höhe unserer Schultern nun gar nicht mehr verbunden waren, dafür aber fast Nase an Nase dasaßen. Ich schluckte. Hielt meinen Blick starr auf ihr rechtes Schlüsselbein gerichtet, über das der schmale Träger ihres Tops locker lag.

„Wo warst du heute Nachmittag?“, flüsterte Birdie.

„Im Café“, antwortete ich leise. „Bei Olly. Da gehe ich meistens freitags hin. Oder auch mittwochs. Ein paar Mal pro Woche jedenfalls.“ Bei jedem Wort, das ich sprach, zeigte sich leichte Gänsehaut auf Birdies Schulter, als würde mein Atem ihr Schlüsselbein berühren, als würden meine Sätze ihre Schultern kitzeln, zum Leben erwecken.

Aus meinem Augenwinkel sah ich, wie Birdie lächelte. „Wie geht’s Olly?“, fragte sie herzlich, aber ich wollte nicht über Olly reden und das Café und die vielen Fragen, die dann kommen würden, weil Birdie und mir ja viele Jahre Geschichte fehlten, also schüttelte ich den Kopf.

„Lonny“, flüsterte Birdie nach einiger Zeit, nachdem ich nichts gesagt und meinen Blick nur weiterhin auf ihr Schlüsselbein fixiert hatte, völlig gebannt von der Fragestellung, was passieren würde, wenn ich einfach ganz sanft auf ihre Schulter pusten würde, ob ich mit einem leichten Hauch den Übergang zwischen ihrem Hals und ihrer Schulter ebenso mit Gänsehaut überziehen konnte.

„Lonny“, wiederholte Birdie leise und diesmal war sie es, die ihre Hand an meine Wange lehnte, meine Augenfältchen nachzeichnete und ich schloss meine Augen, weil ihre Handfläche so warm und gemütlich und sicher war und ich atmete sehr, sehr, sehr langsam aus, aber hielt meine Augen geschlossen und vergaß dann irgendwann darauf, zu kontrollieren, ob Birdies Schlüsselbein von einer Gänsehaut überzogen war, denn bei mir prickelten nicht mehr nur der Bauchnabel und der Magen, sondern auch die Zwischenräume meiner Zehen bis hinauf zu den Ohrläppchen – und alle Hautflächen dazwischen waren von einer durchgehenden Gänsehaut überzogen.

Zehn

BIRDIE

Wann immer ich nervös war, musste ich essen. Und heute Abend schien mein Hunger grenzenlos zu sein. Die Tortilla, die ich in der Bar bestellt hatte, wäre schon für jeden anderen Menschen ausreichend sättigend gewesen. Aber dann hatte Lonny nach meiner Hand gegriffen und die Nervosität, die ich schon den ganzen Abend gespürt hatte, die sich nur kurz, eben, während ich die Tortilla gegessen hatte, verzogen hatte, war wieder da. Und mit ihr dieser unstillbare Hunger.

Es musste an der Hitze liegen. Oder an meiner knochentiefen Müdigkeit, der unendlichen Erschöpfung nach dieser Arbeitswoche, die mein Urteilsvermögen und meinen Gefühlshaushalt offenbar völlig durcheinander gebracht hatte. Denn zusätzlich zu dieser leidigen Nervosität und dem wirklich unnötigen Hunger gesellte sich noch ein Kribbeln direkt hinter meinem Bauchnabel, wann immer ich Lonny ansah. Oder neben mir spürte. Mich im gleichen Raum aufhielt wie er.

Die ganze Woche schon hatte ich versucht zu ignorieren, dass sich Lonnys Oben-ohne-Sonnengruß stets und immer wieder in mein Hirn drängte, kaum dass mir eine Verschnaufpause von Herrn Andis dauerhaften, aber geduldigen Belehrungen gegönnt war. Und es war natürlich purer Leichtsinn gewesen, heute Abend nach Dienstschluss ins *Goldie's* zu gehen.

Aber nach dieser Arbeitswoche war ich eigenartig stolz auf mich gewesen und ich wollte einfach nicht unmittelbar nach Hause gehen. Dort hätte mich nämlich niemand erwartet, nicht einmal Beatrice, der meine Eltern, die selbst übers Wochenende vor der Hitze aus der Stadt geflohen waren, freigegeben hatten. Also ging ich in die Bar, wo Lonny eifrig und rhythmisch und kompetent (so kompetent!) Drinks zubereitete sowie mit seinen Kollegen scherzte. Und mir immer wieder zulächelte.

Ich hatte lang genug Zeit, um zu beobachten, dass Lonny seinen Gästen an der Bar zwar regelmäßig zulächelte, aber selten so, dass er seine Zähne zeigte. Aber wenn er sich lächelnd zu mir drehte – und mein beständig hungrig-nervöser Bauch kann bezeugen, wie häufig das an diesem Abend der Fall gewesen war – dann ging sprichwörtlich die Sonne auf. Lonnys gesamtes Gesicht leuchtete mit diesem Lächeln auf und in mir tat sich, neben dem elendigen Kribbeln hinter dem Bauchnabel, auch noch so viel Wärme auf. Als hätte ich etwas richtig gemacht.

Und dieser lächelnde Lonny, die Hitze oder die Müdigkeit, das Glitzern der Stadt oder was auch immer ließen mich immer unruhiger werden. Meine Haut kribbelte am ganzen Körper, als Lonny verboten seufzend seinen Döner aß, und sie kitzelte vor allem dort, wo der dünne Stoff auf meiner Haut auflag. Die Baumwolle rieb über die von der Hitze sensible Haut und verstärkte das Kribbeln nur noch mehr.

Und irgendwann war der Punkt erreicht, an dem ich diese Spannung, dieses Kribbeln irgendwie loswerden musste. Ich konnte gar nicht anders, als ihn zu berühren. Ich *musste* wissen, wie sich seine Haut anfühlte. Ich musste wissen, was die Hitze mit seinem Körper machte.

Und Lonny schloss seine Augen, als ich meine Hand an seine Wange legte, mit den Fingern die weiche Haut an seinen Schläfen berührte. Ähnlich wie er mich neulich im *Endlich satt* berührt hatte, bevor uns Fred unterbrochen hatte.

Aber hier auf dem Dach waren wir ungestört. Die Rufe der Freitagnacht, das gelegentliche Aufheulen von Automotoren und – wenn es zwischendurch ruhig genug war – das Ticken der Fußgängerampel drangen zu uns herauf, lieferten den Soundtrack einer Sommernacht und blieben dennoch weit entfernt.

Irgendwann öffnete Lonny seine Augen und sah mich direkt an. Die Geräusche der Nacht versanken in der Bedeutungslosigkeit, denn es gab jetzt nur mehr Lonny und mich und seine Lippen und diese eine Frage, nämlich wie sich seine Lippen bei dieser Hitze anfühlten.

Ich atmete tief ein und wusste, dass ich nur mehr ungefähr zweieinhalb Sekunden davon entfernt war, mich die letzten Zentimeter nach vorn zu beugen, um den Abstand zwischen uns zu überbrücken.

Ich sammelte Mut.

Ignorierte das Kribbeln hinter meinem Bauchnabel.

Lehnte mich ein Stück weiter nach vorn.

Bis wir nur mehr einen einzigen Atemzug voneinander entfernt …–

„Lass uns gehen", flüsterte Lonny jedoch plötzlich und ich war erleichtert und enttäuscht zugleich. Erleichtert, dass ich das Mutsammeln verlängern konnte. Enttäuscht, dass ich Lonny nicht geküsst hatte. Dass er diese zweieinhalb Sekunden Mutsammeln nicht abgewartet hatte.

Aber obwohl wir uns in Bewegung setzten und diesen Kokon der Sommernachtsgeräusche verließen, trugen wir das Wissen um diesen Moment mit uns mit. Behielten das Knistern zwischen uns aufrecht. Und es kribbelte immer noch jede Faser meines Körpers, als wir die Treppen wieder hinabstiegen und Hamza zum Abschied zuwinkten, alles immer Hand in Hand.

Ich *konnte* Lonnys Hand gar nicht mehr loslassen.

Also gingen wir zügig und schweigsam durch die Stadt. Wir sprachen kein Wort. Bis wir bei Lonnys Wohnung ankamen.

Im dunklen Vorzimmer blieben wir stehen, ganz nah beieinander, Bauch an Bauch, wenn man so wollte, und immer noch Hand in Hand, aber regungslos bis auf unsere Atemzüge, die uns Zug um Zug immer näher zueinander brachten, bis wir … –

„Ich …", begann Lonny, sagte dann aber nichts weiter

und ich war fast ein wenig froh darüber. Ich schüttelte bloß den Kopf, im Versuch zu vermitteln, dass wir nun wirklich genug geredet hatten. Genug Kribbeln gespürt hatten. Genug Mut gesammelt hatten.

Also beugte ich mich langsam nach vorn, drehte mein Gesicht vorbei an Lonnys magnetischen Lippen, vorbei an seinem Kinn, bis meine Nasenspitze sein Ohrläppchen berührte.

Lonnys Haut strahlte die gesammelte Hitze der Stadt ab, feucht und heiß mit einem Schuss Kokosduft, so wie Sonnencremen riechen. „Du riechst nach Sommer“, flüsterte ich, weil mein Bauch so sehr kribbelte, dass ich die Wahl hatte zwischen Sprechen oder Zappeln und ich mich doch für noch ein paar Worte entschieden hatte. Aber Lonny zitterte, als hätte mein Atem seine Haut abgekühlt. Oder auch er war nervös, worüber ich lächeln musste. Ich brachte meine Nasenspitze noch tiefer hinter sein Ohrläppchen, fest entschlossen, mich hier für einige Zeit niederzulassen. „Du glühst“, flüsterte ich gegen das Kribbeln in meinem Bauch an.

Und das schien Lonny endlich in Bewegung zu versetzen.

Wir stolperten durchs Vorzimmer in die Küche, wo Lonny unter großem Getöse den Kühlschrank öffnete und polternd einige Dinge herausnahm. Das Licht des Kühlschranks fiel unbeeindruckt auf den Boden, beleuchtete Lonnys Zehen und Waden und strahlte von unten hinauf bis zu Lonnys Kinn, den zerzausten Haaren und seinem entspannten, aber konzentrierten Gesichtsausdruck.

Lonny sah zu mir und lächelte verlegen. Dann hielt er die

Dinge hoch, die er aus seinem Gefrierfach gefischt hatte. Wieder lächelte er, dann drückte er mir eine Eispackung und zwei Löffel in die Hand, holte zwei Gläser aus dem Schrank und fischte eine Flasche aus der Dunkelheit neben seinem Herd. Ich erkannte einen Eiswürfelbehälter und ein Geschirrtuch, bevor mich Lonny weiter durch seine Wohnung zog. Er drehte nirgendwo Licht auf und ich wusste nicht, ob ich dafür dankbar sein sollte, weil er die Realität somit fast traumgleich draußen in der hitzegeplagten Stadt beließ.

Wir machten endlich in seinem Zimmer Halt und ich erkannte die Umrisse seines großen Betts wieder. Hier roch es durch und durch nach Lonny, ein Geruch, den ich seit dem Beginn meiner Erinnerung kannte und der mich jetzt hin und her riss. Mich ungläubig auf Zeitreise schickte in all die vielen Jahre des gemeinsamen Schulwegs, der gemeinsamen Nachmittage mit Hausübungen und Küssen …

Aber da war auch das Hier und Jetzt. Und die Tropennacht vor dem Fenster.

„Lonny", flüsterte ich, weil ich irgendetwas sagen musste und Lonny einfach regungslos in seinem Schlafzimmer stehen geblieben war. Er hatte mir den Rücken zugewandt und noch während ich überlegte, wie ich mich am besten verhalten sollte, brach das Knacken eines langsam schmelzenden Eiswürfels durch die Stille der Nacht.

Ich tastete nach dem Eiswürfelbehälter in Lonnys Hand und zog leicht daran, erspürte in der Dunkelheit die Form und Größe der einzelnen Würfel, bis ich endlich einen der Eiswürfel in meiner Hand hielt. Ich wog ihn kurz ab, dann legte ich das Eis zwischen meine Fingerspitzen und hob meine Hand.

Lonny zischte, als er die Kälte in seinem Nacken spürte, aber er bewegte sich weiterhin nicht. Mit dem Eiswürfel zeichnete ich einen kühlenden Streifen entlang seines T-Shirt-Kragens, aber das war einfach zu wenig.

Ich tastete nach dem unteren Rand seines Shirts und zog es langsam nach oben, ließ den Eiswürfel im gleichen Tempo vom unteren Rücken die Wirbelsäule entlang tanzen, bis er zwischen Lonnys Schulterblättern gänzlich zerschmolzen war. Ich pustete leicht auf die feuchte Stelle, während Lonny sich das T-Shirt über den Kopf zog. Im Mondlicht, das durch die Fenster fiel, glaubte ich, die Gänsehaut auf seinem Rücken erkennen zu können.

„Bird", murmelte Lonny und lehnte seinen Kopf zurück. Ich fischte nach einem weiteren Eiswürfel und ließ diesen vom Nacken aus über seine Schulter nach vorn wandern, dorthin, wo Lonnys Hals in den Brustkorb überging. Jeder Flecken Haut, der zu sehen war, wurde vom Eiswürfel berührt, so lang, bis das Eis geschmolzen war.

Ich wiederholte das Spiel mit zwei weiteren Eiswürfeln, arbeitete mich Stück für Stück vor, an den Brustmuskeln vorbei über das leicht erkennbare Yoga-Waschbrett auf seinem unteren Bauch, bis zum Bauchnabel, in dem ich einen Eiswürfel versenkte. Der nächste Eiswürfel wagte sich unter den Hosenbund, ganz leicht, bis Lonny tatsächlich zu zappeln begann, sein Seufzen und sein gelegentliches, fast vorwurfsvolles „Birdie!" endlich sein ließ und sich zur Gänze zu mir umdrehte.

Ich war mir sicher, dass er mich trotz der Dunkelheit im Raum sehen konnte. Zu überhören war ich jedenfalls ganz sicher nicht, denn die Aufregung der vor sich hinschmelzenden Eiswürfel hatten aus mir ein manchmal Dampflok-gleiches Schnaufen herausgeholt.

Und das war mir nicht einmal peinlich. Jedes Nervenende, jede einzelne Nervenfaser, die irgendwo in meinem Körper verlief, war aktiviert, in höchster Alarmbereitschaft, von der Hitze und Lonnys Nähe überwältigt.

Und jetzt stand er vor mir und ich wusste wieder einmal nicht, wohin mit mir und meinen Gedanken und Worten und vor allem dem Zittern in den Kniekehlen.

Aber da beugte sich Lonny endlich vor, langsam, so unendlich langsam. Ich spürte ihn mehr, als dass ich ihn sah, sein Atem kitzelte direkt unter meinem Kiefer, meine Ohrläppchen wackelten in gespannter Erwartung, bis ich endlich Lonnys Nasenspitze an meinem Hals spürte. Es schien, als suchte er die gleichen Wege an mir, die ich zuvor mit den Eiswürfeln auf seine Haut gezeichnet hatte, nur dass Lonny mit seiner Nasenspitze … und ja … mit seinen Lippen leichte Markierungspunkte auf meiner Haut hinterließ.

Ich zitterte am ganzen Körper, als wäre mir kalt, was schier unmöglich war, angesichts der hitzigen Sommernacht und angesichts Lonnys verführerischer Nähe. Ich konzentrierte mich auf seine Nasenspitze, die sich langsam, so unfassbar langsam nach oben arbeitete, über meine Wangen zu meinen Augenwinkeln, immer dicht gefolgt von diesem Hauch seiner Lippen, als würde er es nicht wagen, mir allzu nahe zu kommen, aber das war doch Humbug! Nichts war jetzt im Moment wichtiger, als hier zu sein, hier nah zu sein, hier nah unsere Lippen endlich, endlich … – ich drehte meinen Kopf, ganz sachte, aber mit vollem Fokus, bis ich Lonnys Nasenspitze ganz nah neben meiner spürte, seinen Atem ganz nah neben meinem spürte, als würden sich unsere

Atemzüge zu einem einzigen vermengen und schließlich bewegten wir uns beide aufeinander zu, überbrückten die letzten Millimeter Sommerluft zwischen uns und … –

Lonny schmeckte noch besser als damals vor … was weiß ich wie vielen Jahren. Er küsste auch besser.

Ich küsste besser.

Alles war besser.

Das Leben machte endlich wieder Sinn!

Vor allem hier, in der Dunkelheit von Lonnys Zimmer, umhüllt von diesem vertrauten Geruch, der mit ihm erwachsen geworden war.

Irgendwann hatten wir dann doch noch das Licht aufgedreht, das kleinste und dezenteste, das Lonnys Schlafzimmer zu bieten hatte und gemeinsam mit dem Mondlicht versetzte es den Raum in diese abgehobene, weltfremde Stimmung, die mich schon den ganzen Abend begleitete, seit wir die Bar verlassen hatten.

Wir hatten unser Spiel des Abkühlens mit Eiswürfeln fortgesetzt, unterbrochen von aufheizenden Küssen, bei denen wir immer wieder ein Kleidungsstück nach dem anderen verloren.

Bis wir schließlich eng umschlugen, an allen Körperenden verbunden, nur auf Höhe der Bauchnabel von zwei Eiswürfeln zwischen uns getrennt, in Lonnys Bett gelandet waren. Wir sprachen kaum, kicherten vielleicht gelegentlich, wenn es nötig war, aber nicht einmal das unterbrach unsere Erkundung und Abkühlung sonderlich häufig.

Die Eiswürfel zerliefen über meinen Bauch, kullerten

Tropfen für Tropfen den Bauchnabel entlang, über die Hüftknochen bis zur Innenseite meiner Oberschenkel, wo Lonny versuchte, sie mit seiner Zunge aufzufangen.

Wieder kicherte irgendwer. Vermutlich wir beide.

Als die Eiswürfel alle geschmolzen waren, kühlten wir uns mit Vanilleeis ab. Ich kostete Vanilleeis an Lonnys Ohrläppchen und Unterlippe, Lonny jagte einen Löffel Eis meine Wirbelsäule entlang.

Etwas später fischte Lonny noch nach der Flasche, die er aus der Küche mitgebracht hatte. Er träufelte daraus seinen Kirschschnaps und ließ diesen in Bahnen über meinen Körper laufen. Die einzelnen Kirschschnapstropfen versuchte er schließlich mit seiner Zunge, mit Knabbern und Küssen aufzufangen, stets begleitet von meinem Zittern und Seufzen und Kichern. Mit einem Strohhalm pustete Lonny einzelne Tropfen über meine Schultern, bis sie sich, von der Schwerkraft übermannt, ihren eigenen Weg über mein Dekolleté, meinen Bauch, rund um meine Taille bis zu meinen Beinen suchten. Jeder einzelne Tropfen kitzelte mich an unterschiedlichen Stellen meines Körpers, dazwischen küsste und knabberte und kostete Lonny weiter. All meine Sinne, all meine Nervenenden waren am Rande der Überlastung. Mein gesamter Körper stand unter Strom.

Bis wir uns schließlich nur mehr küssten.

Und küssten.

Und uns so fest umarmt hielten, als würden wir uns vor Kälte schützen. Wir bewegten uns im Rhythmus einer Musik, die nur wir hören konnten. Wir spürten uns, bis wir ineinander verschmolzen, ganz ohne Eis. Ganz ohne Vanille.

Elf

BIRDIE

In der darauffolgenden Arbeitswoche fand ich zu einem Anflug von Routine. Ich erkannte diverse Stammgäste wieder und wusste an mein letztes Gespräch mit ihnen anzuknüpfen, ich hatte die Zutaten der meisten Gebäcksorten aus Ivos Backstube im Kopf abgespeichert und somit auch endlich einige Kapazitäten an Gehirnzellen frei, um mir die Bedienung der Kassa zu merken.

Aus irgendeinem Grund ließ man mich früher an die Kassa als an die Kaffeemaschine, aber ich beschloss, das nicht weiter zu hinterfragen.

Herr Andi und Lavendel bestanden weiterhin auf unsere vormittägliche Kaffeepause und ab und zu fanden auch Lavendel und ich zu einem gemeinsamen Gesprächsthema.

Meistens jedoch hörte ich den beiden zu, wie sie sich über die Hortensien im Schanigarten oder jemanden, der Zehner-Gustl hieß und eine Vorliebe für Dinkelweckerln hatte, unterhielten.

Lonny kam weiterhin jeden Tag kurz vor meinem Dienstschluss ins Bistro, bestellte sich irgendein geeistes Kaffee-Ungetüm, plauderte mit allen im Lokal, die er kannte, und ließ sich dann von mir zum *Goldie's* begleiten. Manchmal hielt er dabei meine Hand. Manchmal umarmte er mich, während wir an der Ampel warteten. Manchmal küsste ich ihn, bevor er durch den Seiteneingang des Hotels zur Arbeit verschwand.

Aber an keinem einzigen Tag sprachen wir über das vergangene Wochenende.

Ich hatte während unserer gemeinsamen Nacht in Lonnys Wohnung kein Auge zugetan, war vibrierend vor Aufregung stets zwischen Gänsehaut und Überhitzung hin und her pendelnd neben Lonny gelegen und hatte beobachtet, wie er langsam vom Schlaf übermannt immer schwerer auf meiner Schulter geworden war. Ich hatte vergessen, dass Lonny im Schlaf schnüffelte, ein bisschen so wie diese entzückenden Kaninchen, die einem auf Instagram ständig in den Newsfeed gespült wurden.

Dass Lonny diese Eigenart seit seinen Teenagerjahren nicht abgelegt hatte, rührte mich irgendwie. Und hatte nur noch mehr zu meiner Vanilleeis- und Eiswürfel-induzierten Unruhe beigetragen. Bis ich es schließlich gar nicht mehr ausgehalten hatte und mich im Morgengrauen aus der Wohnung geschlichen hatte.

. . .

Ich hatte den gesamten restlichen Samstag in meinem abgedunkelten, vor der Hitze geschützten Zimmer geschlafen, so lang, bis mich die Türglocke aufgeschreckt hatte. Zu diesem Zeitpunkt hatte es bereits gedämmert, aber ich hatte mich immer noch völlig erledigt gefühlt. Eine Woche durchgehender Arbeit sowie eine so gut wie schlaflose Nacht war ich beim besten Willen nicht gewöhnt.

Ich hatte niemanden erwartet und war entschlossen, die Türglocke zu ignorieren. Als es aber zum dritten Mal durch die leeren Gänge schallte, bewegte ich mich doch noch zum Eingang. Und war völlig überrascht, dass Lonny vor mir stand, mit zwei Pizzakartons in Händen.

„Wieso weißt du, wo ich wohne?", hatte ich ihn gefragt.

„Es geht nicht, dass du einfach sang- und klanglos verschwindest", hatte Lonny gesagt, ohne auf meine Frage einzugehen, und dabei versucht, mich streng anzusehen. Darüber musste ich heute noch lächeln. Strenge Blicke waren wirklich nicht seins.

Und natürlich war sogleich mein nervöser Hunger wieder da und mein verräterischer Magen knurrte lauthals, motiviert vom heißen Pizzaduft, der mittlerweile über die Türschwelle geschwebt war.

Lonny und ich hatten uns mitsamt der Pizza in mein Zimmer zurückgezogen und uns essend durch das Netflix-Programm diskutiert („Habe ich schon gesehen", „Interessiert mich heute nicht", „Völliger Schwachsinn", „Suuuuper Serie, die *musst* du dir anschauen!" und so weiter, man kannte das ja.).

Irgendwann waren wir halb dösend, Nase an Nase,

Zehenspitzen an Zehenspitzen und Bauchnabel an Bauchnabel, in meinem Bett gelegen und Lonny hatte mich flüsternd versprechen lassen, dass ich niemals wieder ohne eine Nachricht zu hinterlassen frühmorgens aus seiner Wohnung verschwinden würde.

„Heißt das, ich bin zu einer weiteren Vanilleeisnacht eingeladen?", hatte ich flüsternd zurückgefragt.

„Jederzeit", hatte Lonny gemurmelt und dabei mit seinen Lippen meine Wange gekitzelt. Kurz darauf war wieder sein herziges Schnüffeln zu hören gewesen und diesmal schlief auch ich tief und fest ein.

Ohne es direkt anzusprechen, hatten wir also eine Art stillschweigendes Übereinkommen getroffen. Wir sahen uns, wenn wir uns sahen, wir diskutierten nicht lang über Verpflichtungen und Versprechungen – und wir erzählten auch niemandem von unserer Vanilleeisnacht.

Natürlich bemerkte ich, wie uns Fred ab und zu argwöhnisch hinterher sah, sobald Lonny und ich nachmittags das Bistro verließen (obwohl diese halbe Stunde gemeinsamer Fußweg, bevor Lonnys Dienst begann, nun wirklich völlig unschuldig war), aber ich ignorierte Freds mögliche Vorbehalte – und all die Erinnerungen daran, warum er diese Vorbehalte überhaupt erst hatte.

In erster Linie war ich Fred dankbar dafür, dass ich im *Endlich satt* arbeiten durfte. Und im Laufe meiner zweiten Arbeitswoche, gerade als sich der Himmel bereits am Nachmittag gewittrig verdunkelte, gestand ich mir ein, dass ich die Arbeit hier eigentlich ganz gerne mochte.

Ich mochte das freundliche Team und ich mochte ebenso

diese offenbar in den vergangenen Jahren fast familiär angewachsene Runde an Freunden, die sich mit Hingabe und ausdauernd über alle Arten von Essen und Nahrung austauschen konnte. Keiner von ihnen nahm sich selbst oder die Welt, in der sie lebten, allzu ernst (abgesehen vom Essen natürlich).

Ich mochte gleichfalls, dass ich in die Küche gehen konnte und dort Lavendel und Viola teigknetend vorfand, beide mit ähnlich konzentrierter Miene, die mich – warum auch immer – fast zu Tränen rührte. Ich mochte, dass all der Stress von Eliza abzufallen schien, sobald sie – wie vor ein paar Tagen – Freds Risotto mit den ersten Eierschwammerln der Saison kostete. Ich mochte, dass Frau Lore unsere Himbeer-Tarte auf Instagram postete („Die Leute auf Twitter haben kein Verständnis für diese kulinarische Ästhetik“, hatte sie mir dazu erklärt.). Und ich mochte, dass ich den Anzugträger, der mich an meinem ersten Tag noch verlegen gemacht hatte, mit einem „Cappuccino mit Hafermilch?“ begrüßen konnte, weil ich mir seine Bestellung gemerkt hatte. Und er mir dafür ein dankbares Lächeln schenkte.

Was ich jedoch nicht mochte, war der drohende Wetterumschwung an diesem Tag, der mir den Heimweg wesentlich ungemütlicher machen würde, und auch Lonny hatte mir bereits eine Nachricht geschickt, dass er aufgrund des drohenden Gewitters schon früher ins *Goldie's* gehen würde. Ich war eigenartig enttäuscht deswegen, als wäre diese halbe Stunde Spaziergang mit Lonny etwas, das ich keinesfalls ausfallen lassen wollte, aber das dumpfe Donnergrollen, das sich vom Westen über die Stadt legte, verhieß wirklich nichts Gutes.

Ich drückte mich so lang wie möglich im Bistro herum, das sich aufgrund des heranrollenden Wetters schnell geleert hatte. Herr Andi, Lavendel und ich fixierten die Möbel des Schanigartens, sobald die ersten Windböen durch die Gassen fegten und den Staub der vergangenen Tage durch die Luft wirbelten.

Wir eilten zurück ins *Endlich satt*, gerade als sich große Tropfen aus den dunkelgrauen Wolken lösten und binnen Sekunden öffneten sich alle Schleusen.

„Habt ihr noch etwas für mich zu tun?“, fragte ich Ivo und Herrn Andi, die fasziniert vom Wetter durch die Auslage nach draußen starrten, als würden sie fernsehen. Auf der anderen Straßenseite zog ein Mann mit am Körper klebender Kleidung seinen störrischen Pudel hinter sich her. Ivo riss sich nur langsam von den Wassermassen und dem dazugehörenden Spektakel vor dem Fenster los, drehte sich zu mir um und musterte mich, als würde er mich zum ersten Mal bemerken. Ich wollte bereits abwinken, meine Frage zurückziehen, aus Verlegenheit vielleicht doch während des Gewitters den Heimweg antreten, aber schließlich lächelte mir Ivo zu.

„Wir machen einen Zitronenkuchen!“, verkündete er überraschenderweise und sein Gesicht verzog sich zu einem euphorischen Grinsen. Ich konnte nicht anders als zurücklächeln.

„Ich kann aber nicht backen“, erklärte ich, etwas peinlich berührt.

„Ich schon!“, rief Ivo aus und Herr Andi kicherte, ohne jedoch den Blick vom Wetter draußen abzuwenden.

Ivo winkte mich in Richtung Küche, wo Lavendel gerade

mit einem Kaffee in Händen vor der offenen Hintertür stand.

„Gute Idee", sagte Ivo und schickte Lavendel sogleich in den Verkaufsraum nach vorn, um auch dort etwas frische Luft ins Lokal zu lassen.

Dann holte Ivo zwei Kastenformen aus einem Regal und mein Blick fiel auf ein laminiertes Blatt Papier an der Pinwand daneben, das Herr Andi hier neulich aufgehängt hatte. „*Always keep singing your own song*" stand darauf kunstvoll geschrieben und ich zermarterte mir ein weiteres Mal den Kopf, woher mir der Spruch so bekannt vorkam. Ivo unterbrach meinen Gedankenstrom jedoch recht bald und ließ mich Mehl, Butter und Zucker wiegen, während er beständig erklärte, was wir hier taten. Offenbar buken wir gleich zwei Zitronenkuchen und mussten dafür die doppelte Masse zubereiten. Ich musste die Butter mit dem Zucker vermengen, schließlich Backpulver unter das Mehl rühren und darüber etwas Zitronenschale reiben. Währenddessen erklärte mir Ivo, woher die Zitronen kamen, warum man diese Schale bedenkenlos für den Kuchen verwenden konnte, weil er quasi den Zitronenbaum persönlich kannte oder so ähnlich. Schließlich rührten wir alle Zutaten zusammen, bis wir eine cremige Masse hatten, die wir auf beide Formen verteilten. Das Backrohr hatte Ivo bereits vorgeheizt und ich bezog davor Stellung, mit dem Plan, mich für die nächste Dreiviertelstunde nicht von hier wegzubewegen.

„Der Kuchen bäckt von allein", behauptete Ivo, aber ich nickte nur zerstreut.

„Vielleicht", lenkte ich ein. „Will trotzdem sichergehen", murmelte ich.

. . .

Ich musste gestehen, nach gut fünfzehn Minuten wurde mir dann doch etwas langweilig und ich kehrte wieder ins Verkaufslokal zurück, wo Lavendel und Herr Andi an jenem Tisch saßen, von dem aus man am besten nach draußen sehen konnte, wo es immer noch in Strömen regnete.

Eine klatschnasse Frau war neu zu dieser Runde dazugekommen und Ivo diskutierte mit ihr gerade ungerührt über die Möglichkeiten kleinräumiger Überschwemmungen in manchen Teilen Wiens, was man von früheren Gewitterstürmen bereits kannte.

„Es regnet gefühlt mehrere Monate lang nie und dann kommt all das Wasser auf einmal", schimpfte die Frau, „das ist nicht normal! Da können wir noch so viele Bäume pflanzen, das ist immer noch zu wenig. Da muss man mehr machen!"

Herr Andi und Lavendel wandten sich für einen Moment von der Waschstraße vor dem Auslagenfenster ab, um der Frau zustimmend zuzunicken, als sie gerade den Kopf hob, um mich anzusehen.

„Anna!", rief ich aus. Das war doch Freds Schwester!

Anna kniff die Augen zusammen und um ihr die Peinlichkeit zu ersparen, nach meinem Namen fragen zu müssen, stellte ich mich sicherheitshalber vor. „Birdie", erklärte ich und winkte verlegen durch den Verkaufsraum. „Wir kennen uns aus der Schule ..."

Bedauerlicherweise ließ sich an Annas Gesicht genau ablesen, in welcher Reihenfolge sie sich an mich erinnerte: erst die Erleichterung, dass sie mich auch kannte, dann die Enttäuschung, weil ihr vermutlich eine oder zwei Begegnungen aus der Schulzeit, zumindest aber meine alte Geschichte mit Lonny eingefallen war.

„Birdie", sagte sie ruhig, aber mit leichtem Unterton. „Fred hat erzählt, dass du wieder aufgetaucht bist."

Ich lächelte bemüht. „Ich arbeite jetzt hier", sagte ich und hielt wie ein Blödian den Zipfel meiner Schürze kurz in die Höhe. „Ich habe gerade einen Zitronenkuchen gebacken."

Oh mein Gott! Konnte man noch peinlicher sein?

Aber Anna grinste nur, zu meiner großen Erleichterung. „Das ist genau das Richtige bei diesem Wetter", sagte sie lächelnd und klang fast ein wenig versöhnlich.

„Möchtest du etwas trinken?", fragte ich sie. „Nicht dass ich bereits die Kaffeemaschine bedienen könnte, Lavendel und Herr Andi erlauben mir das noch nicht. Aber ich kann schon richtig gut kassieren. Und die Zitronenminzelimo, die wir heute im Angebot haben, ist besonders erfrischend!"

Herr Andi, Lavendel und leider sogar Ivo sahen mich sprachlos und durchwegs verwirrt an, aber ich ignorierte sie. „Was möchtest du trinken?", bohrte ich nach.

Anna lachte wieder. „Limo ist in Ordnung", sagte sie.

Wenig später brachte Ivo ein Handtuch aus der Küche, damit sich Anna abtrocknen konnte, und kündigte außerdem an, dass Rosa trockene Kleidung vorbeibringen würde, sobald der Regen etwas nachgelassen hatte.

„Was für ein Luxus, wenn man so nah zum Bistro wohnt", seufzte ich, weil in meinem Hirn offenbar irgendetwas kaputt geworden war und ich neben Anna nur mehr eigenartige Gespräche führen konnte.

Wieder musterte mich Ivo wie zuvor, bevor er für mich beschlossen hatte, dass ich einen Zitronenkuchen backen musste. „Rosas Wohnung steht weiterhin leer“, sagte er schließlich. Ivo und Rosa waren vor Kurzem zusammen mit Viola in eine etwas größere Wohnung im gleichen Haus gezogen, das wusste ich bereits. Aber ich hatte nicht gewusst, dass Rosas kleine Wohnung im selben Haus noch frei war.

Das war natürlich interessant. Für einen kurzen Moment, während ich Annas Limonade zubereitete, ließ ich meine Gedanken von einem Eck zum nächsten springen: Wie es in einer eigenen Wohnung wäre ... wie das Leben in einem anderen Stadtteil wäre ... welche Möbel ich für die Einrichtung verwenden würde ... – und plötzlich kamen alle Träumereien zu einem abrupten Halt. Ich konnte richtiggehend das Quietschen der plötzlich abgestoppten Schallplatte hören, wie man es aus Filmen kannte. Ich hatte ja weitaus weniger Geld zur Verfügung als früher und ich hatte gar keinen Zugang mehr zum Geld meines Vaters. Noch dazu musste ich wohl eine wesentlich höhere Miete zahlen, wenn ich bei meinen Eltern auszog. Dazu kamen noch all die Ausgaben für Essen und alles andere, was man zum täglichen Leben brauchte.

Mit gerunzelter Stirn trug ich Annas Limonade zu dem Tisch, an dem sie mit geöffnetem Laptop Platz genommen hatte.

„Möchtest du auch etwas essen?“, fragte ich sie, aber Anna schüttelte den Kopf.

„Ich habe schon bei Ivo abgelehnt“, sagte sie, „aber vermutlich bringt er mir dennoch gleich etwas zum Knabbern.“ Ich grinste, weil sie natürlich recht hatte, und auch Anna lächelte.

Wir unterhielten uns eine Weile übers schlechte Wetter

und über all die Fotos, die im Lokal hingen und die offenbar Anna fotografiert hatte.

Ich hätte ihr noch Tausende Fragen stellen können, denn wie gesagt war bei mir vom Gewitter oder von Annas Anwesenheit offenbar eine Schraube locker geworden, aber bald war es für mich glücklicherweise an der Zeit, zu meinem Zitronenkuchen zurückzukehren.

Ich fühlte mich ganz zappelig vor lauter Aufregung, als Ivo und ich die beiden Kunstwerke aus dem Ofen holten. Der Geruch von frisch gebackenem Kuchen machte mich fast schwindelig.

Wir rührten die Glasur aus Staubzucker und Zitronensaft an und Ivo zeigte mir, wie man diese am besten über den Kuchen verteilte.

„Wir kosten ihn, wenn er ein bisschen kühler ist“, versprach Ivo. „Du kannst jetzt schon sehr zufrieden sein damit.“

Ich grinste. Und, um ehrlich zu sein, ich fühlte mich tatsächlich ein wenig stolz. Ich habe doch tatsächlich etwas gebacken. Ein paar Zutaten verrührt und daraus ist eine Mehlspeise geworden! Ein Produkt, etwas richtig Festes zum Angreifen und Essen!

Ich konnte es kaum erwarten zu probieren, wie der Zitronenkuchen schließlich schmecken würde.

Der Regen ließ langsam nach und wir öffneten nun alle Türen und Fenster, die das Lokal zu bieten hatte, damit wir die Hitze der vergangenen Tage aus den Räumlichkeiten bekamen. In der kühlen nach-gewittrigen Luft fotografierte ich die beiden Kuchen mit meinem Telefon von allen Seiten, mit Filter und ohne.

Fast automatisch öffnete ich meinen Instagram-Account, bereit dazu, mein Tagwerk für die Öffentlichkeit zu präsentieren, aber irgendetwas hielt mich davon ab. Ich klickte nochmals durch alle frisch geschossenen Fotos, aber nein: Ich hatte ohnehin schon die besten Fotos ausgewählt. Dennoch wollte ich sie keinesfalls posten.

Es war, als wollte ich diesen Mini-Aspekt meines (neuen) Lebens nicht mit der unbekannten Masse draußen teilen. Und das war ein gänzlich neues Gefühl.

Natürlich war ich so stolz auf diesen Kuchen, dass ich ihn eigentlich unbedingt präsentieren wollte, aber ich hatte überhaupt kein Bedürfnis, die Fotos der mehr oder weniger anonymen Masse am anderen Ende meines Instagramfeeds zu zeigen. Ich wollte diesen einen Bereich meines Lebens schützen und vielleicht nur mit jenen Leuten teilen, von denen ich wusste, dass sie das tatsächlich wertschätzen konnten. Und all diejenigen, die ich kannte und von denen ich wusste, dass sie mir für diesen Kuchen zumindest ein freundliches Lächeln schenken würden, waren eigentlich bereits im Lokal. Und nicht unter meinen Followern.

Also schnappte ich einen der Kuchen und ging damit nach draußen, wo ich ihn Herrn Andi und Lavendel sowie Anna unter einigen „Aaahs!“ und „Ooohs!“ vorführte. Ivo und ich fanden einen prominenten Platz in der Glasvitrine, wo wir üblicherweise das süße Gebäck anboten, und ich verbrachte noch ein paar verliebte Minuten allein mit *meinem* Zitronenkuchen.

Schließlich fischte ich nochmals mein Telefon heraus und öffnete den Chat mit Lonny. Ich wählte eines der

Kuchenporträts von zuvor aus, schrieb „Gewitterprogramm“ darunter und sandte ihm das Foto zu.

Kurz darauf brach die Abendsonne durch die Wolken und die gewittergebeutelte Kundschaft kehrte für ihre Abendeinkäufe zurück zu uns ins Bistro.

Zwölf

LONNY

Am Freitagabend holte mich Birdie erneut von der Abendschicht ab. Sie brachte ein großes Papiersackerl aus dem *Endlich satt* mit, das unter anderem mit Croissants, Schwarzbeertörtchen und mehreren Schnitten Zitronenkuchen gefüllt war, die sie offenbar extra für uns abgezweigt hatte. „Man könnte meinen, Wien sei ausgehungert nach Zitronenkuchen, so gut ging der erste Kuchen, den wir gestern gebacken hatten“, erzählte Birdie und strahlte vor lauter Begeisterung und vermutlich auch Stolz.

Es war typisch für diese entspannte Runde im Bistro, dass Birdie binnen kürzester Zeit in ihre Mitte aufgenommen worden war, sodass sie sich wohlfühlte. In unseren kurzen Gesprächen, die wir zwischen Birdies Dienstschluss und meinem Dienstbeginn fast täglich führten, war Birdie zwar allgemein wenig über ihr Leben außerhalb des *Endlich satt* zu entlocken, aber zwischen den wenigen Zeilen war für mich immer eine große Unzufriedenheit und Unruhe herauszuhören gewesen. Und so war es mir immer noch ein Rätsel, wie das Leben für jemanden, der wie Birdie quasi im gemachten Nest saß, dennoch herausfordernd sein konnte. Aber Birdies Beispiel zeigte wohl nur ein weiteres Mal, wie viele unterschiedliche Facetten zu einem glücklichen Leben beitrugen.

An diesem Freitagabend aber strahlte sie Malte und Ali an, die versonnen in Croissants und Ivos kleine Schwarzbeertörtchen bissen, als wäre es ihr einziges Tagesziel gewesen, Menschen mit Essen glücklich zu machen.

Und wie man es drehte und wendete, mit dieser Sichtweise passte sie einfach perfekt in Freds und Ivos Team.

Ich hatte Birdie jetzt fast zwei Tage lang nicht gesehen, am Vortag fiel unser Spaziergang wegen des Gewitters wortwörtlich ins Wasser und heute Nachmittag hatte ich wieder bei Olly im Café vorbeigeschaut. Auch wenn seit unserem Gespräch über die Nachfolge des Cafés erst wenige Wochen vergangen waren und ich noch mehr als ein Monat Zeit hatte, um eine Entscheidung deswegen zu treffen, spürte ich den Druck, der von Olly und Egon ausging. Allein schon Egons Gesichtsfarbe war viel zu blass für den Hochsommer, durch den wir uns gerade bewegten. Und Ollys Augenringe waren derzeit in beschämendes Grau getönt.

Ich wusste, wie sehr ich die beiden mit einer Entscheidung *für* das Café erleichtern würde. Aber ich wusste auch, wie sehr mich eine Entscheidung für die Nachfolge *belasten* würde.

Das war es dann. Danach gab es keine freie Bewegung mehr, kein spontanes Erkunden neuer Welten. Und sei es nur ein Trip auf Hamzas Terrasse über seinem Kebapladen.

Ich wusste einfach wirklich nicht, welche Entscheidung ich treffen sollte. Je mehr ich darüber nachdachte, desto enger schnürte sich meine Brust. In meinem offenbar zum Drama neigenden Kopf fühlte sich dieser Sommer an, als wäre er mein letzter Sommer in Freiheit, als würde sich mein Leben mit Beginn des Herbsts radikal verändern.

Und wenn ich es halbwegs nüchtern und möglichst dramafrei betrachtete, stand eine Veränderung ja ohnehin vor der Tür, unabhängig davon, wie *ich* mich entscheiden würde: Olly und Egon würden so oder so für ein paar Monate in die USA verschwinden, meine regelmäßigen Besuche vor Dienstbeginn im Café, das entspannte Plaudern mit Olly, während er über irgendeinem Rätsel brütete – all das wäre ohnehin vorbei, egal welche Entscheidung ich schlussendlich traf.

In mir sträubte sich alles gegen diese Veränderung, in welche Richtung auch immer ich mich darin bewegte. Ich hatte in jedem Fall das Gefühl, etwas zu verlieren – und dieser Gedanke war so beängstigend, dass ich ihm (und der Entscheidung) am liebsten aus dem Weg ging.

Zum Glück war das *Goldie's* an diesem Freitagabend gut besucht und die vielen unterschiedlichen Bestellungen und Wünsche der Gäste lenkten mich ebenso gut ab wie Birdies Anwesenheit. Wiederum unterhielt sie sich unkompliziert und unermüdlich mit allen Gästen, die sich in ihrer Nähe befanden.

Selbst wenn es wahrscheinlich noch Wochen dauern würde, bis Herr Andi sie an die Kaffeemaschine des *Endlich satt* ließ, den Konversationsteil des Gastro-Jobs hatte sie in jedem Fall heraußen.

Wir hatten uns seit der ersten Vanilleeisnacht, wie Birdie es nannte, auf ein nicht gänzlich ausdiskutiertes *Friends with benefits*-Arrangement geeinigt: Wir sahen uns in dieser halben Stunde zwischen unseren Diensten. Und ich war mir sicher, dass wir uns an manchen Abenden ebenso nach meinem Dienstende treffen werden, wenn mal einer von uns am nächsten Tag frei hatte. Diese Übereinkunft schien für uns ohne große klärende Gespräche zu funktionieren.

Was ich aber bedauerlicherweise nicht aufhalten konnte, waren alle möglichen Einwände, die Fred gegen unsere Übereinkunft haben konnte. Und diese meldeten sich in regelmäßigen Abständen in meinem Hinterkopf.

Das erste Mal hörte ich seine zweifelnde Stimme, nachdem ich neulich allein in meiner Wohnung aufgewacht und Birdie einfach sang- und klanglos verschwunden war. Freds Stimme meldete sich auch, als ich – wider besseres Wissen – auf gut Glück die weite Reise an den Stadtrand zu Birdies Elternhaus angetreten hatte, um sie zur Rede zu stellen. Ich wusste nicht, welcher Teufel mich da geritten hatte, üblicherweise war ich eigentlich erleichtert, wenn ich am Morgen danach allein aufwachte. Aber diesmal hatte es mich maßlos gestört. Es störte mich, dass Birdie keine Nachricht hinterlassen hatte. Es störte mich auch, dass ich sowohl das Vanilleeis als auch den frisch mit Wasser gefüllten Eiswürfelbehälter in meinem Tiefkühlfach vorgefunden hatte, alles fein säuberlich von Birdie verräumt, während ich geschlafen hatte. Als wollte sie alle Spuren beseitigen. Und es störte mich, dass wir keine Chance gehabt hatten, diese eigenartige, hitzebedingte Chemistry der Sommernacht zwischen uns auch am Morgen danach noch mal auszutesten.

All das wollte ich Birdie erzählen, aber als sie dann müde und überrascht in der Eingangstür ihres Elternhauses vor mir stand, waren wir doch wieder in der für uns so eigenen Schweigsamkeit verschwunden. Während im Hintergrund eine Netflix-Serie lief, sprachen wir über alles Mögliche und sehr oft aneinander vorbei, bis wir eben doch wieder ineinander verschlungen, die Pizzabäuche aneinander gedrückt, ohne viele weitere Worte in ihrem Bett gelandet waren.

Wenigstens war sie hier am nächsten Morgen nicht mehr verschwunden.

Vermutlich funktionierten unsere unkomplizierten Treffen auch deshalb, weil auch Birdie auf eine bestimmte Art so wirkte, als wäre dies ihr letzter Sommer in Freiheit (wenn man es so drastisch ausdrücken wollte). Jedenfalls schienen ebenso bei ihr im Herbst große Entscheidungen anzustehen, wenn auch nicht so klare wie bei mir.

Wenn man unsere Situationen vergleichen wollte, wurde ich – gefühlt – in ein bestehendes Korsett gezwängt, von einem Leben voller vielfältiger Möglichkeiten auf einen fixen, vorgegebenen Weg gezwungen. Und Birdie stand im Gegenzug davor, endlich einen Sprung zu wagen, nachdem sie jahrelang von einer Insel zur nächsten gehüpft war, sich immer auf derselben Ebene bewegend.

. . .

Aber genug der irritierenden Metaphern. Vielleicht war es aufgrund unserer bevorstehenden Wendungen auch ganz gut, dass wir uns diese paar Wochen offener, freier … nennen wir es: Zweisamkeit gönnten – und wir brauchten uns ja nichts vorzumachen: Wir wussten ja aus der Geschichte, dass Birdie meist nach ein paar Wochen ihre Meinung änderte (zumindest, wenn es um Küsse mit mir ging). Daher ging niemand wirklich davon aus, dass Birdie länger als ein paar Wochen im *Endlich satt* bleiben würde. Was auch immer für einen Machtkampf sie mit ihrem Vater gerade führte (oder er mit ihr), dieser würde sich sicher nicht länger als bis zum Herbst ziehen.

Also hatte ich jetzt eben ein paar sommerliche Wochen Birdie-Lachen und Birdie-Küsse vor mir. Ein bisschen unkomplizierten Spaß. Mit Vanilleeis und Eiswürfeln.

Und das wusste ich zu genießen.

Jetzt musste ich nur noch Freds Meckern im Hinterkopf abstellen.

~

Am Samstagmorgen erwachten wir irgendwann in der Mitte des Vormittags und ließen uns Zeit mit dem Munterwerden. Birdies lange Arbeitswoche machte sie schläfrig und träge und ich hatte erst wieder am Abend Dienst, also fläzten wir uns wieder aufs Bett, sobald ich erst ein paar Sonnengrüße und danach frischen Kaffee gemacht hatte.

„Mmmh“, seufzte Birdie und ich sah zu ihr. Sie hielt ihre Augen geschlossen, während sie die Kaffeetasse unter ihrer Nase schwenkte. Noch einmal seufzte sie. „Gibt es einen besseren Geruch auf der Welt?“, fragte mich Birdie und lächelte mir verträumt zu.

Für einen Moment verschlug es mir die Sprache.

Und ja, an diesem Punkt der Geschichte verwunderte es wahrscheinlich niemanden mehr, dass ich für Birdie eine Art *soft spot* hatte, dass sie sozusagen meine vermutlich größte Schwachstelle war (Achillesferse! meldete Freds wenig hilfreiche Stimme in meinem Hinterkopf). Ich fand viele Dinge an ihr entzückend, charmant und liebenswert ... äh, sympathisch eben, die andere Leute eher die Augen verdrehen oder die Stirn runzeln ließen. Aber hier jetzt, an diesem Sommersamstagvormittag, an dem sie das dünne Leintuch, das ich wegen der Hitze zurzeit als Decke benutzte, nur locker um ihren Oberkörper gewickelt hatte, an den Kopf meines Bettes gelehnt dasaß und am Kaffee roch, während die Julisonne durchs Fenster schien und ihre vom Schlaf noch leicht zerzausten Haare von der Seite beleuchtete, hier und jetzt in diesem Moment fühlte ich mich, als wäre ich mitten in einem Romance-TV-Film gelandet. Obwohl ... diese Filme waren selten so gut ausgeleuchtet wie Birdie hier bei mir im Bett.

Sie war einfach wunderschön.

Lächelnd und völlig unbeeindruckt von meiner Sprachlosigkeit nippte Birdie am Kaffee und schloss noch einmal ihre Augen. Um meine Sprachlosigkeit und Verlegenheit und vor allem das lästige Prickeln im Bauch zu überspielen, suchte ich krampfhaft nach irgendwelchen Vokabeln, die mir nicht einfallen wollten. Und so eröffnete ich schließlich einen kurzen Monolog über die Herkunft der Kaffeebohnen und wo in Wien diese geröstet wurden. Ich kannte ja den Kaffeeröster, den alle Jim riefen, persönlich, nachdem er vor ein paar Jahren mal versucht hatte, seinen Kaffee ans *Goldie's* beziehungsweise ans dazugehörende Hotel zu verkaufen. Für das Hotel war sein Angebot bedauerlicherweise zu exklusiv gewesen, aber ich hatte ihm etwas später Fred und Ivo als Geschäftspartner vermittelt und ich selbst kaufte meine persönliche Kaffeeration nur bei ihm. Manchmal durfte ich Jim beim Rösten zusehen. Ich konnte nicht erklären warum, aber mich faszinierte dieser Prozess. Im Laufe der Jahre hatte ich einiges über die unterschiedlichen Zubereitungsarten von Kaffee gelernt – und all der Schnickschnack und der fast feierliche Prozess vom Mahlen bis zum Zeitpunkt, an dem man endlich dieses erleichternd bittere Getränk in der Tasse hatte, hatten mich fast ehrfürchtig werden lassen. Ich trank wesentlich seltener Kaffee als zuvor, diesen jedoch dann mit Hingabe.

Kurioserweise hatte für mich Kaffee gar nicht mal mehr diese aufputschende Wirkung wie zuvor. Früher trank ich, nein: stürzte ich Kaffee hinunter, um möglichst schnell mit meinem Tag- oder Nachtwerk weitermachen zu können. Um konzentriert zu bleiben. Um stark zu bleiben, nicht müde zu werden.

Mittlerweile trank ich Kaffee zur Entschleunigung. Die aufwendige Zubereitung, die Langsamkeit der notwendigen Schritte und schließlich der möglichst in die Länge gezogene Genuss, damit sich der Aufwand wohl auszahlte, hatten eine fast meditative Wirkung auf mich, ließen immer häufiger meinen Atem ruhiger werden.

Sofern nicht gerade die verführerisch halbnackte Birdie neben mir in ihre Kaffeetasse seufzte.

. . .

Birdie hörte meinem über mein Bauchprickeln hinwegspielenden Monolog höflich und aufmerksam zu, bis ich endlich wieder genügend Ruhe in meinem Kopf und Bauch (und auch im restlichen Körper) verspürte, um das Thema wechseln zu können. Wir unterhielten uns schließlich über die anhaltende Sommerhitze und den Gewittersturm vom vergangenen Donnerstag, Birdie erzählte weitere Anekdoten aus dem *Endlich satt*, die sich hauptsächlich um Herrn Andi drehten, der sie – wie uns alle eigentlich – unendlich faszinierte.

„Ich habe das noch nie zuvor erlebt", erklärte mir Birdie gerade, „aber jeder Mensch, der irgendwann ins Lokal kommt, steht irgendwann mit diesem Augenaufschlag vor Herrn Andi. Du weißt schon, dieses fast unterwürfige Blinzeln." Birdie lachte auf und blinzelte theatralisch. „Der Großteil flirtet auch ungeniert mit ihm – Männer wie Frauen, jung bis alt, einfach jeder Mensch!" Sie lachte noch einmal. „Und er lässt alle abblitzen. Aber trotzdem kommt jeder am nächsten Tag wieder."

„Und wie ist die Lage mit Lavendel?", fragte ich nach.

Birdie zuckte erst die Schultern, dann lächelte sie und sah fast verliebt dabei aus, in Gedanken versunken. „Die beiden verhalten sich nicht sonderlich anders miteinander als uns gegenüber", erzählte sie, „aber sie brauchen irgendwie so wenige Worte, wenn sie miteinander sprechen. Das ist eigenartig. Man möchte ihnen eigentlich die ganze Zeit zusehen. Sie strahlen in ihrer Interaktion so viel ... Friedlichkeit aus – ist das überhaupt ein Wort?" Birdie seufzte lächelnd, dann blitzten ihre Augen auf. „Das Entzückende daran ist eigentlich, wie alle anderen im Team und darüber hinaus mit den beiden umgehen. Fred und Ivo, auch Eliza und Rosa. Und auch Frau Lore. Als würden sie etwas besonders Kostbares in Händen halten …, ich weiß aber nicht, warum das so ist. Die anderen Paare werden nicht soo behutsam behandelt."

„Vielleicht, weil niemand weiß, *ob* die beiden ein Paar sind?", schlug ich vor.

„Hat sie schon mal jemand gefragt?", gab Birdie zurück.

Ich zuckte mit den Schultern. „Das fragt man doch nicht."

„Warum nicht?"

„Würdest du sie fragen?"

„Wenn ich nicht die Sorge hätte, dass Lavendel danach tatsächlich gar kein Wort mehr mit mir spricht, eventuell schon", sagte Birdie lachend, wurde dann aber ernster. „In Wahrheit geht es mich wirklich gar nichts an, wie Herr Andi und Lavendel zueinander stehen", setzte sie fort, „das ist bloß mein RomCom-gewöhntes Gehirn, das unbedingt wissen will, wie sich die Geschichte weiterentwickelt. Und weil es so viel Knistern gibt zwischen ihnen!"

Kurze Zeit später tauchten wir wieder unter das vom Schlaf zerknitterte Leintuch und tauschten die Worte und das Lächeln gegen Küsse und Berührungen aus, um das Knistern, das zwischen *uns* flimmerte, vorübergehend zu beruhigen.

Wir verbrachten den Großteil des Tages im Bett und einen kurzen Teil des Nachmittags unter der Dusche, bevor ich mich für den nächsten Dienst umzog. Als es schließlich Zeit zum Aufbruch war, fand ich Birdie im Wohnzimmer, wo sie meine Reiseecke konzentriert studierte.

. . .

Meine Wohnung hatte aus irgendeinem nicht nachvollziehbaren Grund eine fensterlose Nische im Wohnzimmer, die man eigentlich für nichts verwenden konnte. Ich hatte zu Beginn überlegt, die Nische mit Bücherregalen zu füllen, aber das hätte sich nur mithilfe eines Tischlers bewältigen lassen – und dafür war mir einfach der Aufwand zu groß.

Irgendwann hatte sich diese Nische dann wie von selbst zu füllen begonnen. Ich hatte ein niedriges Bücherregal aufgebaut, einen größeren Sessel daneben geschoben und an die fensterlosen Wände sowohl eine Magnettafel als auch eine Pinnwand gehängt. An der dritten freien Wand hing derzeit eine Karte von jenen Ländern, die Mittelamerika umfassten, mit einigen Pins in Nicaragua und Mexiko.

Birdie stand davor und studierte die Landkarte.

„Du verreist?“, fragte Birdie, ohne den Blick von Nicaragua zu wenden.

„Mhm“, sagte ich.

„Wann denn?“, fragte sie.

„Das steht noch nicht so genau fest“, antwortete ich.

Birdie hob ihren Blick. „Du fährst auf Urlaub nach Nicaragua?“, fragte sie und sah mich musternd an.

Ich schüttelte den Kopf. „Es ist vielleicht mehr so ein Praktikum.“

„Ein Praktikum?“

„Jim plant einen längeren Aufenthalt, um die Kaffeebauern, von denen er die Kaffeebohnen bezieht, zu besuchen“, erzählte ich. „Und ich kann eventuell mitreisen.“

Birdies Gesicht strahlte auf. „Das ist doch toll!“, rief sie aus. „Wie lang seid ihr dann unterwegs? Zwei Wochen? Drei Wochen?“

„Sechs Monate“, sagte ich. *Wenn ich nicht Ollys Café übernahm …*

„Oh“, antwortete Birdie und sah irgendwie enttäuscht aus. Aber nur kurze Zeit später überflog bereits wieder ein Lächeln ihr Gesicht, auch wenn es nicht ganz so strahlend war wie sonst.

Dreizehn

BIRDIE

Nachdem Lonny am Samstagabend zur Arbeit gegangen war, kehrte ich nach Hause zurück. Wie jedes Wochenende waren meine Eltern wieder einmal nicht zu Hause. Beatrice hatte frei und ich ließ daher meine Stimme durch die leeren Gänge schallen.

Aber nicht einmal das Echo antwortete mir.

Mein ganzer Körper kribbelte unruhig, obwohl er sich gleichzeitig völlig erschöpft und müde anfühlte. Ich war einerseits komplett erledigt von der Arbeit im *Endlich satt* (und auch gut erschöpft von der Nacht mit Lonny), aber gleichzeitig war ich auch zu aufgekratzt, um zu schlafen oder etwas anderes zu machen. Ich fühlte mich, als wollte ich tanzen, konnte meine Beine und Arme jedoch nicht zur

Mitarbeit bewegen.

Ich wollte nicht ausgehen, aber ich wollte mit jemandem sprechen, doch mir fiel niemand ein, den ich sehen oder anrufen wollte. Zu Vroni und Phoebe und Rafa herrschte selbstverständlich (und glücklicherweise) Funkstille. Nicht so glücklich war ich allerdings über die Tatsache, dass ich auch zu sonst niemandem mehr Kontakt hatte, mit dem ich mich vor dem Instagram- und Kreditkarten-Fiasko vor ein paar Wochen regelmäßig getroffen hatte.

Ich scrollte gedankenverloren durch die Kontaktliste auf meinem Telefon. Konnte es wirklich sein, dass sich gar niemand mehr bei mir meldete? Ich war doch bis vor Kurzem ständig irgendwo unterwegs gewesen!

Ich wechselte in meinen Instagram-Feed und sah, dass einige meiner Freunde und Freundinnen Selfies von sich an irgendeiner Meeresküste gepostet hatten. Nun gut, das erklärte die Funkstille zu manchen Leuten, die ich kannte. Sie waren schlichtweg außer Landes.

Aber in meiner ungewohnten Unruhe blieb ich immer an einem anderen Gedanken hängen, nämlich, dass *ich* mich in den vergangenen Wochen gar nicht um den Kontakt zu meiner üblicherweise weitverzweigten Clique bemüht hatte. Ich hatte gerade eine Trennung hinter mir, stand mit meinem Vater auf Kriegsfuß und war plötzlich wieder regelmäßig mit meiner Teenager-Liebschaft im Bett, aber mir fiel niemand aus dem durchaus großen Freundeskreis ein, mit dem ich darüber reden hätte wollen.

Ich dachte an Herrn Andi, der mir sicher mit seinem allwissenden Lächeln zuhören würde und mir dann vermutlich irgendeines der tagesaktuellen Croissants anbieten würde. Mein Hirn ließ sich von den Gedanken ans *Endlich satt* ablenken, ich dachte an den Zitronenkuchen und Frau Lores Witze übers Gewitter, die sie uns am Freitagmorgen zum Besten gegeben hatte. Mir fielen Anna und ihre Fotos ein und weil ich gerade nichts zu tun hatte, suchte ich nach ihrem Instagram-Account, mit dem sie es vor Jahren schon zu digitalem Ruhm gebracht hatte.

Ich klickte auf den Button, um ihrem Account zu folgen und scrollte mich durch all die Motive. Die aktuellsten Fotos waren alle irgendwo in Wien und Umgebung aufgenommen worden, einige erkannte ich wieder, weil sie ausgearbeitet an den Wänden des *Endlich satt* hingen. Dazwischen fanden sich lachende Menschen beim Essen, immer wieder mal eine Baby-Faust, die von Holly sein musste, ein klassisches Porträt von Fred und eines von Ivo, gefolgt von spontan wirkenden Aufnahmen vom Naschmarkt und aus dem Burggarten oder von kuriosen Graffitis wie Türeingängen – die versteckten Entdeckungen der Stadt, die man nur als Spaziergängerin mit offenen Augen machen konnte.

Je älter die Fotos wurden, desto häufiger fand man Aufnahmen aus anderen Großstädten rund um den Globus, aber auch hier zeigte sich das Foto-Interesse, das Anna nun weiterhin in Wien auslebte: Lachende Menschen, saftige Nahrungsmittel und kuriose Stadtentdeckungen zogen sich einmal rund um die Welt durch ihren Feed.

Als ich aus der digitalen Reise durch Annas Fotowelt wieder auftauchte, sah ich, dass Anna mir zurück folgte und mir auch eine Nachricht geschrieben hatte.

„Wir gehen morgen ins Stadionbad“, stand im Chat, „ab Mittag. Bring Lonny mit.“

Und plötzlich war diese eigenartige Nervosität wieder da.

„Ich habe gedacht, ich überlebe den Weg nicht", keuchte ich am nächsten Tag, als ich mich neben Anna auf die Wiese des Stadionbads fallen ließ. Es war nicht schwer gewesen, Anna zu finden, weil sie ihr Handtuch genau dort aufgebreitet hatte, wo wir schon früher zu Schulzeiten immer gelegen waren. Darüber hätte ich lachen können, wenn ich nicht das Gefühl gehabt hätte, jeden Augenblick zu zerschmelzen.

„Früher war es definitiv nicht so heiß", seufzte ich und riss mir mein verschwitztes Strandkleid über den Kopf. Der leichte Windhauch kühlte mich nur leicht ab und ich suchte in meiner Tasche hektisch nach meiner Wasserflasche.

Anna sah mir grinsend zu. „Du warst immer schon dramatisch", lachte sie.

„Ich schwöre dir, dass alle siebenundfünfzig Menschen, die mit mir nach diesem Gewaltmarsch *in der prallen Sonne* von der U-Bahn hierher dann auch noch eine halbe Stunde lang *in der prallen Sonne* am Kassenhäuschen angestanden sind, jetzt genau gleich aufgelöst auf der Wiese liegen wie ich", behauptete ich, musste dann aber selbst über mich lachen.

„Kommt Lonny auch?", fragte mich Anna und ich ignorierte ihr verschmitztes Blitzen in den Augen und zuckte bemüht gleichgültig mit den Schultern.

„Ich habe ihm Bescheid gegeben", sagte ich so teilnahmslos wie möglich.

„Fred, Eliza und Holly sind unterwegs", teilte mir Anna mit, „Ivo und Co besuchen heute irgendeinen ehemaligen Lehrer von ihm und haben deshalb keine Zeit."

Während ich weiter abkühlte, fragte ich nach Ivos Schule

und Anna und ich tauschten uns aus, wen wir aus dieser Region Wiens kannten – oder mal gekannt hatten.

„Es ist so eigenartig, all diese Leute wiederzusehen, nach so langer Zeit“, sagte ich schließlich und meinte Lonny und Fred – und eigentlich auch Anna. Wir hatten uns zu einer Zeit kennengelernt, in der unsere Möglichkeiten schier unendlich schienen und wir uns keinesfalls vorstellen konnten, uns mal aus den Augen zu verlieren.

Schlussendlich war der Kontakt zu den meisten Leuten aber wesentlich schneller abgerissen als gedacht, allen voran zu Fred und Lonny, nachdem Lonny nach den Sommerferien gar nicht mehr zur Schule gekommen war und Fred mich seither ignoriert hatte.

„Was ist daran eigenartig?“, fragte mich Anna mit ruhiger Stimme und klang ehrlich interessiert.

„Nun ja“, begann ich und sortierte meine Gedanken beim Sprechen, „auf der einen Seite fühlt man sich wieder ein bisschen wie 16 oder 17, auf der anderen Seite sieht man aber nicht mehr so aus, klingt aber manchmal noch so. Und dann auch wieder nicht.“ Ich lachte über mich selbst. „Macht das irgendeinen Sinn?“

Anna lächelte mir zu und nickte. „Ich versteh das, glaube ich“, sagte sie. „Mir geht es ähnlich. Bis auf Fred habe ich ja auch kaum jemanden mehr regelmäßig gesehen, weil ich recht lang rund um die Welt gereist bin.“

„Ich habe deine Fotos gesehen!“, unterbrach ich Anna. Sie lächelte freundlich und dankbar, setzte dann aber ihren ursprünglichen Gedanken fort: „Ich finde das Wiedersehen mit Leuten von früher aber immer recht lustig. Man schwankt so zwischen den Zeiten, nicht wahr? Einerseits ist man sehnsüchtig nach der blauäugigen Zeit von damals, andererseits auch wieder erleichtert, dass man doch älter geworden ist. Oder?“

Ich dachte kurz nach. „Das finde ich auch“, stimmte ich ihr zu. „Aber ich finde auch oft genug, dass ich immer noch in der gleichen Startposition bin wie damals nach der Schule.“

Anna runzelte nachdenklich die Stirn, also sprach ich weiter: „Es ist eher so, dass all die Träume und Ziele, die ich damals hatte, immer noch gleich weit entfernt sind wie damals. Als hätte ich bis jetzt noch nicht damit angefangen, darauf zuzugehen.“

„Hm“, Anna summte leicht, „welche Träume und Ziele sind denn das?“

Ich holte Luft, um zu antworten, merkte aber fast zu spät, dass ich auf diese Frage eigentlich keine Antwort hatte.

Zum Glück blieb mir erspart, darauf weiter einzugehen, weil genau in diesem Moment Eliza, Fred und eine ausgeschlafene Holly sowie ein weniger ausgeschlafener Lonny zu unserem Platz kamen und unser Gespräch unterbrachen. Holly war die einzige, der die Hitze nichts auszumachen schien. Sie gurgelte fröhlich zur Begrüßung.

Lonny und Holly beobachteten schließlich auf dem Bauch liegend, wie Fred und Eliza sich neben uns ausbreiteten, den halben Haushalt, den sie mitgebracht hatten, auspackten und uns alle mit Sonnencreme, Wassermelonen und Snacks versorgten.

Aber trotz der bunten Ablenkung durch die anderen blieb ein Gedanke beständig pochend in meinem Hinterkopf: Welchen Schritt in Richtung Träume und Ziele hätte ich denn bisher überhaupt setzen können, wenn ich nicht einmal wusste, *welche* Träume und Ziele ich eigentlich hatte?

. . .

Wir kühlten uns erst im normalen Becken ab wie ungefähr siebenhunderteinundzwanzig andere Menschen gleichzeitig mit uns. Eliza saß am Beckenrand und ließ sich von Fred eine fröhlich glucksende Holly reichen, deren größtes Glück es zu sein schien, wenn ihre Zehenspitzen ins Wasser tauchten. Holly trug einen beinahe ihren ganzen Körper bedeckenden Badeanzug, dazu einen Sonnenhut und jeder Flecken Haut, der nicht von Stoff bedeckt war, war mit zumindest zwei Schichten Sonnencreme eingeschmiert.

Fred und Eliza zogen sich mit Holly aber bald wieder in den Schatten zurück, völlig vereinnahmt von der Beschäftigung mit Holly, und auch Anna hatte schnell genug von den Menschenmassen im Wasser.

Lonny und ich dümpelten dennoch weiterhin am Beckenrand herum, die Körper fast zur Gänze unter Wasser, um der prallen Sonne zu entkommen. Immer wieder tauchten wir mal ganz unter, um auch den Kopf abzukühlen. Beinahe hätte ich daher überhört, als über die Lautsprecher bekannt gegeben wurde, dass das Wellenbad bald starten würde.

Selten sah man Lonny und mich schneller in Bewegung kommen als in diesem Moment.

Es gab wenig Besseres im Schwimmbad, als diese gespannte Aufregung, kurz bevor sich das Wasser wie von magischer Hand betrieben in Bewegung versetzte. Hunderte Menschen, vor allem aber Kinder, brachten die Luft rund um uns herum zum Knistern. In wenigen Situationen waren sich Menschen so fremd, aber gleichzeitig auch so einig wie im Wellenbad. Hier war niemand schlecht gelaunt und mit den ersten Wellen, die uns gegen den Bauch schwappten, steigerte sich das Lachen rund um uns herum.

Lonny griff nach meiner Hand.

Wie früher immer.

Und ich verschränkte meine Finger in seine. Dann ließen wir uns von den Wellen tragen und sprangen und lachten, bis wir keine Puste mehr hatten.

Als sich das Wasser wieder beruhigte und wir uns zwischen den aufgeregten Rufen der Kinder mit sich überschlagenden Stimmen („Hast du *das* gesehen?!“) aus dem Becken hinausbewegten, hielt Lonny immer noch meine Hand. Und als wir auf die heißen Platten vor dem Wellenbad traten, zog mich Lonny leicht an der Hand und zwinkerte mir zu, zog mich in die andere Richtung als unser Platz lag, dorthin, wo die Umkleiden waren.

An einer schattigen Stelle machten wir Halt und mir wurde bewusst, dass mein Bikini klatschnass an mir klebte. Mir war kühl und heiß gleichzeitig und Lonny hielt immer noch meine Hand.

Ich kannte diese Nische.

Wir beide kannten diese Nische.

Wir grinsten uns zu, als Lonny sich an die Wand lehnte und mich zu sich zog, seinen Arm um meine Hüfte legte, bis ich ganz nah vor ihm stand. Seine Fingerspitzen tanzten über den Rand meiner Bikinihose, während sein Atem mein Ohrläppchen zum Glühen brachte, was wiederum die Gänsehaut über meine gesamte Schulter laufen ließ. Ich kicherte und zappelte mit meinen Knien, weil ich nicht wusste, wohin ich mit meiner Energie sollte.

Lonnys Lippen waren kalt vom Schwimmbad und er schmeckte nach Chlor und Sonnencreme und lang vergangenen Sommerferien. Seine Bauchmuskeln zuckten rund um meinen Bauchnabel, als ich kurz Luft holte und mich ein weiteres Mal in unsere Küsse stürzte.

Es sollte niemals aufhören, Sommer zu sein!

Ich erschrak über diesen Gedanken und zuckte zurück, genau in dem Moment, als irgendein Junge plötzlich mit einem Unmutsseufzer hinter mir zu hören war: „Ääh, da sind ja zwei Alte!"

Lonny und ich brachen gleichzeitig in Lachen aus und wir zogen uns schnell aus der Kussnische zurück, für die wir mittlerweile offenbar zu alt geworden waren.

Wir kühlten uns nochmals schnell im Becken ab, bevor wir uns – unter den misstrauischen bis neugierigen Blicken der anderen – wieder auf unsere Handtücher auf der Liegewiese fallen ließen.

Der Nachmittag verging, indem wir regelmäßig ins Wasser sprangen, dazwischen Eis und Hot Dogs sowie Snacks aus Freds Küche aßen, Holly reihum gereicht wurde, bis sie völlig erschöpft einschlief, und wir uns über Gott und die Welt und das Stadionbad unterhielten.

Als wir im rotgoldenen Abendlicht mit den Hunderten anderen Badegästen zum Ausgang strömten, fühlte sich meine Haut gespannt und sonnengewärmt an, aber in mir drinnen hatte sich ein weites Feld aufgetan und ich hatte erstmals seit Langem wieder das Gefühl, ich konnte tief durchatmen.

Vierzehn

BIRDIE

Die Arbeit im *Endlich satt* hielt mich in den darauf folgenden Wochen gehörig auf Trab, obwohl die Stadt immer ruhiger wurde, je weiter der Sommer voranschritt. So nach und nach verließen die Bewohner Wien für ihre Urlaubsdestinationen, nur die bei Touristen beliebten Hotspots vibrierten weiterhin unter der Menschenlast.

Durch die Gasse vor dem Bistro fuhren wesentlich seltener Autos als sonst, was unsere Gäste länger im Schanigarten sitzen ließ, vor allem, wenn der Nachmittag in den Abend überging und sich diese alles lähmende Hitze kurzfristig zurückzog.

. . .

Fred und Ivo wechselten sich mit ihren Abendschichten ab, aber immer häufiger wurde Herrn Andi die Verantwortung übertragen, das Geschäft nach den letzten Gästen abzuschließen. Ich begleitete Lonny weiterhin fast täglich zur Arbeit und trat dann entweder den weiten Weg zurück in meine Wohnung an oder traf mich mit Anna im Volksgarten, wo wir verbotenerweise in der Wiese lagen, bis uns die Ameisen zu sehr kitzelten und wir hysterisch lachend und um uns schlagend aufsprangen.

Anna überlegte, sich einen Hund anzuschaffen, was ich mir geduldig anhörte, auch wenn ich überzeugt war, dass sie eigentlich keinen Hund wollte. Aus ihrer Stimme hörte ich die gleiche Unruhe heraus, die mich seit einiger Zeit begleitete und sich während der Sommermonate immer weiter intensiviert hatte.

Ich wusste nicht, woher dieses Gefühl kam, was es konkret ausgelöst hatte und wie ich es bekämpfen konnte. Ich wusste bloß, dass die Unruhe weder durch einen Hund noch einen Urlaub noch durch eine sentimentale Affäre mit Lonny vergehen konnte. Auch wenn das alles zumindest die die Unruhe begleitende Sehnsucht vorübergehend stillte. Vor allem seit unserem Ausflug ins Stadionbad krochen Unruhe und Sehnsucht immer öfter durch meinen Kopf und meinen Körper. Diese Frage nach meinen Träumen und Zielen und wann und wie ich einen Schritt in diese Richtung setzen wollte, tanzte von Tag zu Tag immer wieder und immer häufiger durch meinen Hinterkopf.

Wenn Anna also nicht über diverse Hunderassen referierte, unterhielten wir uns über Orte auf der Welt, die wir beide bereits besucht hatten. Und ab und zu bohrte sie so unauffällig wie möglich nach dem Status meiner Beziehung zu Lonny, was ich ihr so oberflächlich wie es ging beantwortete. Denn auf diese Fragen hatte ich eigentlich keine Antwort parat.

Also gab ich mich den Sommerlaunen hin, ließ mich von ihnen zwar wesentlich mehr durchschüttelten als in all den Jahren zuvor, erkannte dabei aber einen durchaus überraschenden Nebeneffekt: Nämlich, dass ich mich zum ersten Mal seit Ewigkeiten wieder *echt* fühlte.

Ich konnte dieses Gefühl nicht genau definieren oder gar beschreiben, das sich zur Unruhe und zur Sommersehnsucht dazugesellt hatte. Es war einfach so, dass sich all die Wochen und Monate und vielleicht sogar Jahre vor diesem Sommer in meiner Erinnerung mittlerweile anfühlten, als wären sie mit heißer, flüchtiger Luft gefüllt gewesen. Und jetzt, in diesem Sommer, spürte ich einfach alles: jedes Hoch, jedes Tief, jeden Sonnenstrahl, jeden Windstoß, jedes unfreundliche Wort, jedes Lächeln. Und das fühlte sich im Großen und Ganzen gut an. Beängstigend, natürlich, das auch. Aber eben auch gut.

Was auch die Unruhe erträglicher machte.

An einem Tag nach der Arbeit besichtigte ich Rosas alte Wohnung und halste mir damit jedoch eine weitere scheinbar unlösbare Frage auf. Sollte und wollte ich mir eine eigene Wohnung leisten?

Herr Andi war so nett und schätzte mit mir während einer unserer Kaffeepausen alle Ausgaben, die ich rund um einen Wohnungswechsel einmalig und regelmäßig zu stemmen hätte. Danach war ich jedoch den gesamten restlichen Tag schlecht gelaunt, weil ich weder genau sagen konnte, wie teuer mein Handytarif war, noch wie viel Geld ich regelmäßig für Essen und so weiter ausgab und mich insgeheim dafür vor Herrn Andi genierte.

An diesem Tag begrüßte ich auch den Stammgast im Anzug nur knapp, der meine kurz angebundenen Antworten nützte, um mir irgendetwas über ein Auto zu erzählen, was ich mit automatischem Nicken und Lächeln und „Gerne“ und „Bitte“ über mich ergehen ließ.

Auch Lonnys Geplapper floss an diesem Nachmittag die erste Viertelstunde unseres gemeinsamen Wegs schweigend an mir vorbei, bis er plötzlich innehielt und fragte, was mir die Stimmung verhagelt hätte. Aber das wollte ich ihm gar nicht beantworten, denn wer wurde denn schon grantig wegen finanziellen Nicht-Wissens? (Ich offenbar, aber das konnte ich auch nicht so einfach in Worte fassen.) Also schnaufte ich bloß empört als Antwort, was mir ein sonniges Lächeln von Lonny und eine Umarmung einbrachte, somit war der Tag schlussendlich nicht ganz verhaut und das dazugehörende Kribbeln in meinem Bauch fühlte sich in diesem Moment fast tröstend an.

~

Der August war gerade ein paar Tage alt, als der Anzugträger kurz vor Ende meiner Schicht wieder einmal ins Bistro kam. Er bestellte wie immer Kaffee und ein paar Gebäckstücke, verwickelte mich dann jedoch erneut in ein Gespräch über sein Auto. Offenbar hatte ich ihm vor Tagen zugesagt, dass er mir – wenn er wieder damit in der Gegend war – das Auto, irgendein Vintage Cabrio aus dem Jahre Schnee, zeigen wollte.

Ich sollte an dieser Stelle vielleicht festhalten, dass mich Autos noch weniger interessierten als die monatlichen Kosten meines Handys, doch das war etwas, das ich dem Stammgast kaum auf die Nase binden konnte. Mein grantiges Desinteresse von vor ein paar Tagen hatte er offenbar als glühendes Interesse interpretiert (wie auch immer das passieren konnte) und da ich die Wahl hatte, entweder das Missverständnis aufzuklären und einen Stammgast zu enttäuschen oder einfach fünf Minuten freundliche Nasenlöcher zu einem alten Auto zu machen, entschied ich mich für den vermeintlich unkomplizierteren Weg.

Die erwarteten fünf Minuten zogen sich jedoch ähnlich in die Länge wie Ivos Strudelteig. Wer hätte denn gedacht, dass man *so viel* über ein einziges Auto sprechen konnte, ohne eine einzige Frage gestellt zu bekommen?

Nach mindestens fünfzehn Minuten des unterdrückten Gähnens (meinerseits) und Dauerfeuerwerks in mir unbekanntem Auto-Vokabular (seinerseits) erkannte ich an der Stimmlage des Anzugträgers, dass wir uns dem Ende seines Monologs näherten.

„Sehr nett“, lächelte ich und drehte mich, das Gespräch abschließend, wieder in Richtung des Lokals.

„Fahren wir eine Runde?“, fragte der Anzugträger.

„Jetzt gleich?“

„Warum nicht?“

„Ich muss wieder zurück ins Lokal“, sagte ich so höflich wie möglich, meine Fassungslosigkeit überspielend. „Ich bin noch im Dienst.“

Der Anzugträger winkte ab, als wäre das nicht so wichtig,

und plötzlich durchzuckte mich ein Gefühl wie ein Stromschlag. Für einen Moment fühlte ich mich, als würde ich zwischen zwei Körpern hin- und herwechseln. Als hätte seine abfällige Handbewegung ausgelöst, dass ich mich in ein früheres Ich zurückverwandelte. Jenes frühere Ich nämlich, das jegliche Anstrengung, die von irgendeiner Arbeit gekommen war, in der Sekunde für eine Spritztour mit dem nächstbesten Anzugträger eingetauscht hatte. Das frühere Ich, das nicht – wie das aktuelle Ich gerade – schon ganz zappelig war, weil ich daran dachte, dass sich Herr Andi bestimmt schon Sorgen machte, wo ich so lang war. Das aktuelle Ich, das ganz unruhig war, weil es mein Pflichtgefühl gegenüber Fred und Ivo und meinen Kollegen im *Endlich satt* nicht erlaubte, dass ich einfach so an einem Donnerstagnachmittag in ein altes Auto stieg, um durch die Stadt zu gondeln.

„Ich kann jetzt nicht", sagte ich mit Nachdruck, ganz außer Atem und hin und her gebeutelt von meinem alten und meinem neuen Ich.

„Dann Sonntag?", fragte der Anzugträger unbeirrt. „Wir könnten die Höhenstraße entlang cruisen und irgendwo picknicken."

Und dann fiel bei mir der Groschen.

Ich kannte solche Typen wie ihn. Ich kannte diese Männer, die so erfolgreich waren, dass sie sich den ganzen Tag in klimatisierten Umgebungen aufhielten und deshalb rund um die Uhr Anzug trugen – *sogar bei 35 Grad im Schatten!* Ich kannte diese Männer und sie erkannten mich ebenso wieder. Sie sahen in mir das, was ich die vergangen Jahre, wenn nicht Jahrzehnte bereits, gewesen war: eine blonde Dekoration für ihre alten, alten Autos, der sie nicht zuhören mussten und von der sie nicht einmal Fragen erwarteten. Eine Frau, die gut für Abendgesellschaften und Instagramfeeds war, aber nicht gut genug für Abende „mit den Jungs“ oder ernsthafte Gespräche.

Been there, done that.

Ich hatte vielleicht keine Ahnung, wie man sein monatliches Budget überwacht, aber ich wusste in diesem Moment in aller Klarheit, dass ich keine einzige Sekunde mehr über dieses Auto sprechen wollte.

Ich lächelte dem Anzugträger zu und sagte mit so ruhiger Stimme wie möglich: „Vielen Dank, aber es ist seit Wochen unerträglich heiß. Man sollte wirklich einfach nur mehr so wenig wie möglich Autofahren.“

Dann wandte ich mich um und ging.

„Nächste Woche dann? Da sollte es regnen!“, rief mir der Typ doch ernsthaft wenige Schritte weiter hinterher.

Darüber musste ich lachen. Ich drehte mich nochmals um, ging aber rückwärts weiter und schüttelte den Kopf. „Ich habe kein Interesse!“, rief ich ihm zu.

Der Anzugträger sah mich für ein paar Sekunden ungläubig an, dann zuckte er mit seinen Schultern, strich seinem Auto über die Motorhaube und stieg ein.

Als ich mich wieder umdrehte und zurück zum *Endlich satt* lief, war ich mir sicher, dass er mich bereits wieder vergessen hatte.

Ich lachte immer noch, als ich zurück ins Bistro trat, wo mittlerweile Lonny eingetroffen war und sich mit Fred unterhielt, der Holly in einem Tragetuch um den Bauch geschnürt hatte. Ich eilte hinter die Theke und bereitete die beiden

Pappbecher vor, in die Herr Andi wie immer Lonnys und meinen Kaffee richten würde.

„Warum bist du so gut gelaunt?", fragte mich Herr Andi, als er mir die Becher aus der Hand nahm.

Ich grinste ihm zu. „Ich bin gerade nach einem Date gefragt worden ... –", begann ich.

„*Was*?", fragte Lavendel, der plötzlich neben mir aufgetaucht war. Er klang ungewöhnlich scharf für seine Verhältnisse und als ich mich verwirrt im Lokal umsah, schienen alle – Lonny, Fred, sogar die kleine Holly und unsere wenigen Sommergäste – aufgehört haben zu sprechen, um mich vorwurfsvoll anzusehen.

Und dann passierte alles gleichzeitig.

Noch bevor ich weitersprechen konnte, verkündete Lonny, er hätte etwas zu Hause vergessen und eilte ohne Gruß aus dem Lokal. Holly begann, wie am Spieß zu brüllen, weshalb Fred genauso fluchtartig das Bistro verließ. Lavendel verdrehte die Augen und verschwand in der Küche, woraufhin ihm Herr Andi hinterhereilte, Lonnys und meinen Kaffee völlig vergessen. Nicht, dass ihn jetzt noch jemand getrunken hätte.

Ich sah die beiden Gäste, zwei Frauen, die mit mir im Lokal zurückgeblieben, verwirrt an. „Eigentlich hatte ich gerade eine emanzipatorische Erleuchtung, glaube ich", sagte ich zu ihnen.

Eine der beiden Frauen sah mich mitleidig an. „Das hat hier niemand so verstanden, Schätzchen", sagte sie zu mir.

Ich beugte mich über die Theke und sprach gespielt flüsternd zu ihr: „Ich bin dennoch stolz auf mich!"

Darüber mussten beide schließlich lachen.

Fünfzehn

LONNY

Bei der ersten Quergasse hatte mich Fred eingeholt. Er schnaufte wild, hielt das Tragetuch mit Holly fest an sich gedrückt, während er mir schnellen Schrittes den Weg abschnitt. Holly sah verheult aus, gluckste jetzt im Moment aber ziemlich vergnügt, vermutlich, weil sie sich bei Freds Tempo in diesem Tuch wie in einer Achterbahn gefühlt haben dürfte.

Ich kitzelte ihre Nase und wir kicherten ein wenig.

„Ich habe es dir ja gesagt, dass es so kommen wird!“, sagte Fred und obwohl ich genau wusste, wovon er sprach, stellte ich mich blöd.

„Ich weiß nicht, wovon du sprichst“, sagte ich.

Fred verdrehte die Augen. „Na, von Birdie natürlich!“,

rief Fred aufgebracht. „Es war doch klar, dass sie dir wieder auf der Nase herumtanzen würde! Ich verstehe überhaupt nicht, warum du dich wieder mit ihr eingelassen hast!“

„Wer sagt denn, dass wir … –”, begann ich, aber Fred schnitt mir mit einer Handbewegung das Wort ab.

„Ich bin nicht blöd!“, argumentierte er (und damit musste ich ihm recht geben). „Außerdem habe ich Augen im Kopf. Sogar Lavendel hat mich schon mal gefragt, warum du zurzeit jeden Nachmittag ins Lokal kommst.“

Ich zuckte mit den Schultern. So ungewöhnlich waren meine regelmäßigen Besuche nun auch wieder nicht. Sie waren nun regelmäßiger vielleicht, aber der Eiskaffee im *Endlich satt* war tatsächlich exzellent und ein Grund für tägliche Besuche. Vor allem, wenn es so heiß war.

„Das heißt ja trotzdem nichts“, beharrte ich, „Birdie und ich sind schon früher immer gemeinsam zur Schule gegangen. Jetzt gehen wir eben gemeinsam zur Arbeit … zu meiner Arbeit.“ Das brachte mir nur eine skeptisch hochgezogene Augenbraue von Fred ein.

„Warum gibst du es nicht einfach zu?“, fragte er mich mit irritiertem Gesichtsausdruck und selbst Holly schien solidarisch ihre Stirn zu runzeln.

„Was soll ich denn zugeben?“, gab ich retour.

„Dass zwischen dir und Birdie was läuft! Wie früher!“

„Es ist sicher nicht wie früher …“

„Es ist genauso wie früher!“, unterbrach mich Fred erneut. „Allein schon eure bemüht distanzierte Begrüßung jeden Nachmittag legt all eure Geheimnisse offen. Aber dass ihr neulich im Stadionbad erst eine halbe Stunde *nach* dem Ende des Wellenbads kichernd zum Platz gekommen seid, das hat euch endgültig verraten. Das habt ihr früher schon immer gemacht! Was ist es denn diesmal, womit sie dich um den Finger gewickelt hat? Mit den Hausübungen wird sie dir ja jetzt nicht mehr helfen?“

Diesmal verdrehte ich die Augen und drückte mich wortlos an Fred vorbei, ging weiter in Richtung *Goldie's.*

„Ich verstehe nicht, was dich so aufregt!“, sagte ich schließlich so ruhig wie möglich zu Fred, der mir natürlich gefolgt war. „Das geht dich nichts an.“

„Lonny“, sagte Fred und hielt mich am Arm zurück, sah mich besorgt an. „Ich habe die ganze Schulzeit über euer Heiß- und Kalt-Wechselduschprogramm beobachtet … beobachten *müssen.*“ Er seufzte. „Dir geht es nicht gut, wenn sie verschwindet.“ Er holte Luft. „Und sie wird wieder verschwinden.“

Messerstiche in der Brust hätten keinen größeren Schmerz auslösen können als Freds Worte. Ich zog scharf Luft ein, aber mein Brustkorb dehnte sich nicht so weit, wie er eigentlich sollte. Ich probierte es ein weiteres Mal. Und noch einmal.

„Warum hast du sie dann eingestellt, wenn du ohnehin weißt, dass sie nicht bleiben wird?“, fragte ich ihn und ging weiter.

Fred folgte mir mit einer zuckenden Schulter, wodurch Holly in ihrer Trage leicht zur Seite kippte und sie wieder zu kichern begann. „Birdie tat mir leid und ich wollte sehen, ob sie sich verändert hat.“

„Sie hat sich verändert“, warf ich ein.

Fred nickte, dann wackelte er mit den Schultern, legte der wiederum kichernden Holly die Hand auf den Bauch. „Sie macht ihre Arbeit sehr gut“, gab er zu. „Aber privat ist sie schon wieder auf dem Sprung.“

Nun war es an mir, stehen zu bleiben.

„Der Typ, mit dem sie auf ein Date geht, ist ein schrecklicher Kunde“, erklärte Fred, noch bevor ich etwas sagen konnte, und wieder zog es mir den Brustkorb messerstichgleich zusammen. „Aber er ist typisch für die Kreise, in denen sich Birdie bewegt.“ Fred schluckte. „Das sind die Männer, die ihr Vater für sie aussuchen würde.“

„Woher willst du das wissen?“, gab ich patzig zurück. „Wart ihr die gesamten Jahre seit der Schule befreundet?“ Ich ging wieder weiter und Fred folgte mir. Er schüttelte seinen Kopf. „Nein“, sagte er, „aber ich höre ihr zu, wenn sie spricht und mit wem sie spricht. Außerdem habe ich diesen Rafa gegoogelt, von dem sie sich kurz zuvor getrennt hat.“

Wieder blieb ich stehen. „Warum?“, fragte ich verdutzt.

Fred fasste nach Hollys rechtem Fuß und nestelte ein wenig an ihren Zehen herum, eine fast verlegene Geste. „Ich wollte wissen, wer er ist“, sagte er schließlich. „Und ich dachte, wenn *das* mittlerweile ihr Typ ist, lässt sie dich vielleicht in Ruhe.“

Für einen Moment war ich tatsächlich sprachlos. Dann holte ich Luft. Ich wusste gar nicht, wo ich zuerst anfangen sollte.

„Reg dich jetzt bitte nicht auf!“, beschwor mich Fred.

„Ich reg mich nie auf!“, brüllte ich ihm entgegen, atmete mehrmals tief durch und setzte dann mit bemüht ruhiger Stimme fort: „Du findest also …“ Ich holte nochmals Luft. „Was hat Birdies Vater …?“ Ein weiterer Atemzug. „Das macht alles überhaupt keinen Sinn!“ Ich fuhr mir frustriert mit beiden Händen durch die Haare und der Knoten an meinem Hinterkopf löste sich. Holly sah mir fasziniert mit offenstehendem Mund zu, wie ich mir meine Haare wieder zusammenband. Wieder kitzelte ich sie an der Nase, was mir ein zahnloses Strahlen einbrachte. Wenigstens irgendwer war heute happy und unbekümmert.

Schließlich widmete ich mich wieder Fred und mein Ärger flammte erneut auf.

„Du kannst dich hier einfach nicht einmischen“, sagte ich zu ihm. „Das ist Birdies und meine Geschichte.“

„Aber, Lonny“, sagte er fast flehentlich. „Ich will nicht, dass sie dir wehtut.“

„Wer sagt denn, dass sie das machen wird?“

„Wer sagt denn, dass sie das nicht schon gemacht hat?“, gab Fred traurig zurück und darauf fehlten mir die Argumente.

~

In den darauffolgenden Tagen stürzte ich mich in die Reisevorbereitungen, die ich seit Beginn des Sommers etwas schleifen gelassen hatte. Ich informierte mich über die für die Reise nach Nicaragua nötigen Impfungen und suchte nach möglichst billigen Flügen. Ich besorgte mir einen weiteren Reiseführer und installierte eine Sprachlern-App auf meinem Telefon, um meine Spanischkenntnisse aufzufrischen und zu erweitern. Mit „buenos dias“ und „esta bien“ und „gol“ kam man wahrscheinlich nicht sehr weit.

Wenn ich nicht über Nicaragua nachdachte, suchte ich auf Youtube nach Yoga-Übungen, die versprachen, dass sie trotz der Sommerhitze abkühlten, aber ich war mir nicht sicher, ob sie tatsächlich wirkten. In meiner Wohnung war nach der wochenlangen Hitzewelle jener Punkt erreicht, an dem all die scheinbar kühle Luft, die entweder im Morgengrauen oder nach einem der immer wieder über uns hereinprasselnden Gewitter in die Räume drang, überhaupt keinen Unterschied mehr machte. In meiner Wohnung würde es erst wieder richtig kühl werden, wenn es draußen mehrere Tage (und Nächte) konstant unter 20 Grad hatte. Und diese Zeit kam erst in ein paar Wochen auf uns zu.

Ich besuchte Olly im Café und Jim in seiner Kaffeerösterei. Fred versuchte, mich ein paar Mal telefonisch zu erreichen, aber ich ließ mein Telefon den ganzen Tag auf lautlos und sah die meiste Zeit nicht darauf, rief auch nie zurück. Ich wollte mit ihm nicht über Birdie reden.

Auch Birdie selbst schrieb mir weiterhin, als sei nichts gewesen. Vermutlich hatte ihr Date noch nicht stattgefunden oder was auch immer. Ich kümmerte mich nicht darum, verdrängte alle Gedanken und gefühlten Messerstiche in der Brust mit kühlendem Yoga und Nicaragua-Plänen.

Ich rief mir in Erinnerung, dass ich von Anfang an davon ausgegangen war, dass unser *summer fling* ein Ablaufdatum haben würde. Und spätestens mit meiner Abreise nach Mittelamerika wäre unsere Geschichte ja sowieso vorbei gewesen. Warum sollte ich also noch lang darüber nachdenken?

Sechzehn

BIRDIE

Irgendetwas war anders. Im *Endlich satt* waren alle wie immer, aber irgendwie auch nicht. Ivo und Herr Andi waren freundlich, aber auf eine gewisse Art auch wieder distanziert. So wie sie ganz zu Beginn zu mir gewesen waren. Bevor wir uns besser kennengelernt hatten.

Und wenn es nicht absolut lächerlich gewesen wäre, hätte ich behauptet, dass mir Fred und Lavendel sogar bewusst aus dem Weg gingen.

All das machte mich unsicher.

Es ging ungefähr drei Tage lang so, drei lange Tage, an denen ich zwei Cappuccinos unrettbar verschüttete, einen Brotkorb auf dem Weg zum Schanigarten fallen ließ und dreimal die falsche Bestellung an den falschen Tisch brachte.

Was mich noch unsicherer machte.

Am vierten Tag nahm mich Herr Andi zur Seite. „Frau Birdie, was ist los?“, fragte er mich und drückte mir meinen Vormittagskaffee in die Hand.

„Was ist mit *euch* los?“, zischte ich zurück.

„Was soll mit uns sein?“, gab er verwirrt zurück.

„Ihr seid so … anders!“, behauptete ich.

„Wir sind wie immer“, sagte Herr Andi und klang immer noch irritiert. Ich verdrehte meine Augen.

„Nein, seid ihr nicht! Ihr seid so … so … kühl und reserviert mir gegenüber. Es ist, als ob etwas vorgefallen wäre, von dem mir niemand erzählt hat und das ist ein völlig irritierendes Gefühl. Ich fühle mich, als wäre ich im falschen Film aufgewacht!“

Herr Andi sah mich einen Moment lang an. „Wo ist eigentlich Herr Lonny?“, fragte er mich mit nicht zu überhörendem Unterton und als hätte ich nicht ohnehin schon ständig dieses komische, unruhige Piksen im Magen, fühlte sich Herr Andis Frage an, als hätte sich noch ein kleiner Felsbrocken dazugesellt.

„Der meldet sich auch nicht bei mir!“, stieß ich frustriert aus und erntete dafür nur einen vielsagenden Blick von Herrn Andi.

„Bist du deswegen so unkonzentriert?“, fragte mich Herr Andi. „Weil Lonny nicht mehr täglich ins Lokal kommt?“

„Ich bin unkonzentriert, weil ihr euch nicht mehr normal verhaltet!“

„Was ist schon normal?“, fragte Herr Andi und fasste nach seiner Perlenkette, wickelte sie gedankenverloren um seine Finger.

„Es tut mir leid“, sagte ich leise. „Ich habe irgendwie das

Gefühl, ich habe etwas falsch gemacht, aber keiner sagt mir, was."

„Nun ja, es sind hier alle erwachsen. Man mischt sich auch nicht in die Entscheidungen anderer Leute ein", gab Herr Andi kryptisch von sich.

„Aber Lavendel redet mittlerweile gar nicht mehr mit mir!", seufzte ich verzweifelt. „Wir hatten so gute Fortschritte gemacht!"

Herrn Andis Gesicht wurde für einen Moment weich und er lächelte herzzerreißend süß. „Lavendel mag es einfach, wenn man direkt ist. Er sagt immer, er ist mit dem Leben, das sich vor seinen Augen abspielt, schon so beschäftigt, er kann sich nicht noch um all die Gemeinheiten hinter seinem Rücken kümmern."

Darüber musste ich lächeln. Das war so eine typische Lavendel-Sache, das zu sagen.

Herr Andi nippte an seinem Kaffee, dann sah er mich mit großen Augen an. „Wie war dein Date?", fragte er.

„Welches Date?"

„Von dem du neulich erzählt hast."

„Ich hatte kein Date", gab ich verwirrt zurück. „Ich war mit Lonny im Stadionbad, aber da waren auch Anna und Fred und ... –"

„Du bist neulich ins Lokal gekommen und hast uns strahlend verkündet, du seist gerade auf ein Date eingeladen worden!", sagte Herr Andi und klang fast ein wenig ärgerlich. „Von dem Typen, der sogar in der Hitze lange Ärmel trägt", ergänzte Herr Andi, weil ich immer noch verwirrt dreinsah.

„Aber ich habe doch kein Date mit dem!", sagte ich, nicht wissend, worauf er hinauswollte.

„Nein?“, fragte Herr Andi nach und ich schüttelte den Kopf.

„Warum nicht?“, fragte er weiter.

„Weil er mehr Interesse an seinem Auto hatte als an mir!“

„Und warum sagst du das dann?“, fragte mich Herr Andi.

„Was denn?“

„Dass du mit ihm auf ein Date gehst!“

„Das habe ich ja gar nie gesagt! Ich habe bloß erzählt, dass er mich *gefragt* hatte!“ Selbst heute, einige Tage später, fühlte ich mich noch stolz, ihm abgesagt zu haben, weshalb ich gar nicht anders konnte, als Herrn Andi anzustrahlen.

„Du hast die Einladung nicht angenommen?“, fragte Herr Andi nochmals nach und ich war so dankbar, dass er endlich mehr als fünf Sätze mit mir wechselte, dass ich dieses Kreuzverhör geduldig über mich ergehen ließ.

Ich schüttelte lächelnd den Kopf. „Er wollte mit dem Auto die Höhenstraße entlangfahren oder so. Daran hatte ich kein Interesse, das habe ich ihm gesagt.“ Ich runzelte meine Stirn. „Das wollte ich euch doch neulich schon erzählen, aber plötzlich waren alle verschwunden und seither redet keiner mehr mit mir wie früher.“ Und dann wurde plötzlich alles klarer. Herr Andi sah mich fast ein wenig schuldbewusst an. Ich fixierte ihn. „Was ist hier genau das Problem gewesen?“, bohrte ich nach. „Dass ich eigentlich mit keinem Kunden auf ein Date gehen sollte?“

Herr Andi zog eine Schulter hoch und gerade als er antworten wollte, kam neue Kundschaft ins Bistro und unsere Kaffeepause war zu Ende.

„Gutes Gespräch“, sagte er noch zu mir und klopfte mir auf die Schulter, ließ mich jedoch verwirrt zurück.

Ein paar Tage später ging ich zufrieden nach Hause. Nun ja, zur Hälfte zufrieden. Ivo hatte den ruhigen Nachmittag genutzt und mir gezeigt, wie man Schokobrownies buk und ich hatte mehrere Stücke der köstlichen Nachspeise in meiner Tasche, um sie Beatrice zu Hause zum Kosten zu geben. Die Lage im *Endlich satt* hatte sich deutlich entspannt, nachdem ich die Sache mit dem Date endlich aufgeklärt hatte. Ich fand zwar immer noch, dass es eigenartig war, dass das gesamte Team zu schmollen schien, nur wegen eines (nicht stattgefundenen) Dates, aber vielleicht war das das Geheimnis für die Loyalität, die allen hier so eigen war.

Nur Lonny war nicht wieder im Lokal aufgetaucht.

Mit meinen Brownies im Gepäck überlegte ich zwar, ob ich einen kurzen Abstecher zu Lonny ins *Goldie's* machen sollte, verwarf den Gedanken aber wieder. Lonny hatte seit Tagen auf kein einziges meiner SMS geantwortet – und ich verstand den Wink mit dem Zaunpfahl.

So war Lonny eben. Flatterhaft und ohne fixe Bodenhaftung, was mich damals als Teenager ja ungemein fasziniert hatte. Und jetzt noch faszinierte. Nur mit Lonny konnte man quasi-geheime Kebap-Ecken entdecken oder spontan vom Wellenbad hinter die Umkleide verschwinden oder aus Vanilleeis und Eiswürfel eines der sinnlichsten und aufregendsten Erlebnisse meines Lebens machen.

Der Preis dafür war jedoch, dass er einfach von einem Tag auf den anderen abtauchen konnte. In andere Welten, in andere Interessen.

. . .

In meiner Sturheit und der Inakzeptanz seines plötzlichen Verschwindens hatte ich Lonny einfach weiterhin Nachrichten geschickt, weil es einfach so viele Dinge im Laufe eines Tages gab, von denen ich ihm berichten musste: ein Croissant, das wie ein Herz geformt aus dem Ofen gekommen war, ein Smiley-Muster auf einem von Ivos Broten, die blühenden Hortensien im Schanigarten, ein Witz, den Lavendel mir (*mir*!!) erzählt hatte und so weiter.

Ich war es gewöhnt, dass mir Lonny auf all das immer antwortete. Entweder fragte er nach weiteren Details oder er schickte ein Emoji zurück oder er erzählte, was er selbst gerade erlebte.

Jetzt herrschte jedoch Funkstille.

Nachdem sich das Gesprächsniveau im Bistro vor ein paar Tagen wieder halbwegs normalisiert hatte, hatte ich gestern den Mut gefasst und Fred nach Lonny gefragt. Ob es ihm wohl gut ging. Und ob ich gerade geghostet wurde.

Aber Fred hatte nur geseufzt und gesagt, er sollte sich da nicht einmischen.

„Aber geht es ihm gut?“, hatte ich nachgebohrt und Fred hatte mich angelächelt.

„Er geht zur Arbeit, falls du das wissen willst“, hatte er mir geantwortet. „Aber bei mir hebt er zurzeit auch nicht ab, wenn ich anrufe.“ Fred hatte mich etwas traurig, aber auch ein bisschen verlegen angesehen. „Ich bekomme nur immer wieder SMS, in denen *alive* steht. Das ist Lonnys Art, zu schmollen und gleichzeitig ein Lebenszeichen von sich zu geben.“

. . .

Natürlich war mir klar gewesen, dass so ein Wiederauffrischen alter Jugendliebschaften wirklich meist nur in Büchern und Filmen funktionierte und selten im echten Leben. Und wir beide hatten auch gar nicht genau darüber gesprochen, was hier zwischen uns vorging. Wie lang wir uns weiterhin treffen wollten. Oder was passieren würde, wenn Lonny nach Nicaragua ging. Und so weiter.

Wir hatten uns einfach wie Magnete voneinander anziehen lassen. Wenn wir uns sahen, knisterte es und der gesamte Tag war interessanter geworden. Ich mochte es, wenn Lonny mich von der Arbeit abholen kam.

Ich mochte auch, dass ich häufiger lächelte als früher. Und ich mochte es vor allem, wenn ich Lonnys Fingerspitzen an meinem Rücken spürte. Und dass er sehr häufig Anlässe fand, um seine Hand auf meinen Rücken zu legen. Damit ich die Fingerspitzen spürte.

Ich mochte auch, dass Lonny generell so ausgeglichen wirkte, was vermutlich an den morgendlichen Sonnengrüßen lag, die ich überhaupt am liebsten mochte.

Meine Gedanken tauchten durch die Erlebnisse der vergangenen Wochen, ich erinnerte mich an Berührungen und Knistern, an Vanilleeis und gehauchte Küsse unter dem Ohrläppchen. Und während ich also mit meinen Schokobrownies in der Tasche nach Hause ging, bemerkte ich, dass mir Lonny fehlte.

Meine Schokobrownie-induzierte Zufriedenheit reduzierte sich auf ein Drittel meines Gesamtgefühlszustands und wurde fast überdeckt von der Enttäuschung, dass Lonny wieder aus meinem Leben verschwunden war.

Je weiter ich ging, desto größer wurde das unangenehme Gefühl in mir und nicht mal die lachenden Gesichter in den Schanigärten, die mir an jedem Eck der Stadt begegneten, konnten mich ablenken.

Am Karlsplatz versammelten sich wie an jedem Sommertag alle Generationen um den riesigen Brunnen, der eigentlich ein gemauerter Teich war. In kleinen Gruppen saßen, lagen, fläzten Einheimische wie Touristen, Verabredete und zufällig hier Gelandete rund um das Wasser in der Mitte des großen Platzes, tranken aus ihren bunten Wasserflaschen und unterhielten sich über das Leben und die Liebe.

Vermutete ich.

Ich beobachtete ein paar Tauben, die sich um eine alte Semmel stritten, als mir plötzlich jemand eine Broschüre unter die Nase hielt. Eine junge Frau Anfang zwanzig erzählte mir dazu etwas von einem neuen Rent-a-Bike-Modell, das es hier in der Nähe nun gäbe. Beim Sprechen deutete sie in drei Himmelsrichtungen und erzählte von diversen Ausflugsmöglichkeiten entlang der Donau.

In mir reifte eine Idee. „Kann ich bei dir auch gleich zwei Räder reservieren?“, unterbrach ich ihren Redeschwall.

Siebzehn

LONNY

Schon unmittelbar nach dem Aufwachen wollte ich das erste Mal absagen, verschob den Gedanken jedoch. Eine ausgedehnte Yoga-Session noch vor dem ersten Kaffee brachte mir aber genauso wenig Klarheit. Und während schließlich die Kaffeebohnen für meinen Frühstückskaffee mahlten, wollte ich das nächste Mal absagen. Was ich wieder nicht gemacht habe.

Dieses ganze Hin und Her war völlig ungewöhnlich für mich. Ich entschied entweder schnell oder ging einer Entscheidung zur Gänze aus dem Weg, aber dass ich zu einer Verabredung zusagte und danach deswegen haderte, war einfach überhaupt nicht mein Stil.

Dennoch debattierte ich weiterhin mit mir, während ich

den Wetterbericht durchlas und mir Shorts anzog. Ein weiteres Mal griff ich nach meinem Handy, um Birdie zu schreiben, dass ich doch nicht kommen würde, als ich in meine Turnschuhe schlüpfte und bereits halb außer Haus war. Ich vereinbarte mit mir, dass ich bis zum Beginn des Naschmarkts eine Entscheidung treffen würde. Ich verlängerte die Entscheidungsoption, bis ich auf Höhe der Secession war. Und schließlich war ich bereits in Sichtweite des Karlsplatzes und kurz darauf konnte ich Birdie erkennen, wie sie flankiert von zwei Fahrrädern nach mir Ausschau hielt.

Ich seufzte, als es in meinem Brustkorb erfreut flatterte.

Dann gingen wir heute also Radfahren.

Birdie hatte sich am Freitagnachmittag in genau jener halben Stunde erneut bei mir gemeldet, in der ich gedankenverloren aus Ollys Café gegangen war, um rechtzeitig zu meinem Dienst im *Goldie's* zu gelangen. „Lass uns einen Ausflug machen!", hatte sie geschrieben und dazu Datum und Uhrzeit genannt.

Und in dieser schwachen halben Stunde hatte ich zugesagt.

Auf den ersten Kilometern, die wir durch die Stadt radelten, klang Birdie ungewohnt unsicher, wann immer wir bei einer roten Ampel halten mussten und uns über die weitere Strecke unterhielten. Noch am Karlsplatz hatte sie mir einen prall gefüllten Rucksack in die Hand gedrückt und sie selbst trug einen ähnlich dicken Rucksack auf ihrem Rücken. Bei jedem Halt fragte sie mich nun jedoch, ob das Gewicht gut auszuhalten war, ob mir wohl nicht zu heiß war, ob ich mit dem Fahrrad gut zurechtkam und so weiter.

Wir überquerten den Donaukanal und folgten einer Horde anderer Radfahrer die Praterstraße entlang, bis wir zur Reichsbrücke kamen, auf die wir uns in sehr engen Kurven nach oben schraubten und mitten auf der Donauinsel wieder runterschlängelten. Es herrschte perfektes Ausflugswetter, nicht zu heiß, leicht bewölkt, aber die Sonne behielt die Oberhand. Ein herrlicher Augustsamstag, den viele andere Leute ebenso zu einem Ausflug auf die Donauinsel nutzten wie wir.

Direkt auf der Insel zerstreute sich die Menge an Radfahrern und wir gondelten bald allein einige der Wege entlang. Wenn sich die Wolken verzogen und die Sonne herauskam, glitzerte die Donau beinahe meeresblau, was mich jedes Mal aufs Neue faszinierte. Es war ja doch nur ein unheimlich breiter Fluss, wie konnte es hier plötzlich fast maritim sein? Ich folgte Birdie gedankenverloren, sah die ersten Familien bereits die öffentlichen Grillstationen anwerfen, dazwischen räkelten sich Leute im Studentenalter in ihren Badesachen auf der Wiese, irgendwo kickte eine Teenager-Clique mit einem Fußball herum und ich fragte mich, ob auch Viola oder Holly hier irgendwann einmal landen würden, wer ihre Freunde sein würden und wer von ihren Schulfreunden ins Erwachsenenleben mitgenommen werden würde.

Ich dachte darüber nach, dass es seit meiner Schulzeit keinen einzigen Tag gab, an dem ich nicht auf irgendeine Art von Fred gehört hatte (und wenn mal jemand von uns schmollte, wie ich in der vergangenen Woche, hielt die andere Person Kontakt, bis man wieder so weit war).

Ich fragte mich auch, wie Birdie heute auf mich wirken

würde, wenn ich sie nicht schon aus der Schule kennen würde. Wenn ich sie einfach so als neue Mitarbeiterin von Fred und Ivo kennengelernt hätte. Wäre sie mir sympathisch gewesen? Hätte ich sie ebenso attraktiv gefunden? Wäre ich ihr mit dem Fahrrad einfach so auf die Donauinsel gefolgt, obwohl sie sich mit anderen Männern traf?

Birdie radelte gänzlich unbeeindruckt von meinen Überlegungen voran, ließ bei wenig Gegenverkehr mal den Kopf nach hinten fallen und jauchzte so laut auf, dass ich lachen musste. Als der Weg leicht abfiel, streckte sie ihre Beine von sich und sang irgendetwas von „Dancing on my own", warum auch immer.

Birdie strahlte so viel Lebensfreude aus, immer eigentlich, aber vor allem in diesem Moment, dass mir beinahe der Atem stockte. In meinem Brustkorb zogen sich die Muskeln zusammen und wieder flatterte es direkt hinter dem Brustbein. Ich konnte das Gefühl kaum benennen, eine Mischung aus Sehnsucht und dem Wunsch, diesen Augenblick für immer festhalten zu können. Diesen seltenen Moment, in dem die Wirklichkeit unmittelbar zu spüren war, aber alles andere, das diese Realität ausmachte, all die Nachrichten und Sorgen und Verpflichtungen, die sich stets wir ein Schatten über alles legten und uns in dieses Korsett des Erwachsenenlebens zwängten, all das war weit von uns entfernt. Es gab nur Birdie und mich und Birdies Lachen und Singen und die Fahrräder, die Schattenspiele der Wolken, die wärmende Augustsonne und die blitzblau glitzernde Donau.

Das war Perfektion.

Wir sollten den Sommer festhalten, wann immer wir konnten. Der Winter kam noch früh genug.

. . .

Irgendwann deutete Birdie mit der Hand an, dass sie langsamer werden würde und kurz darauf steuerte sie einen leicht versteckten Platz an, der zur Hälfte von einem ausladenden Baum überragt wurde, an den wir unsere Fahrräder lehnten.

Birdie holte eine dicke Decke von ihrem Gepäckträger und wir breiteten diese im Halbschatten des Baumes aus. Ihr Wangen leuchteten rosig, wie auch ihre Augen strahlten und ich war mir sicher, ich gab ein ähnliches Bild ab. Wer hätte gedacht, wie befreiend und wunderbar Radfahren sein konnte?

„Man ist immer so grenzenlos beim Radfahren, oder?“, fragte mich Birdie und ließ sich auf die Decke fallen.

„Ja“, sagte ich, weil sie überraschenderweise genau das Gleiche gedacht hatte wie ich. Ich legte mich zu ihr und wir legten uns auf unsere Seiten, sahen uns an und lächelten einander zu.

Die Sonne wärmte meine Unterschenkel, aber der Schatten des Baumes half dabei, meinen vom Radfahren überhitzten Kopf abzukühlen.

Birdie streckte ihre Hand aus und streichelte leicht über meine Wange, ließ ihre Finger über meine Wange wandern. Ich schloss meine Augen. Birdie tastete sich weiter zu meinen Haaren, löste den Haargummi und wickelte sich eine Strähne um ihre Finger. Sie ließ sie wieder los und ich spürte, wie ihre Finger meine Kopfhaut massierten.

Irgendwer seufzte. Vermutlich ich.

„Ich mag deine Haare“, flüsterte Birdie.

„Ich mag deine Haare auch“, antwortete ich mit geschlossenen Augen. Ich hörte Birdie kichern.

„Ich mag es nicht, wenn du so lang nicht mit mir

sprichst", flüsterte Birdie nun und ich öffnete meine Augen. Sah, wie viel Kränkung in ihrem Blick lag und schluckte.

Jetzt oder nie, dachte ich.

„Ich mag es nicht, wenn du mit anderen Leuten ausgehst", sagte ich und meine Stimme krächzte.

Birdie lächelte traurig. „Die Sache ist die, Lonny, ich bin gar nicht mit anderen Leuten ausgegangen."

Ich hob überrascht meine Augenbrauen.

„Und ich hatte einige harte Tage im *Endlich satt*, weil das gesamte Team – und ich glaube auch ein paar der Stammgäste – wesentlich kühler mir gegenüber waren, weil sie alle dachten, ich würde mit dir ausgehen. Und auch mit anderen", erzählte Birdie und klang immer noch traurig.

„Bird", begann ich, aber sie schüttelte den Kopf.

„Ich habe es mit Herrn Andi besprochen und geklärt", sagte sie, „es hat mir damals einfach keiner bis zum Ende zugehört. Und das ist ja jetzt auch nicht etwas, was mir noch nie passiert ist." Sie zuckte mich den Schultern und ich fischte nach ihrer Hand, die immer noch meine Haare erkundete.

„Magst du das nicht?", fragte sie besorgt und meinte die Kopfmassage.

„Ich liebe es", antwortete ich und schluckte, verschränkte unsere Finger ineinander. „Aber jetzt will ich deine Hand halten."

„Ist gut", sagte Birdie und schloss ihre Augen, nachdem sie meine Hand kurz gedrückt hatte.

Birdie schien kurz darauf eingeschlafen zu sein und ich konzentrierte mich auf ihre ruhigen Atemzüge sowie auf das leichte Rauschen des Windes in den Blättern über uns. Wenn der Wind nachließ, hörte man das friedliche Plätschern der Donauwellen sowie alle typischen Geräusche, die die Stadt so einzigartig machten: ein weit entferntes Signalhorn am anderen Ufer gegenüber, Kinderlachen, das Aufprallen eines Balls und die grummelige Stimme eines alten Wieners. Dann rauschte das Laub über uns wieder, löschte alle Geräusche von drumherum aus, bis sie wieder von vorn starteten.

Birdie schlief nicht lang und als sie aufwachte, blinzelte sie mir zu. Sie sah irgendwie friedlich, wenn nicht sogar zufrieden aus, jedenfalls weniger unruhig, als sie noch bei unserer Anreise gewesen war.

Wir packten die mitgebrachten Rucksäcke aus und ich schmunzelte innerlich, als wir die unterschiedlichen kulinarischen Köstlichkeiten auf der Decke ausbreiteten. Es war deutlich Freds und Ivos Handschrift zu erkennen. Obwohl mir Birdie versicherte, dass die Walnussdinkelweckerl heute Morgen frisch von Lavendel zubereitet worden waren und Herr Andi darauf bestanden hatte, dass sie zwei von Ivos Vanillecroissants einpackte.

Ich wusste gar nicht, womit ich zuerst beginnen sollte.

Es gab einen köstlichen Couscous-Salat mit Tomaten und Zucchini und dunklen Oliven, außerdem hatte Birdie Zucchinifalafel mit Tsatsiki mitgebracht. In einer Box fanden wir Wraps, die mit Paprika, Avocado, Bohnenmus und Mais gefüllt waren.

Wir kosteten uns durch das reichhaltige Angebot und

Birdie erzählte, welche der Speisen bei den Stammgästen des Bistros besonders beliebt waren.

„Du magst diesen Job, oder?“, fragte ich, während ich ein Stück Avocado an meinem Gaumen zerdrückte und sich der fast zitronige Geschmack der dazugehörenden Marinade in meinem Mund entfaltete. Ich liebte Freds Essen!

Ich hatte für einen Moment die Augen geschlossen (kein unbekanntes Phänomen, wenn man von Fred verköstigt wurde – sogar in Abwesenheit des Kochs) und hätte beinahe verpasst, wie Birdie verlegen nickte.

„Ich war noch nie in meinem Leben so müde“, gab sie lächelnd zu, „aber aus irgendeinem Grund gibt es mir ein gutes Gefühl, dort zu sein.“ Sie zuckte mit einer Schulter. „Herrn Andi habe ich auch bald weichgekocht und es kann sich nur mehr um Tage, vielleicht Wochen handeln, bis er sich unsere Freundschaft eingesteht.“ Birdie zwinkerte mir zu. „Nur der weite Weg von zu Hause bis zum Lokal geht mir manchmal auf die Nerven.“ Sie zuckte wieder mit den Schultern. „Auf der anderen Seite: So habe ich wenigstens eine Beschäftigung nach der Arbeit und die Abende sind nicht so lang.“

„Sind deine Eltern nicht zu Hause?“, fragte ich und Birdie schüttelte den Kopf.

„An den Wochenenden im Sommer sowieso nicht, da dauert ein Wochenende von Donnerstagabend bis Montagabend. Und während der Woche sind sie auf irgendwelchen Events oder bei Freunden eingeladen. Beatrice erzählt mir gelegentlich, wo sie gerade sind.“

„Warum wohnst du eigentlich noch zu Hause?“, bohrte ich nach. „Oder wohnst du wieder zu Hause?“

Birdie lächelte leicht verlegen. „Ich wohne *immer noch* zu

Hause“, sagte sie leise. „Es ist mir gar nie aufgefallen, dass es andere Leute anders machten. Ich war ja ohnehin sehr häufig allein in dem riesigen Haus, da steigt man sich nicht so leicht auf die Füße.“ Sie räusperte sich leicht. „Und bis vor Kurzem dachte ich gar nicht so sehr über all die Kosten oder über all das Geld nach, womit man sich ein Leben finanziert.“

„Aber ...“, begann ich, weil ich nicht wusste, wie ich die nächste Frage formulieren sollte.

„Aber wolltest du nie eigenständig sein? Aber wolltest du nicht mal weg von den Eltern? Ist es das, was du wissen wolltest?“, fragte Birdie halb spöttisch und antwortete gleich darauf. „Ich habe darüber nicht nachgedacht.“ Sie zuckte mit den Schultern. „Ich war immer der Meinung, ich ziehe dann mal mit meinem zukünftigen Ehemann zusammen.“

Mir zog es bei diesem Satz den Magen zusammen, aber ich ließ sie weiterreden.

„Und es gab genügend Freunde, bei denen ich schon halb gewohnt hatte“, Birdie lachte bitter auf, während ich gegen die Säure in meinem Hals ankämpfte. „Niemals offiziell, aber ich war bei manchen an mehreren Tagen der Woche abends zu Hause. Man ging ja auf die gleichen Veranstaltungen und so weiter. Und dann sammelte sich das Make-up eben in dem einen Badezimmer. Bis die Beziehung wieder zu Ende war.“

Birdie sah mich nachdenklich an. „Hast du mal mit jemandem zusammengewohnt?“, fragte sie mich, aber ich schüttelte gleich den Kopf.

„Mit Olly halt“, antwortete ich, „bis ich etwa 25 Jahre alt war. Dann wurde es uns beiden irgendwann zu viel, also bin ich ausgezogen.“

Birdie erzählte ein weiteres Mal davon, dass sie mit Rosas alter Wohnung liebäugelte, sich aber aus irgendeinem Grund nicht über die Entscheidung drübertraute. „Meinen Eltern würde es gar nicht so sehr auffallen, wenn ich ausziehen würde“, vermutete sie. „Vielleicht sind sie sogar erleichtert.“

„Aber, sag doch nicht so was!“, warf ich ein.

Birdie zuckte wieder mit ihren Schultern. „Ich denke, ich bin eine Enttäuschung für sie. Kein Job, kein Mann, kein Kind – über mich kann man nicht sehr viel erzählen.“

„Also, Job hast du jetzt schon mal einen ...“

„... aber keinen Job, den mein Vater ernst nehmen würde.“

„Glaubt er vielleicht, seine Frühstückssemmel manifestiert sich jeden Tag am Morgen aus der frischen Luft, nur weil er daran denkt?“, fragte ich spöttisch und Birdie lachte zum Glück auf. „Wichtig ist doch nur, dass *du* den Job magst, den du machst.“ Und Birdie lächelte mich dankbar an.

„Ist Olly zufrieden mit dir und deinem Lebensweg bis jetzt?“, fragte mich Birdie einige nachdenkliche Minuten später.

„Ich muss gestehen, darüber habe ich noch nie nachgedacht“, antwortete ich ehrlich. „Darüber reden wir auch nie ...“ Mitten im Satz hielt ich inne. Ich dachte an Olly und sein Angebot, das Café zu übernehmen, die offenkundige Enttäuschung, wenn ich ihm wieder einmal sagen musste, dass ich keine Entscheidung getroffen hatte.

„Vielleicht stimmt das gar nicht“, gab ich nun also zu bedenken. „Olly möchte, dass ich sein Café übernehme.“

„Tatsächlich?“, Birdies Gesicht strahlte. „Wie schön! Ich *liebe* dieses Café! Es hatte immer schon so viel Charme und Atmosphäre!“

„Ja?", gab ich zurück. „Und wann warst du das letzte Mal dort?"

Birdie sah mich schuldbewusst an. „Ich … also …", sie stotterte sich durch die Antwort, bis ich zu grinsen begann.

„Mach Dir keinen Kopf!", sagte ich. „Es gehen sehr viele Leute zurzeit nur dran vorbei. Egon und Olly sollten schon längst mal die Speisekarte aufpeppen, mehr in Richtung dieser Speisen gehen, wie sie Fred anbietet. Oder besseren Kuchen. Die Leute wollen Bowls statt Gulasch, zuckerfreie Cookies statt Apfelstrudel und so weiter."

„Mmmh, Apfelstrudel!", seufzte Birdie und ich musste lachen. Sie kramte im Rucksack nach einer weiteren Dose, die sie mir freudestrahlend unter die Nase hielt. „Ivo lässt mich jetzt ja backen!", verkündete sie und deutete auf diverse Kuchenstücke, die sie mitgebracht hatte. Es gab Brownies und Schwarzbeermuffins, aber mein absoluter Favorit war ein Schokokuchen mit Birnenstücken darin. Birdie war an allen Kuchen zumindest teilweise beteiligt gewesen und zu meiner großen Überraschung zeigte sie sich mit einer Mischung aus Bescheidenheit und überbordendem Stolz, wenn es um die köstlichen Desserts ging.

Wir kosteten uns durch die mitgebrachten Nachspeisen und unser Gespräch kehrte zum *Endlich satt* zurück. Birdie erzählte davon, dass Fred und Ivo offenbar einen neuen Obst- und Gemüsehändler suchten. Ihr aktueller Lieferant war erst seit Kurzem für sie im Einsatz, schien aber unzuverlässig oder zu teuer zu sein. Sie überlegten, diverse Bauern aus der Umgebung Wiens selbst zu beauftragen, aber der Aufwand war für die Menge an Obst und Gemüse, die sie benötigten, fast zu groß. Birdie zuckte mit den Schultern. „Worüber man sich Gedanken machen muss, wenn man so ein kleines Lokal führt“, sagte sie leichtfertig, nicht ahnend, dass sie damit erneut einen Gefühlssturm in mir auslöste. Was, wenn ich Ollys Café übernahm und ähnliche Probleme mit Lieferanten hätte wie Fred und Ivo? Wie findet man überhaupt gute Lieferanten?

Birdie schien mir meine Panik im Gesicht abzulesen, denn sie nahm meine Hand und drückte sie zur Beruhigung.

„Das lässt sich alles lösen“, sagte sie, als würde sie meine Gedanken gelesen haben. „Fred und Ivo lassen sich davon auch nicht die Laune verderben.“

„Aber Fred und Ivo *leben* für gutes Essen“, gab ich zu bedenken.

„Und du lebst für guten Kaffee“, sagte Birdie leichtfertig. „Dann ist eben das dein Fokus. Hier hast du ja bereits deinen Lieferanten!“

Achtzehn

BIRDIE

Lonny sah mich schockiert an und ich ließ meine beiläufig dahingesagten Worte Revue passieren, aber mir fiel nichts daran auf, was Lonny daran schockieren hätte können. Doch sein überraschter Gesichtsausdruck verflog binnen Sekunden und plötzlich waren Lonnys Hände überall, kitzelten mich am Bauch, an der Taille und ich fiel kreischend und lachend auf die Decke zurück. Wir rangelten leicht, aber Lonnys Yoga-gestählter Körper war nicht zu überwinden. Nicht, dass es mich störte, ihn auf mir zu spüren.

Irgendwann ließ er nach und wir blieben Bauch an Bauch, Zehenspitzen an Zehenspitzen aufeinander liegen. Lonny lächelte mich an und in seinem Blick lag etwas von … von … – ich konnte es beim besten Willen nicht benennen.

Aber ich konnte es schmecken, als sich unsere Lippen endlich wieder trafen, als Lonnys Zunge weich, aber fordernd meine Lippen entlangtanzte, bis ich mit einem erleichterten Seufzen nachgab und meinen Mund öffnete, mich am Tanz beteiligte.

Mein ganzer Körper schien sich zu entspannen, ließ Anspannung los, von der ich nicht einmal gewusst hatte, dass ich sie mit mir getragen hatte. Und auch Lonnys Körper wurde immer weicher, im Versuch, mit mir zu verschmelzen.

Wir küssten uns, liebkosten einander, murmelten uns Freundlichkeiten ins Ohr, sodass ich zwischendurch kichern musste. Bis mir eine hartnäckige Ameise die Laune verdarb, während sie meinen Unterschenkel rundum erkundete.

Ich unterbrach unsere Küsse, entfernte die Ameise und zwei ihrer Gefährten von unserer Decke und widmete mich wieder dem lächelnden Lonny.

„Mir gefällt es hier", seufzte Lonny und legte sich auf der Decke zurück. Er zog mich zu sich, sodass ich meinen Kopf auf seine Schulter legen musste, wofür sie wie gemacht schien.

„Mir auch", antwortete ich und wusste nicht genau, ob ich die Wiese, die Donauinsel oder Lonnys Schulter meinte.

„Ich mag das Küssen", flüsterte Lonny.

„Ich auch", sagte ich.

„Immer schon", ergänzte Lonny und ich wusste, er meinte auch all die anderen Küsse. Die vom Beginn dieses Sommers. Und jene von damals, als wir unsere Hausübung machen hätten sollen.

„Ich auch", flüsterte ich, weil sich mein Bauch plötzlich und überraschend zusammenzog. Als wäre ich nervös.

„Ich verstehe nicht ...", begann Lonny, ließ den Satz dann

aber offen. Ich hob meinen Kopf, um ihn anzusehen, aber er hielt seine Augen geschlossen. Fuhr sich mit beiden Händen durch die Haare.

„Was verstehst du nicht?“, fragte ich nach, obwohl ich eine Ahnung hatte, wohin seine Frage gehen sollte.

Schließlich öffnete Lonny seine Augen und sah mich direkt an. Auf eine gewisse Art sah er immer noch so aus wie früher, sein Blick war irgendwie junggeblieben und wirkte unsicher und verletzt, aber gleichzeitig auch herausfordernd. So ruhig und entspannt Lonny überall erschien, wenn man ihm jedoch in die Augen sah, konnte man seine wahren Gefühle sehen. Und die waren selten so entspannt und gleichgültig wie sein Habitus.

Ich schluckte.

Plötzlich blitzte aber Humor aus Lonnys Augen, im Versuch die Kränkung darin zu überdecken. „Der ehrgeizige Toni?“, fragte er mich mit spöttischer Stimme. „Wirklich?“

Ich musste leise lachen und lehnte mich zurück. „Ich weiß auch nicht, was mir da damals eingefallen ist!“, sagte ich. „Er roch stets nach diesem eigenartigen Balsam, den sich Sportler auf die Füße schmierten. Weißt du, was ich meine?“

Lonny lachte und nickte. „Das riecht so ganz eigen, oder? Nach Menthol und irgendeinem Kraut, oder?“

Ich nickte und rümpfte meine Nase. „Vielleicht war ich von den Gerüchen ganz benebelt.“ Ich zwinkerte Lonny zu, er sah mich aber ernst an, stieß mich leicht in Hüfte. „Nein, ernsthaft, Birdie. Warum …?“ Er ließ die Frage in der Luft hängen.

Ich atmete tief ein.

„Du weißt ja, dass meine Großmutter damals zu uns

gezogen ist“, begann ich zu erzählen. In meinem Körper kribbelte es nervös.

Ich dachte so gut wie nie an diese Zeit, weil es dann jedes Mal in meinem Körper unangenehm kribbelte und ich mochte dieses Gefühl nicht. Aber ich verstand auch, dass Lonny eine Erklärung verdiente. Sofern ich sie ihm überhaupt geben konnte.

Lonny nickte, er erinnerte sich an meine Großmutter und dass ich deswegen nachmittags häufig bei ihm meine Hausübung gemacht hatte. Weil ich nicht zu Hause sein wollte. Weil Lonny mich abgelenkt hatte. Weil ich mich bei Lonny und beim Küssen wohler gefühlt hatte als sonst wo auf der Welt.

„Nun ja, sie war krank, sie hatte mehrere Leiden gleichzeitig – gelegentliche Ohnmachtsanfälle, wenig Appetit, hohen Blutdruck, ihre Sicht verschlechterte sich – und meine Mutter wollte sie in der Nähe haben“, erzählte ich. „Meine Großmutter war fürchterlich grantig. Sie war unhöflich zum Personal, unhöflich zu meinen Eltern und unhöflich zu mir. Dabei mochte ich sie eigentlich! Ich hatte früher als Kind oft mehrere Wochen im Sommer bei ihr verbracht. Damals war sie eine lustige intelligente Person, sie hatte immer viel gelesen und auch sehr viel geraucht. Und alle Geschichten, die sie irgendwo gehört oder gelesen – oder sich vielleicht sogar ausgedacht – hatte, erzählte sie immer mit dieser rauchigen, leicht nasalen Stimme.“ Ich lächelte in der Erinnerung. „Ich habe neulich ein altes Notizbuch von ihr gefunden, das ich offenbar aufgehoben habe. Aber ich trau mich nicht, hineinzusehen.“ Ich seufzte, schüttelte mich aus der Erinnerung. „An diesem Tag damals, kurz vor den Sommerferien, ging es ihr schon in der Früh nicht gut. Sie hatte beim Frühstück ein

Teehäferl umgeworfen, dann wollte sie dreimal im Nachthemd auf die Straße gehen, einmal stolperte sie dabei über eine Treppe auf ihrem unnötigen Weg nach draußen und ich weiß nicht, was sonst noch alles passiert war. Ich musste dann ja zur Schule." Ich sah Lonny traurig an, der mir aufmerksam zuhörte. Er lag auf seinen linken Arm gestützt da, während ich mit verschränkten Beinen auf der Decke saß. Sein Bauch stieß an meinen Oberschenkel und mit jedem Atemzug spürte ich ihn stärker an meinem Bein. Das beruhigte mich so weit, dass ich weitersprechen konnte. „Als ich zu Mittag nach Hause kam, informierte mich Beatrice, unsere Haushälterin, dass die Großmutter im Spital war, Verdacht auf Schlaganfall." Ich atmete wieder tief durch. „Meine Mutter war bereits dort und verlangte, dass ich nachkam." Wieder kribbelte mein ganzer Körper. „Und ich hasste jede Sekunde in diesem Spital. Ich verlief mich dreimal, sah Hunderte kranke, kranke Körper, der Geruch in den Räumen irritierte mich." Ich dachte kurz nach. „Ich weiß nicht, warum mich das damals so aus der Bahn geworfen hatte. Es war ja nicht das erste Mal, dass ich im Krankenhaus war und ich fand es auch kein weiteres Mal so schlimm. Aber an diesem Tag fühlte ich mich wie in meinem persönlichen Horrorfilm. Meine Mutter war gestresst vor lauter Sorge und nervte mich mit unnötigen Vorwürfen. Meine Großmutter war völlig verwirrt und wurde ständig von einem Eck ins nächste geschoben, weil man erst dies, dann wieder das untersuchen musste. Wir haben stundenlang gewartet und ich fühlte mich, als wäre ich in meiner persönlichen Zombie-Apokalypse gelandet."

Ich drehte mich zu Lonny, der mich immer noch freundlich und verständnisvoll ansah. So war Lonny eben und für einen Moment verflüchtigte sich das unangenehme, von der Erinnerung ausgelöste Kribbeln und wurde von sommerlichem Flattern in meinem Bauch abgelöst. Dieses freundliche, verständnisvolle Gesicht auf mich gerichtet zu sehen, dass Lonny *mich* so ansah, so ansehen *wollte*, war doch wirklich das größte Glück, das mir passieren konnte. Oder?

Ich lächelte Lonny zu und griff nach seiner Hand. Der nächste Teil der Geschichte würde nicht leicht werden und ich war beim besten Willen nicht stolz darauf. Aber irgendwo in meinem Hinterkopf, gefühlt dort, wo es manchmal am Rachen kitzelte, ein Stück weit dahinter, schnappte die Gewissheit ein, dass ich Lonny von diesem Tag erzählen musste, damit er mich weiterhin so ansah wie gerade eben.

Ich verschränkte unsere Finger ineinander. „Irgendwann kam dann mein Vater ins Spital und ich durfte endlich nach Hause gehen. Aber zu Hause war niemand. Weder Beatrice noch die Pflegerin, die meine Großmutter normalerweise betreute, einfach niemand. Ich duschte mich eine halbe Stunde lang, schrubbte an mir herum, aber selbst das half nicht gegen dieses schreckliche Gefühl. Dann plünderte ich die Bar meiner Eltern, rief ein paar Leute an, auch den ehrgeizigen Toni."

„Mich hast du nicht angerufen", flüsterte Lonny.

Meine Augen brannten leicht, als ich meinen Kopf schüttelte und ich schniefte ein wenig. „Ich konnte nicht."

„Warum denn nicht?", fragte Lonny und drückte meine Hand.

„Weil du ...", begann ich, aber mir fehlten die Worte. „Weil ich ..." Ich seufzte erneut. „Weil ich explodiert wäre!", brach es schließlich aus mir heraus. „Ich hatte so viel Druck in mir. Gefühle, Verpflichtungen, das reinste Chaos. Und du warst immer so ruhig und verständnisvoll und ich wäre *explodiert*, wenn du mich an diesem Tag berührt hättest. Ich hätte nicht gewusst, wohin mit mir und meiner ... meiner ...“ Mir ging beim Sprechen die Luft aus, noch immer gleich verängstigt wie damals. Als sollte Lonny niemals erfahren, was ich für ihn empfunden hatte. „... Liebe“, flüsterte ich schließlich doch. Und im heroischsten Akt meines Lebens hob ich in diesem Moment den Kopf und sah Lonny trotzig an. „Ich war einfach viel zu verliebt in dich“, sagte ich leise und meine Augen brannten immer noch. Ich schämte mich ein wenig, fühlte mich wie damals mit 17, als wirklich niemand erfahren durfte, dass ich überhaupt irgendetwas mochte, geschweige denn irgendwen.

Für einen Augenblick sah mich Lonny mit undefinierbarem Gesichtsausdruck an. Er wirkte einerseits schockiert, auf der anderen Seite zuckten auch seine Mundwinkel.

„Lachst du?“, fragte ich ihn fassungslos.

„Nein?“, gab Lonny, leicht lächelnd, zurück.

„Wie kannst du deshalb lachen?“, rief ich aus, aber da prustete Lonny schon los.

„Es tut mir wirklich leid!“, lachte er auf und bemühte sich hart darum, sich zu beruhigen.

„Das war die größte Tragödie meiner Teenagerzeit!“, empörte ich mich.

„Und ich höre dich, ich sehe dich“, sagte Lonny beschwichtigend, woraufhin ich ihn in den Oberarm boxte.

Er grinste mich nur an, zog mich ganz nah an sich, wogegen ich mich halbherzig wehrte, denn schließlich war seine Schulter ja wie für mich gemacht und warum sollte ich mich dagegen wehren. Ich spürte seine Lippen am höchsten Punkt meines Kopfs und er murmelte seine nächsten Worte in diese Stelle hinein: „Ich war damals auch verliebt in dich. Bis über beide Ohren!“

„Es ist trotzdem nicht zum Lachen“, beharrte ich und knabberte leicht an seinem Kinn, weil es grad in der Nähe war. Lonny zog mich noch weiter zu sich.

„Ich glaube, ich weiß, wie es dir damals gegangen ist“, sagte er schließlich ruhig. „Aber es war trotzdem nicht okay mit dem ehrgeizigen Toni … –”

„Zu diesem Zeitpunkt habe ich gar nichts mehr gespürt“, flüsterte ich. „Und ich hatte mir geschworen, ich möchte niemals wieder so viele Gefühle auf einmal erleben.“

Lonny schwieg einen Augenblick nachdenklich und ich konzentrierte mich auf das langsame Heben und Senken seines Brustkorbs.

„Und wie funktioniert das so für dich?“, fragte er nach einiger Zeit.

„Hervorragend“, antwortete ich ehrlich, aber mit leichtem Sarkasmus in der Stimme. „Ich habe eine Historie an Ex-Freunden, die sich zwischen bitter und erbärmlich ansiedelt, dazu einen Ex-Verlobten, der mit dem Hochzeitsbudget durchgebrannt ist. Ich habe einen Kleiderkasten mit so viel Gewand, das ich niemals in einem Leben tragen kann, ich habe Eltern, die mich nicht respektieren. Aber ich habe mich seither nie wieder so gefühlt wie damals.“

„Du bist zu streng mit dir“, schalt mich Lonny spielerisch und ich spürte ihn lächeln. „Sag mir etwas Gutes, das in deinem Leben passiert.“

Das hier jetzt gerade. Lonny zu küssen. Mit ihm auf einer Wiese zu liegen.

Aber ich schwieg.

„Ich glaube, Herr Andi und ich könnten tatsächlich

Freunde werden", murmelte ich einige Minuten später. „Ich glaube auch, dass Anna meine Freundin wird, wenn sich Fred endlich dafür entscheidet, nicht mehr nur misstrauisch mir gegenüber zu sein."

„Anna hatte immer schon ihren eigenen Kopf, die hört gar nicht auf Fred", sagte Lonny und klang so entspannt, dass sich mein Bauch entkrampfte. Ich unterdrückte ein Gähnen, aber Lonny schien es zu spüren, jedenfalls ließ er seine Hand über meinen Rücken gleiten, als wollte er mich noch weiter entspannen. Als wollte er sagen, er hält mich, damit ich locker lassen konnte.

Mir fiel ein Gedanke von neulich wieder ein. Dieses Gefühl der *Echtheit*, das ich nicht recht in Worte fassen konnte und von dem ich mir sicher war, dass ich es Lonny auch nicht erklären konnte. „Ich spüre schon Gefühle", probierte ich es dennoch, „aber erst seit Kurzem. Es ist, als ob sich alles rundherum beruhigt hätte. Und jetzt ist Platz dafür, dass ich Hunger bemerke. Oder wenn ich etwas gut finde. Oder schön. Oder schlecht. Oder unangenehm. Oder lustig."

„Ja?", ermunterte mich Lonny zum Weitersprechen.

Ich nickte in seinen Hals hinein, worüber er leise kicherte.

„Ja", bestätigte ich. „Das liegt sicher an Freds Essen. Das versetzt einen vermutlich in diese Achtsamkeits-Trance oder was auch immer das jetzt ist, was ich zurzeit erlebe." Ich schnaubte kurz durch die Nase, weil ich über mich selbst lachen musste. „Oder ich bin einfach von der Arbeit so müde, dass ich all den Lärm rund um mich nicht mehr wahrnehme."

Ich hörte Lonny schmunzeln und lächelnd küsste er ein weiteres Mal den höchsten Punkt meines Kopfs. Ich seufzte zufrieden. Das gute Gefühl hier und jetzt, das behielt ich derweil trotzdem noch für mich.

„Ich muss dir auch etwas erzählen über diesen Tag damals“, begann Lonny kurze Zeit später und irgendetwas in seiner Stimme ließ mich aufhorchen. Ich drehte mich zu ihm und hob meinen Kopf, um ihn besser sehen zu können.

Wieder stützte er sich auf und nachdem er mich einige Sekunden lang gemustert hatte, kam er offenbar zu einer Entscheidung. Er beugte sich leicht nach vorn, hauchte mir einen Kuss auf die Lippen und lächelte mir zu.

„Am dem Abend, an dem du mit dem ehrgeizigen Toni …“, er ließ den Satz unvollendet, als ich wissend nickte. „Ich bin damals danach mit Fred um die Häuser gezogen und irgendwann spät nach Hause. Normalerweise schlich ich mich immer in die Wohnung. Die Mama und der Olly schliefen dann meist schon oder zumindest hatten sie so getan, als ob, aber an diesem Tag damals war die Mama noch munter gewesen. Sie hatte auf mich gewartet.“

Lonny ließ seinen Kopf in den Nacken fallen und fuhr sich mit einer Hand übers Gesicht. Er stieß ein frustriertes Grummeln aus, dann setzte er fort: „Es war wie in einem dieser kitschigen Filme, wenn die große Wendung passiert. Der auf stumm geschaltete, flackernde Fernseher, die ernste Miene der Mutter, der gepackte Koffer im Vorzimmer …“

„Lonny“, seufzte ich mitleidig, aber Lonny winkte ab.

„Es war schon lang abzusehen gewesen, wenn ich ehrlich zu mir bin“, seufzte er, „aber irgendwie will man das als Kind nie wahrhaben, dass die Beziehung der Eltern scheitert. Und dass einer gehen muss. Und dass nicht nur der Elternteil, der zurückbleibt, verlassen wird, sondern man selbst auch ein bisschen."

„Ich hatte ja keine Ahnung", murmelte ich.

„Ich auch nicht", flüsterte Lonny, verdrehte dann die Augen, um sich aus der Erinnerung zu reißen und lächelte mich – zugegebenermaßen etwas gequält – an. „Für mich waren das damals dann auch zu viele Gefühle. Erst du und der Toni, dann die Mama. Ich habe es dem Olly in den Monaten danach nicht leichtgemacht."

Ich griff nach Lonnys Hand, verschränkte unsere Finger wieder ineinander.

„Ich bin kurz darauf mit Interrail durch den Sommer gereist. Und als ich im Herbst wieder in die Schule gehen sollte, habe ich das einfach nicht gemacht", erzählte Lonny weiter. „Olly hat sich das bis kurz vor Weihnachten angesehen, dann hat er mich im Café als Lehrling angestellt und mich so zu einer Ausbildung gezwungen."

„Das hat mir niemand erzählt!", rief ich überrascht aus. „Irgendwer hat behauptet, du hättest das Land verlassen!"

Lonny lachte bitter auf. „Du warst damals die letzte Person, mit der ich reden wollte", sagte er und klang fast entschuldigend, aber ich winkte ab. Das machte jetzt alles so viel mehr Sinn!

„Was für ein eigenartiger Tag das doch war", sagte ich schließlich. „Für dich und für mich, für deine Familie und für meine."

Lonny legte sich wieder auf die Decke und zog mich an die vertraute Schulter, die ich nie mehr verlassen wollte. Meine Gedanken kreisten. Und reisten durch die Vergangenheit. Bis zu einer Erinnerung, die irgendwann Monate vor dem schicksalhaften Sommertag stattgefunden haben musste.

„Ich habe deine Eltern mal streiten gehört“, sagte ich, überrascht, dass mir das überhaupt einfiel. Ich hatte doch sicher Jahrzehnte nicht mehr daran gedacht! „Ich weiß gar nicht mehr genau, worum es ging“, erzählte ich weiter und spürte Lonnys gleichgültig zuckende Schulter unter mir. „Ich war damals auf dem Weg nach Hause. Ich glaube, sie wussten nicht, dass wir auch in der Wohnung waren und ich musste ja an ihrem Schlafzimmer vorbei, wenn ich zur Wohnungstür ging.“ Lonny legte wieder seinen Arm um meine Schulter und ich umarmte im Gegenzug seinen Bauch. „Sie waren so giftig zueinander, ich kannte das eigentlich gar nicht.“ Ich dachte kurz nach. „Bei mir zu Hause schweigt man, wenn man sich gerade hasst.“

„Weißt du, sie war damals so alt wie ich jetzt bin“, sagte Lonny nach ein paar schweigsamen Minuten. „Und Olly ist zwölf Jahre älter als sie.“

„Deine Mutter war noch ein Teenager, als du auf die Welt gekommen bist?“, fragte ich nach und spürte Lonnys Nicken. „Das war mir gar nicht bewusst.“ Irgendwie waren Eltern immer alt, solang man ein Kind war, oder? Ich schmunzelte über den Gedanken, rechnete aber herum, versuchte mir vorzustellen, wie es mir gehen würde, wenn ich jetzt ein 17-jähriges Kind hätte.

Selbst wenn ich es versucht hätte, hätte ich das leichte Schütteln, das durch meinen Körper lief, nicht verhindern können.

„Du hast gerade dran gedacht, wie es für dich jetzt wäre,

einen Teenager zu Hause zu haben, oder?", hörte ich Lonnys amüsierte Stimme über mir. Ich grinste in sein T-Shirt.

„Ich bin doch selbst noch nicht wirklich erwachsen", behauptete ich. „Das Leben hat doch immer noch nicht angefangen, oder?"

„Bird", sagte Lonny und küsste meine Haare ein weiteres Mal, „das Leben läuft schon die ganze Zeit. Von Anfang an."

Neunzehn

LONNY

Als sich die Sonne langsam über den Tag zu senken begann, packten Birdie und ich unsere Sachen zusammen und traten mit weitaus leichteren Rucksäcken als zuvor den Rückweg an. Solang wir noch auf den Radwegen der Donauinsel unterwegs waren, radelten wir nebeneinanderher und hielten uns an den Händen. Ich fühlte mich wie in einem Musikvideo aus der Zeit der Jahrtausendwende.

Aber ich fühlte mich auch gut.

Wir hatten wahnsinnig viele Dinge besprochen. Ich hatte sogar das Gefühl, wir hatten erstmals in unserem Leben überhaupt richtig miteinander gesprochen. Dafür, dass wir seit einem guten Monat fast täglich zumindest dreißig Minuten durch die Stadt spaziert waren, war der Informationsgehalt unserer bisherigen Gespräche eher dürftig gewesen.

Es war ein eigenartiges Gefühl, unsere Geschichten dieses einen komischen Tages damals vor den Sommerferien miteinander abgeglichen zu haben. Als könnte man nun hinter den Vorhang sehen, als hätten sich endlich fehlende Puzzleteile aufgetan.

Aber ich wusste noch nicht genau, was ich mit der zusätzlichen Information nun anfangen sollte.

Natürlich hatte ich mich vor Kurzem, als ich davon ausgegangen war, dass Birdie mit dem Schnösel ausging, ein bisschen an das damalige Hin und Her mit dem ehrgeizigen Toni erinnert gefühlt. Und selbst wenn ich Birdies Beweggründe von damals mittlerweile kannte, änderte das nichts an Birdies Sprunghaftigkeit.

Außerdem war Birdie sicher ein Mensch, der sich etwas von Beziehungen erwartete. Nächste Schritte, Instagram-taugliche Milestones. (Und ich ignorierte für den Moment, dass sie den gesamten Sommer über keine einzige Andeutung in diese Richtung gemacht hatte.)

Es wäre unabhängig davon einfach naiv von mir zu glauben, dass Birdie und ich jemals mehr sein konnten als ein Sommerflirt. Dafür kamen wir einfach aus zu unterschiedlichen Welten. Auch wenn dieser Tag hier auf der Donauinsel ein starkes Gegenargument bot. Denn er war sicherlich einer der friedlichsten Tage, die ich je erlebt hatte, gewesen.

Wir ließen uns mit der Masse an anderen Radfahrern durch die Stadt treiben, begleitet vom Samstagabendverkehr und den Geräuschen, die die Stadt an einem Sommerabend machte: Gelächter, empörtes Kindergeschrei, Hundegebell, ein Signalhorn, Gläserklirren, die Signation der Abendnachrichten, die dumpf aus einer Altbauwohnung hervorschallte, die glühenden Gesichter jener Leute, die sich den ganzen Tag lang draußen bewegt hatten.

Die Stadt roch nach August und dem drohenden Ende der Sommerferien. Jetzt, da uns die Hitze endlich so viel Bewegungsspielraum ließ, dass wir den Sommer genießen konnten, neigte er sich bereits wieder dem Ende zu. Man sah es am goldenen Abendlicht, man roch es an der trockenen Hitze unter den Kastanienbäumen in der Praterstraße, man spürte es an der etwas kühleren Luft, die uns auf der Brücke über den Donaukanal erwischte.

Wir brachten die Räder zurück und schlenderten gemeinsam über den Karlsplatz, wo sich die jugendliche Partycrowd bereits für den Abend versammelt hatte. Ich hielt Birdies Hand, weil ich sie noch nicht loslassen wollte, obwohl ich ihr beständiges Gähnen nicht ignorieren konnte.

„Ich verstehe nicht, warum ich so müde bin“, seufzte sie und gähnte erneut. Ich zog an ihrer Hand, so lang, bis sie sich entlang meines Arms einrollte und sich von mir umarmen ließ. Ihr Gesicht passte genau in diese Kuhle zwischen meinem Hals und meiner Schulter, als würde sich ihr Körper wie ein Puzzleteil genau an meinen Körper anfügen. Oder ich mich an sie. Wie auch immer man es betrachtete.

Birdie entspannte sich in meinen Armen noch mehr und ich spürte ihren Atem an meinem Brustkorb, als sie ein weiteres Mal gähnte.

„War ein anstrengender Tag“, mutmaßte ich, aber Birdie schüttelte den Kopf und kitzelte mich dabei mit ihren Haaren an meinem Kinn.

„Gar nicht anstrengend“, gähnte sie. „Sehr entspannend.“

„Dann bist du deswegen müde“, sagte ich und Birdie schmiegte sich noch enger an mich.

So standen wir mitten am Karlsplatz, umringt von diversen Jugendgruppen, die keinerlei Notiz von uns nahmen. Für die wir wahrscheinlich bereits als verrückte Alte galten, aber das war mir in diesem Moment egal.

In diesem Augenblick zählten nur Birdie und ich. Und wie richtig sich alles anfühlte.

Am darauffolgenden Montag legte sich eine Kaltfront über die Stadt und es regnete ungewöhnlich häufig und intensiv. Mit Beginn des Regens dampfte der Asphalt empört über die Abkühlung und die Luftfeuchtigkeit wurde fast tropisch, bis sich die kalte Luft endlich durchsetzte und zumindest über einen Teil der gespeicherten Hitze dominierte. Drei Tage musste man stets mit Schirm außer Haus gehen, sofern es die Windstärke gerade zuließ. Im *Goldie's* waren die Abende daher lang und langweilig. Wir bedienten bloß ein paar Hotelgäste, denen das Wetter für Stadterkundungen zu schlecht war.

Birdie und ich nahmen unsere nachmittäglichen Spaziergänge mit Regenschirmen wieder auf. An jedem Tag brachte sie irgendeine neue Kuchenkreation mit, die sie mit Ivo nach dem Stress des Mittagsgeschäfts fabriziert hatte. Und wir unterhielten uns wie gewohnt über die Erlebnisse des Tages. Ich küsste sie unterwegs und zur Verabschiedung, weil ich es konnte, und vielleicht kümmerte mich deswegen das schlechte Wetter auch kaum.

Am Mittwochnachmittag, dem dritten Regentag in Folge, rief mich Olly an. Ich hatte mich gerade mit einem Kaffee und einem neuen Nicaragua-Reiseblog am Handy ans offene Wohnzimmerfenster meiner Wohnung gesetzt, vor dem der Regen gerade wieder Fahrt aufgenommen hatte. Es regnete so stark, dass es kühle Luft in meine Wohnung wehte – ein wirklich seltenes Vergnügen im August.

Olly rief mich sehr selten an, was daran lag, dass ich ihn so regelmäßig im Café besuchte, dass wir kaum andere Formen des Austausches miteinander pflegten.

Ich wusste nicht, warum mich die Tatsache, dass er mich anrief, nicht gleich nervös gemacht hatte.

„Ist der Regen nicht herrlich?“, begrüßte ich ihn und erhielt nur ein irritiertes Schnaufen als Antwort.

„Wo bist du?“, fragte mich Olly, anstatt mir zu antworten, und noch bevor ich ihm sagen konnte, dass ich zu Hause war, brüllte aus dem Hintergrund plötzlich die Signation des Verkehrsfunks durch die Leitung.

„Bist du im Auto?“, fragte ich unnötigerweise, denn natürlich konnte es nur Ollys Autoradio sein, das immer noch so eingestellt war, dass sich die Lautstärke verzehnfachte, kaum dass die Verkehrsmeldungen durchgegeben wurden.

Irgendeine Stimme berichtete von einem Stau auf der Tangente und einem Unfall auf der A1, aber Olly rief ins Telefon: „Beweg dich nicht!“

„Warum nicht?", fragte ich und blieb stockstarr im Wohnzimmer stehen.

„Nicht du", sagte der Olly, „der Egon."

„Warum soll sich der Egon nicht bewegen?", fragte ich, aber ich hörte nur Rauschen und mehrere Schimpfwörter, bis das Radio endlich wieder leiser geworden war. Ich hörte den Egon in ungewohnter Lautstärke fluchen und wenn die Leitung nicht so gerauscht hätte, wäre mir vielleicht früher aufgefallen, dass Egons Stimme weniger Wut in sich trug, sondern vielmehr schmerzverzerrt klang.

Das wurde mir aber alles erst richtig bewusst, nachdem mir Olly erklärt hatte, dass sie gerade das Café für den Tag schließen mussten, weil sich Egon ohne Schmerzensschreie gar nicht mehr richtig bewegen konnte und sie unterwegs waren ins Krankenhaus.

„In welches?", fragte ich und zog mir die Schuhe an.

Wir saßen mehrere Stunden im Wartebereich und warteten auf Nachricht von Egon. Olly sprach kein Wort. Die meiste Zeit saß er stockstarr neben mir und fixierte eine Bleistiftkritzelei auf der gegenüberliegenden Wand. Oder vielleicht nahm er sie gar nicht wahr.

Manchmal sprang er auch auf und drehte eine schnelle Runde im Wartezimmer, dann nahm er wieder stocksteif neben mir Platz.

Ich drückte uns Chips und steinharte Kekse aus einem Automaten, holte uns Wasser und Kaffee im Plastikbecher, aber Olly rührte nichts davon an.

„Solang er fluchen kann, ist es heilbar", hatte ich nach der ersten Stunde Wartezeit mal gesagt, dafür aber einen derart vorwurfsvollen und wütenden Blick von Olly geerntet, dass ich mich für die weiteren Stunden gleichermaßen an das Schweigen hielt.

Ich schrieb Birdie und Fred, wo ich war. Beide boten mir daraufhin an, Essen ins Spital zu bringen. „Olly trinkt nicht mal Wasser“, schrieb ich zurück, bedankte mich aber herzlich.

Ich schrieb Arthur, der natürlich heute Dienst hatte, dass ich einen familiären Notfall hatte und deshalb nicht zum Dienst kommen konnte, was er mit einem lapidaren „Du wirst schon sehen, was du davon hast“ beantwortete. Ich verdrehte meine Augen und beschloss, dass das ein Problem war, das mein zukünftiges Ich zu bewältigen hatte.

Irgendwann kam dann endlich eine Krankenpflegerin zu uns und brachte uns in die Abteilung, in der Egon behandelt worden war. „Die Medikamente wirken gerade“, erklärte sie uns und sobald wir Egon sahen, wurde mir klar, warum ihre Aussage wie eine Vorwarnung klang. Seine Augen waren nur halb geöffnet und er begrüßte uns singend mit einem L'Amour-Hatscher, wie der Wiener zu diesen sehr langsamen wiegenden Liedern sagte.

Ein Arzt erklärte uns, dass Egon einen schweren Bandscheibenvorfall hatte, man ihn jetzt sediert hätte (wie man sehen konnte) und es sich in den kommenden Tagen entscheiden würde, ob er operiert werden müsste oder nicht.

Olly stellte unendlich viele Fragen, aber ich hörte irgendwann nicht mehr zu. Kaum, dass ich Egon singen gehört hatte und der Arzt die Optionen einer Operation zu erläutern begann, wurde mir schlagartig klar, dass Ollys Café Geschichte war.

Die beiden hatten es ja ohnehin eigentlich nur mehr mir zuliebe betrieben. Oder sich selbst zuliebe, weil wir alle zu stur oder ignorant gewesen waren zu erkennen, dass die beiden nicht mehr konnten. Dass es Zeit war für ihren Ruhestand, dass es Zeit war, die tägliche Arbeit an den Nagel zu hängen. Dass es Zeit war für ihre Reise in die USA.

Die Reise!

„Wann kann er wieder fliegen?“, unterbrach ich die Ausführungen des Arztes, der mich irritiert ansah.

„Haben Sie eine Reise geplant?“, fragte er Egon, der – menschliche Jukebox, die er gerade war – sofort zu Bruce Springsteens „Born in the USA“ wechselte. Ich grinste, erhielt aber wieder nur einen wütenden Blick von Olly.

„Was?“, flüsterte ich ihm irritiert zu.

„Das ist jetzt nicht wichtig!“, zischte Olly zurück.

„Natürlich ist das wichtig!“, beharrte ich. „Du hast dich schon so auf die Reise gefreut!“

„Aber er kann jetzt nicht mehr gehen!“, keifte mich Olly plötzlich an und deutete wild auf Egon.

„Vorübergehend ...“, schaltete sich der Arzt ein. „Flugreisen sind schon wieder möglich, aber davor sollte sein Rücken wieder gut trainiert sein. Das hängt natürlich von der OP ab ...“ Ich blendete den Arzt wieder aus.

„Warum bist du so wütend auf mich?“, fragte ich Olly.

„Weil Egon Schmerzen hat!“, antwortete er, ohne zu zögern.

„Aber die habe nicht ich ihm zugefügt!“

„Er hätte schon längst aufhören können, *ich* hätte schon

längst aufhören können, wenn du vor Jahren schon das Café übernommen hättest!", rief Olly aufgebracht.

„Aber ich wollte das Café noch nicht übernehmen!", keifte ich zurück.

„Willst du ein Leben lang die Abendschicht in irgendeiner Hotelbar machen, in der du schlecht behandelt wirst und dich wie ein Pinguin anziehen musst?", fragte mich Olly aufgebracht. „Im Café hättest du alle Freiheiten der Welt! Du könntest alles machen, wie es dir gefällt!" Egon wechselte natürlich im Hintergrund zur Pippi-Langstrumpf-Melodie, was der Arzt und ich lustig fanden, Olly aber noch mehr auf die Palme zu bringen schien.

„Nimm doch einmal etwas ernst in deinem Leben!", brüllte mich Olly an und weil mich Olly in meinem Leben so gut wie niemals angebrüllt hatte, wich ich erschrocken und sprachlos zurück.

„Vielleicht ist das im Moment nicht der richtige Zeitpunkt ...", schaltete sich der Arzt ein.

„Wann denn sonst?", keifte Olly nun auch den Arzt an. „Wir haben so gut wie nichts vorbereitet! Ich kann ab sofort nicht mehr zurück ins Café, weil mein Koch arbeitsunfähig ist und ich ihm vermutlich stündlich aufs Klo helfen muss, was wiederum mich arbeitsunfähig macht. Wir sind auf das alles überhaupt nicht vorbereitet!" Olly fluchte ein weiteres Mal lauthals und rannte dann aus dem Zimmer.

Und ich ihm hinterher.

Ich holte ihn auf dem Vorplatz des Krankenhauses ein. Glücklicherweise war uns gerade eine Regenpause vergönnt und so stand Olly umringt von den sich im nassen Asphalt spiegelnden Lichtern des Krankenhauses und schnaufte heftig.

„Olly“, sagte ich beschwichtigend, als ich mich näherte, aber Olly drehte sich nicht um. Seine Schultern zuckten und mir wurde heiß und kalt gleichzeitig. Ein wütender Olly war schon kaum auszuhalten, aber ein heulender Olly war mir zu viel an einem Tag.

„Olly“, sagte ich noch einmal und bewegte mich langsam rund um ihn herum. Seine Schultern zuckten noch immer, aber als ich endlich sein Gesicht sah, bemerkte ich, dass Olly lachte.

„Pippi Langstrumpf!“, wieherte Olly los und schlug sich mit der Hand aufs Knie. „Der alte Narr!“

Er wischte sich mit dem Handrücken die Lachtränen aus den Augen und sah mich überraschend vergnügt an.

„Schnappst du gerade über?“, fragte ich Olly mit möglichst ruhiger Stimme, aber zum Glück schüttelte er den Kopf.

„Nein, Lonny“, er lachte noch einmal auf, klang dabei aber eine Spur trauriger, „ich schnappe nicht über. Aber ich bin auch gerade nicht ganz …“

„Bandscheibenvorfälle heilen ganz gut, sagt doch der Arzt“, gab ich zu bedenken und Olly legte seine Hand auf meine Schulter.

„Aber wir werden einfach alt, Lonny“, seufzte Olly. „Der Egon und ich, wir werden einfach zu alt für das Geschäft.“

Ich schluckte und fuhr mit meiner Zehenspitze auf dem Asphalt herum.

„Ich will nicht, dass du wütend auf mich bist“, sagte ich schließlich.

„Ich will auch nicht wütend auf dich sein“, antwortete

Olly und umarmte mich, als wäre ich derjenige, der Trost brauchen würde. „Aber ich glaube, wir werden Hilfe brauchen."

Ich seufzte ratlos.

„Könntest du morgen wenigstens das Café aufsperren?", fragte mich Olly. „Jemand muss in den Kühlschrank schauen und die Lebensmittel ausräumen, irgendwer muss die Stammgäste informieren und so weiter."

Ich nickte. Obwohl mir das Atmen in diesem Moment wieder einmal gar nicht so leicht fiel.

Ich war schon sehr lang nicht mehr der erste in Ollys Café gewesen und ich ließ mich von den eigenartigen Gefühlen, die mich beim Betreten des Lokals überfielen, hin und her reißen. Einerseits mochte ich die Ruhe und das Wissen, jedes Detail des Cafés zu kennen, hier de facto aufgewachsen zu sein. Aber andererseits dachte ich ebenso an die unendliche Langeweile an manchen Tagen, als ich selbst noch hier gearbeitet hatte. Als uns außer Herrn Müller nur noch zwei weitere Stammgäste besucht hatten.

Und ich dachte gleichfalls an den einen Streit mit Olly, als ich etwa 24 oder 25 Jahre alt gewesen war. Schon damals hatte er davon gesprochen, mir das Café übergeben zu wollen und in den fast zehn Jahren seither hatte der Gedanke nichts von seinem Schrecken eingebüßt.

Ich drehte die Lichter auf und die alte Kaffeemaschine an. Ich steckte einen Keil unter die Eingangstür und ließ frische Luft herein. Olly hatte das Café am Vortag offenbar mitten in der Arbeit verlassen.

Ich fand benützte Kaffeehäferln und einen Teller mit einer halb gegessenen Sachertorte mitten auf dem Tresen. Ich inspizierte den Kühlschrank und fotografierte den Inhalt ab, schickte das Foto an Fred mit der Frage, ob er etwas davon fürs Bistro brauchen konnte. Ich sah auf meinem Display, dass mir Birdie geschrieben hatte, aber ich las ihre Nachricht nicht sofort. All die Leichtigkeit unserer Küsse seit unserem Radausflug war quasi über Nacht verflogen. Denn wenn ich ehrlich zu mir war, war die Geschichte mit Birdie wohl nur die nächste Entscheidung, die vor mir lag. Diese Sache mit dem locker im Herbst auslaufenden Sommerflirt war doch nur eine Ausrede von mir für mich gewesen, die außer mir nur ich geglaubt hatte. Und mit dem Regen und Egons Schmerzen war die Zeit der Entscheidung für mich nun tatsächlich eingetroffen. Auf allen Ebenen.

Ich schüttelte mich. Ich konnte jetzt nicht über Birdie nachdenken. Oder über Entscheidungen.

Ich wischte die Tische und Sitzflächen im Lokal ab, putzte die Theke und weil ich Zeit hatte, auch die Küche. Meine Gedanken liefen durch alte Erinnerungen ans Café. Ich dachte an den einen Tag, als ich noch hier gearbeitet hatte und plötzlich eine Reisegruppe aus Minnesota in der Tür gestanden war – alle eine Spur älter, größer, breiter, lauter, als wir es waren. Olly und ich hatten ihnen mit Händen und Füßen versucht zu erklären, was Gulasch war. Oder ein Apfelstrudel. Die Sachertorte hatten sie gekannt, natürlich.

Und ich dachte an die Abende, an denen die Gäste aus dem Theater ums Eck noch auf ein Sacherwürstel und ein kleines Bier vorbeigekommen waren. Wer lang genug ausgehalten hatte, hatte sogar noch den einen Hauptdarsteller oder die andere Hauptdarstellerin erspähen können, die sich nach der Vorstellung ein Glas Rotwein gegönnt hatte.

Diese Theater-Abende waren mir fast immer die liebsten gewesen. Über das Café und seine Gäste hatte sich dann immer diese eigene Atmosphäre gelegt, wie ich sie mir in den Salons von früher vorgestellt hatte. Es wurde gelacht und getrunken und geredet. Olly und Egon und ich waren zwischen den Tischen hin und her gelaufen, hatten unauffällig und diskret Gläser ausgetauscht und wieder aufgefüllt, Speisen, Snacks und Torten serviert und dabei die eine oder andere Neuigkeit aus der Wiener Kulturszene aufgeschnappt. Gelegentlich wussten wir von manchen zukünftigen Inszenierungen, bevor es die Öffentlichkeit erfuhr. Und wir wussten ebenso von einigen unserer Gäste, wer sich sehr gerne mochte. Und wer nicht.

An manchen Abenden half uns die laute Flora aus, die immer irgendwie ein Auge auf Egon geworfen hatte, der sie aber immer gekonnt auf Distanz gehalten hatte.

Ich schmunzelte in Gedanken an die Erinnerung. Wo waren diese Leute alle mittlerweile?

Um kurz nach 10:00 Uhr stand ein besorgter Herr Müller in der Tür und bestellte einen Kaffee statt seines üblichen ersten Bieres. Er fragte mich lauter medizinische Details zu Egon, die ich ihm alle nicht beantworten konnte, bis er endlich mit seiner eigentlichen Sorge herausrückte: „Macht ihr jetzt zu?"

Ich zuckte mit den Schultern und murmelte etwas Unverbindliches, verzog mich dann in die Küche.

Kurze Zeit später kam Fred hereingestürmt und entschuldigte sich, dass er so spät dran war, aber Holly hatte heute verschlafen. Er deutete auf das Baby, das er sich ein weiteres Mal um den Bauch geschnürt hatte, und ich ignorierte Hollys Sorgenfalten auf der Stirn, die üblicherweise einen schwierigen Tag (für sie und für alle rund um sie herum) ankündigten. Fred umarmte mich und quetschte das Kind in unsere Mitte, was Holly kurz zum Lachen brachte. Dann war ihr Stirnrunzeln wieder da.

„Es ist erschreckend, wie sehr sie Eliza ähnlich schaut, wenn ihr Blick so skeptisch ist wie jetzt", sagte ich, weil ich Fred ansehen konnte, dass er zu einem Wie-du-jetzt-weiter-tun-solltest-Monolog ansetzen wollte. Fred schnappte nach Luft, weil ich ihn überraschend abgebremst hatte, dann sah er verliebt zu seinem Kind und grinste mich an. „Manchmal möchte ich sie anknabbern", schwärmte er.

„Nimm lieber etwas aus dem Kühlschrank", gab ich zurück.

„Deswegen bin ich hier!", sagte Fred. „Ich koche heute das Menü für euch!"

„Aber ...", für einen Augenblick war ich sprachlos. „Aber das geht doch nicht!"

Fred riss bereits die Kühlschranktür auf und inspizierte den Inhalt. „Habt ihr sonst noch wo Gemüse?", fragte er mich und ich zuckte mit den Schultern. Fred riss weitere Laden und Kastentüren auf und für ein paar Sekunden sah ich ihm zu.

„Hör auf, Fred", sagte ich schließlich. „Es sind doch keine Gäste da."

„Das weißt du noch gar nicht!", gab er zurück.

„Wann warst du das letzte Mal hier?", fragte ich ihn und er sah mich fast schuldbewusst an.

„Ich habe ja selbst das Lokal ... und dann Holly ..."

Ich verdrehte die Augen. „Ich meinte das nicht als Vorwurf, nur dass du nicht wissen kannst, wie trist es hier mittlerweile geworden ist." Ich warf meine Hände in die Luft. „Sie haben einfach nichts verändert! Die Speisekarte ist 1996 gedruckt worden, glaube ich. Nicht einmal mehr die Touristen wollen täglich Gulasch und Apfelstrudel essen."

„Herr Müller schon", sagte Fred und deutete nach draußen.

Mir ging die Luft aus. Ich spürte richtiggehend, wie mein Oberkörper in sich zusammensackte.

Und plötzlich stand Fred neben mir, lehnte seine Schulter kurz an meine und sagte: „Ist alles ein bisschen viel, hm?"

„Ich bin darauf nicht vorbereitet", murmelte ich.

„Worauf genau?", fragte Fred leise.

„Dass sie krank werden. Dass sie das Café nicht mehr führen können. Nicht, dass sie es nicht mehr führen *wollen*. Führen *können*!", betonte ich. „Er will, dass ich es übernehme." Meine Stimme war leiser als Flüstern und selbst für mich kaum zu hören.

„Das wollte er immer schon", antwortete Fred. Holly raunzte leise auf.

„Willst du, dass Holly mal das *Endlich satt* übernimmt?"

Fred lachte auf und begann mit diesen halbherzigen Kniebeugen, die Holly an seiner Brust irgendwie unterhalten sollten. „Im Moment will ich, dass sie bis zum Mittagsschläfchen keinen Wutanfall bekommt", sagte Fred amüsiert und keineswegs besorgt oder gar gestresst. „Und was danach passiert ..." Er zuckte mit den Schultern. „Ich kann mir überhaupt nicht vorstellen, dass ich mal aufhöre zu kochen." Fred lehnte sich an den Herd und sah mich an. „Zurzeit habe ich es gerade sehr gut getroffen", meinte er schließlich. „Ich mag es, dass ich die Speisen selbst bestimmen kann, und ich mag es außerdem, dass ich den finanziellen Überblick habe. Dass alles meins ist."

„Aber das hier ...", begann ich und holte tief Luft. Ich wünschte mir, ich könnte ein einziges Mal meine Überlegungen zu Ende führen und nicht jedes Mal vom Kettenhemd um meinen Brustkorb abgebremst werden.

„Lonny", sagte Fred ruhig. „Niemand kann dir sagen, ob du das Café übernehmen sollst. Aber es kann dir niemand sagen, *wie* du es führen sollst. *Wenn* du es übernimmst." Er zwinkerte mir zu.

Dann begann er den Kühlschrank auszuräumen, packte alles Verderbliche in Kisten und Kartons, die er aus dem Abstellraum zog. Dabei sang er die ganze Zeit irgendwelchen uralten Popsongs, um Holly bei Laune zu halten, und zum ersten Mal in meinem Leben beneidete ich Fred.

Nicht um die Verpflichtungen. Und auch nicht um die heute grantige Diva, die um seinen Brustkorb gewickelt war. Sondern, dass er schlichtweg zufrieden schien. Gut gelaunt. Fast unberührt von allen Sorgen dieser Welt.

„Warum bist du niemals gestresst?", fragte ich Fred, als wir die letzte Kiste nach draußen getragen hatten.

„Ich bin ständig im Stress", gab Fred zurück.

„Aber du wirkst nicht so", gab ich zurück.

Fred dachte einen Moment nach, währenddessen Hollys Stirnrunzeln bedrohliche Ausmaße annahm.

„Der Stress zahlt sich irgendwie aus", sagte Fred schließlich und umarmte Holly leicht.

• • •

Nachdem Fred gegangen war, servierte ich Herrn Müller doch noch sein erstes Bier und setzte mich für ein paar Minuten zu ihm.

„Weißt Du, Zeus“, sagte er und prostete mir zu. „Die größte Lebenslüge, die man uns erzählt, ist, dass wir als junge Menschen die Welt entdecken sollten. Alle Verbindungen kappen und in die Freiheit marschieren. Das funktioniert so doch nicht.“

Ich lächelte ihm ahnungslos zu. Ich wusste überhaupt nicht, was er meinte.

„Die Verbindung bleibt nämlich“, philosophierte er weiter. „Und spätestens, wenn die Eltern alt sind, holen sie dich wieder zurück.“

„Herr Müller, Sie wollen doch nur, dass das Café nicht schließt“, unterstellte ich ihm lächelnd.

Er zuckte mit den Schultern. „Ein paar Tage könntet ihr es schon noch geöffnet lassen. Oder ihr macht einfach nur eine kurze Pause.“

Und plötzlich wusste ich, was ich zu tun hatte.

Zwanzig

BIRDIE

Lonny war seit dem Vorabend auf Tauchstation und ich bemühte mich sehr darum, mir nicht anmerken zu lassen, wie sehr mich das störte. Nach unserem tollen Tag auf der Donauinsel war ich eigentlich der Meinung gewesen, zwischen uns hätte sich etwas … verfestigt. Oder zumindest nach der Funkstille der Vorwoche beruhigt. Ich war mir sicher gewesen, diese Zeiten der Schweigephasen waren eigentlich vorbei.

Aber er ignorierte meine Anrufe und Nachrichten, obwohl ich wirklich zumindest alle fünf Minuten mein Telefon kontrollierte, ob er sich zurückgemeldet hatte.

„Lonny ist in Ollys Café", sagte Fred irgendwann um die Mittagszeit zu mir.

„Warum sagst du das?“, fragte ich ihn.

„Damit du nicht mehr ständig dein Telefon kontrollieren musst.“

Ich verdrehte die Augen. „Ich schaue bloß auf die Uhr“, gab ich zurück und erntete eine hochgezogene Augenbraue von Fred.

Schließlich sprang ich doch über meinen Schatten. „Braucht er Hilfe?“, fragte ich Fred.

Der schüttelte erst den Kopf, dann zog er seine Schulter hoch und wackelte schließlich unentschlossen mit seinem Kopf. „Vielleicht“, sagte er. „Aber ich weiß nicht, von wem.“

Aufgrund des schlechten Wetters und der ohnehin geringen Frequenz im Lokal im August wurde ich an diesem Tag früher nach Hause geschickt. Herr Andi hatte mir mal erzählt, dass das *Endlich satt* im August üblicherweise geschlossen hatte, weil die Chefs im Sommer gerne durch alle möglichen kulinarischen Regionen Europas reisten, um sich für das nächste Jahr im Bistro inspirieren zu lassen. Aber da Holly in diesem Sommer wohl noch zu klein für so eine Reise gewesen war, hatten sie beschlossen, das Lokal offenzuhalten. Und auch auszutesten, ob sie im August etwas verpassten.

Nach meinem Empfinden war es im Laufe des Augusts tatsächlich noch ruhiger geworden, als es im Juli schon gewesen war, was mir beim Erlernen der vielen Handgriffe natürlich entgegenkam, dennoch aber die Frage aufwarf, ob es sich für das Lokal rechnete, so viel Personal einzustellen, das auch rund um die Uhr da war.

„Fahrt ihr gar nicht auf Urlaub?“, hatte ich Herrn Andi

mal während eines unserer Vormittagskaffees gefragt und zwischen ihm und Lavendel hin und her geschaut.

Lavendel war daraufhin wieder in der Küche verschwunden (und erst fünfzehn Minuten später, dafür aber mit frisch gebackenem Brot wieder erschienen) und Herr Andi hatte mich streng angesehen. „Schwieriges Thema", hatte er gemurmelt und begonnen, die saubere Theke zu polieren.

Mit vier Himbeermuffins, die ich heute mit Ivo gebacken hatte, im Gepäck verließ ich also an diesem Donnerstagnachmittag das Bistro früher als sonst und flanierte über den Naschmarkt in Richtung Innenstadt. Noch immer hingen dunkelgraue Wolken über Wien und ich hoffte, dass dieser viel zu frühe Anflug von Herbst bald wieder vergehen würde.

Ich dachte daran, dass ich früher an Schlechtwettertagen im Sommer einfach mit irgendjemandem irgendwohin gefahren oder geflogen war. Dorthin, wo das Wetter besser, die Party lauter, das Essen exklusiver gewesen war. Irgendwer kannte immer jemanden mit einer Jacht oder einem Strandhaus und einer unerschöpflichen Bar darin.

Heuer verbrachte ich die Regentage im August damit, regelmäßig meine Bank-App aufzurufen und kichernd meinen Kontostand zu begutachten. Selten in meinem Leben hatte ich Geld so hart verdient wie in diesem Sommer und die Summe, die mir Fred und Ivo Ende Juli überwiesen hatten, machte mich ganz zappelig vor lauter Stolz. Und wenn ich nicht meine Bank-App öffnete (um zu kontrollieren, ob das Geld noch da war) oder auf allen Kanälen nachzusehen, ob Lonny mir geschrieben hatte, scrollte ich mich durch Seiten, auf denen Leute ihre alten Fahrräder verkauften.

Das vergangene Wochenende hatte mich nämlich auf eine Idee gebracht. Vielleicht war der weite Weg zwischen dem Haus meiner Eltern und dem *Endlich satt* einfach schneller und einfacher mit dem Fahrrad zu bewältigen als mit öffentlichen Verkehrsmitteln. Die halbe Stadt war schließlich auf dem Rad unterwegs, da konnte ich ja wohl mitmachen.

Das schlechte Wetter der vergangenen Tage war natürlich ein großes Minus auf meiner gedanklichen Plus-Minus-Liste rund um einen möglichen Fahrradkauf. Dass ein Fahrrad jedoch wesentlich günstiger war, als es die regelmäßige Miete in Rosas alter Wohnung wäre, überstrahlte dafür die Plus-Seite meiner Liste.

Mit mehr Freizeit zur Verfügung als gewöhnlich und in Gedanken über Geld und die Zukunft und den drohenden Herbst spazierte ich also quer durch die Innenstadt, bis ich vor Ollys Café landete.

Ich war schon Jahre nicht mehr hier gewesen und selbst wenn ich mal in der Gegend gewesen war, hatte ich meist eine andere Route genommen, um das direkte Vorbeigehen am Lokal zu vermeiden, aus Angst, dass mich Olly durch die Auslage erkennen würde. Oder dass Lonny zufällig im Café war.

So wie er jetzt gerade hinter der Theke stand und mit einer unheimlich kleinen Frau mit blonden wuscheligen Locken sprach, die wild gestikulierend auf ihn einredete. Ich musste lächeln, weil ich Lonnys Gesichtsausdruck erkannte. Irgendetwas interessierte ihn an der Geschichte, die die

Lockenfrau gerade erzählte. Man konnte seine Augen blitzen und sein Hirn arbeiten sehen.

Und ein weiteres Mal fiel mir auf, dass Lonny alles andere als dieser ständig gechillte, teilnahmslose Typ war, als der er sich nach außen hin gerne gab. Er kümmerte sich. Er dachte nach. Er war interessiert daran, dass es anderen Leuten gut ging.

Und dass ich das erkannte, dass ich das über ihn *wusste*, ließ mir für einen Moment die Knie zittern. Weil es in mir ganz warm wurde.

Langsam trat ich durch die Tür und musste bedauernd feststellen, dass sich die Lebendigkeit der Lockenfrau nicht bis in alle Ecken des Cafés verbreitete. Ich erkannte die Möbel und die Speisekarten aus meinen wenigen Besuchen als Schülerin wieder. In einem Eck hingen einige Pflanzen müde auf einer Balustrade, die sicher schon in den 1990ern hierhin gestellt und seither bestimmt noch nie umgetopft worden waren. Ich nahm mir vor, Anna zu schreiben und ihr vom Café zu erzählen, falls sie wieder mal nach einer urigen Location für ihre Fotos suchte.

„Hey", sagte Lonny und unterbrach meinen skeptischen Rundumblick.

„Hey", sagte ich und lächelte. Ich stellte mich der Lockenfrau vor.

„Birdie!", rief sie überrascht aus. „Das ist ein Spitzname für Elisabeth, oder?"

Ich grinste und nickte. Niemand nannte mich bei meinem Taufnamen. Nicht einmal meine Eltern.

„Ich heiße Stefanie", sagte sie und schüttelte meine Hand. „Der aufregendste Spitzname, den ich je hatte, war ‚Steps' – und da ist man, ehrlich gesagt, richtig froh, wenn man zu alt dafür wird." Sie lachte ein lautes rauchiges Lachen, das fast konträr zu ihrem sonnigen Äußeren schien.

Lonny sah mich amüsiert an und ich grinste zurück. „Stefanie hat dieses Bowl-Pop-up zwei Türen weiter", erklärte er und ich nickte. An jeder Straßenecke in Wien gab es derzeit Interpretationen von Poke Bowls und ähnlichem Baukasten-Essen, wie ich es immer bezeichnete.

„Ist alles nur ein Testlauf ... vor der Welteroberung", lachte Stefanie weiter. Sie erzählte unaufgefordert von ihren Erkenntnissen zum Standort und der Touristenlage während der Sommermonate.

„Olly und Egon waren immer sehr freundliche Nachbarn", sagte sie schließlich.

„Waren?", hakte ich nach und Lonny sah mich mit ausdruckslosem Gesicht an. Dann hob er eine Schulter, der letzte Gast im Café rief nach der Rechnung und Stefanie verabschiedete sich wieder.

„Wir werden das Café für ein Jahr schließen", sagte Lonny mit sich selbst überzeugender Vehemenz in der Stimme, nachdem der Gast gegangen war und die Café-Tür hinter sich geschlossen hatte.

„Wir?", fragte ich nach, weil ich offenbar nur mehr einzelne, bereits gesagte Worte zur Konversation beisteuern konnte.

„Ich ...", sagte er zögernd, dann schnaufte er frustriert auf und fuhr sich mit beiden Händen durch die Haare, band sie wieder zusammen, wie er es schon Tausende Male gemacht hatte. Unbedacht und aus reiner Gewohnheit.

Ich mochte seine Haare.

„Ich mache ein ganzes Jahr lang Pause", sagte Lonny und holte mich rasend schnell aus meinen Haar-Träumereien. „Von allem."

„Von allem?", fragte ich wiederum verwirrt nach.

„Von allem", bestätigte Lonny. „Dieses Gefühl, das du damals hattest, als deine Großmutter ins Spital kam. Dieses Kurz-vor-der-Explosion-Stehen?"

Ich nickte.

„Das habe ich", erklärte Lonny. „Schon länger. Schon immer. Aber jetzt gerade ist es kaum auszuhalten."

„Damals war ich 17", warf ich ein.

„Und seither bist du der Sache aus dem Weg gegangen."

„Welcher Sache?"

„Der Sache mit den Gefühlen!", erklärte mir Lonny, nun schon etwas ungeduldig.

Ich schüttelte meinen Kopf. „Wovon sprechen wir hier gerade?", fragte ich Lonny.

Er seufzte. „Olly und Egon können zurzeit nicht zurück ins Café und sie wollen das vermutlich auch nicht. Und ich will es jetzt noch nicht übernehmen. Deshalb gebe ich uns ein Jahr Pause. Ich werde mir, wenn es mir einfällt, ein Konzept für die Neuübernahme überlegen. Oder wir verkaufen es. Oder wir geben es Stefanie als etwas größeres Pop-up!"

Ich musterte Lonny. Es klang alles irgendwie plausibel, aber irgendwie auch wieder nicht.

„Ich werde mit Jim nach Nicaragua reisen und alles über Kaffee lernen", setzte er fort. „Und ich werde ... –"

„Das heißt, der Sommer ist vorbei", unterbrach ich ihn resigniert und Lonny sah mich groß an.

„Das mit uns“, setzte ich fort, „das mit uns ist jetzt vorbei. Oder? Das willst du mir doch sagen. Oder?“

Lonny schluckte. Dann nickte er. Er blinzelte leicht. „Es sind zu viele Gefühle auf einmal, Birdie“, sagte er leise und ich nickte. „Ich platze gleich. Ich kann hier nicht jeden Tag sein. Ich kann hier nicht von heute auf morgen in Ollys Leben hineinrutschen und mit einem Koch und einem einzigen Gast über Gulasch und Apfelstrudel philosophieren.“

„Aber du bist ja gar kein bisschen wie Olly!“, warf ich ein.

„Eben!“, seufzte Lonny. „Deswegen ist das Café auch nichts für mich.“

Ich schüttelte meinen Kopf. „Du bist *anders* als Olly, deshalb würde das Café *anders* werden“, führte ich meinen ursprünglichen Gedanken aus. „Du magst ja nicht mal Gulasch!“

Auf einmal sah mich Lonny so traurig an, wie ich ihn noch nie zuvor gesehen hatte.

Obwohl … ein einziges Mal hatte er diesen Gesichtsausdruck tatsächlich schon einmal gehabt. Damals, kurz vor den Sommerferien, nachdem ich spätabends mit dem ehrgeizigen Toni vor diesem Lokal aufgetaucht war.

Und ich wusste in diesem Moment, dass ich mich aus der Gleichung nehmen musste.

Dass Lonny gerade tatsächlich – metaphorisch – erstickte, an allem, was ihm das Leben zur Zeit vor die Füße warf.

Dass er das Geschenk darin gar nicht sehen konnte.

Und ich wusste, dass ich ihm das Leben gerade nur schwerer machte, anstatt es zu erleichtern.

Und somit befand mich in einer unmöglichen Situation.

Egal was ich machte, ich würde verlieren.

Ich würde Lonny auf jeden Fall verlieren. Und diesmal waren es nicht mal meine Gefühle, die uns im Weg standen.

„Ich …", begann ich, weil ich dachte, es wäre höflich etwas zu sagen, aber meine Augen brannten und meine Nase juckte und ich wollte nicht weinen, denn wer heulte schon in meinem Alter wegen eines Sommerflirts.

Der ja eigentlich wesentlich intensiver und andauernder und zufriedenstellender gewesen war als alles, was ich bisher gekannt hatte. Und ich *wollte* nicht gehen. Hier und jetzt in diesem Moment wollte ich nicht weg. Ich wollte Lonny rütteln und schütteln und ihn anbrüllen und ihn küssen und zu ihm sagen, dass wir uns einfach hinsetzen sollten und einen Plan entwerfen sollten.

Für einen Moment überlegte ich, Lonny zum Abschied zu umarmen, aber ich hätte ihn vermutlich gar nie mehr losgelassen, hätte mich auf ein Leben als Quasi-Koala eingerichtet. Und das half unserer Situation ja auch nicht weiter.

Ich wusste, Lonny lief gerade allen Gefühlen und Entscheidungen davon und ich wusste das, weil ich mir mehrere Jahre lang selbst beim Davonlaufen zugesehen hatte. Aber ich konnte ihm ja nicht die Kreditkarten sperren und einen Job bei Fred besorgen, um ihm das vor Augen zu halten.

Ich musste einfach gehen.

Und das machte ich schließlich auch.

Ich drehte mich um und ging.

Ohne ein weiteres Wort.

Mit Schmerzen im Bauch und Beton an den Füßen.

Vielleicht heilte die Zeit ja tatsächlich irgendwann einmal alle Wunden.

Fürs Erste war ich nur froh, dass die Trennung diesmal nicht zuerst auf Instagram bekannt gegeben worden war.

Bei näherer Betrachtung kristallisierte sich in diesem Sommer ein verhängnisvolles Muster heraus: Meine Liebschaften lösten sich – mehr oder weniger überraschend – in Luft auf. Und das war meist just der Tag, an dem mein Vater mir irgendetwas zu sagen hatte.

An diesem Nachmittag kam ich nach Hause, völlig darauf vorbereitet, mich allein und heulend vor den Fernseher zu werfen, und war überrascht, dass meine Eltern auch da waren. Im Haus herrschte hektisches Treiben, Beatrice flirrte mit mehreren Hemden auf Kleiderbügeln durch die Gänge und grüßte mich im Laufschritt.

„Kommen sie gerade an oder fahren sie schon wieder?“, fragte ich Beatrice, aber sie zuckte nur mit den Schultern. „Beides, glaube ich“, antwortete sie.

Ich verdrehte die Augen. Da wollte ich einmal tatsächlich allein sein und mich in Selbstmitleid baden und genau an diesem Tag war plötzlich das Haus voll.

Mein Vater trat gerade aus dem Gästebadezimmer, eine dunkle Toilettentasche und eine Klopapierrolle in der Hand. Ich runzelte meine Stirn, als könnte ich dieses Rätsel lösen, kam aber nicht weit, denn mein Vater unterbrach meine Gedanken.

„Bist du gekündigt worden?“, fragte er mich unwirsch.

„Was?“, ich hielt irritiert inne. „Nein!“

„Warum bist du dann zu Hause?“

„Ich hatte früher aus.“

„Haben sie keine Gäste?“, bohrte mein Vater nach.

„Nun ja, im August ist die halbe Stadt leer“, gab ich verwirrt zurück. Ich hatte meine Eltern wochenlang nicht länger als gefühlt siebenunddreißig Sekunden gesehen und es gab kein „Hallo“ oder „Wie geht's dir?“ oder eventuell ein „Wir sind stolz auf dich und deinen Job“, sondern nur Misstrauen und Unhöflichkeiten.

War das immer schon so gewesen?

Mein Vater schnaubte abfällig durch die Nase. „Hm“, machte er vieldeutig. „Das ist kein gutes Zeichen, wenn sie in der Hochsaison ...“

„Das Lokal liegt in einer Wohngegend, abseits der Touristenpfade, und – wie viele andere Lokale und Geschäfte in einer ähnlichen Location – ist es normalerweise im August geschlossen. Das wüsstest du, wenn du lang genug in der Stadt unterwegs wärst im Sommer“, erklärte ich ärgerlich. „Sie haben es heuer anders probiert und werden nächstes Jahr vermutlich wieder ein paar Wochen im August schließen. Nicht, dass dich das etwas angehen würde.“ Ich drückte mich an ihm vorbei. „Wann fahrt ihr wieder?“

Meine Mutter kam aus dem Schlafzimmer. Sie trug ihren Morgenmantel und hatte eine hellgraue Maske übers gesamte Gesicht verteilt und sah damit wie eine Steinfigur aus. Sie nippte an einem Getränk, das verdächtig nach einem Gin Tonic aussah.

„Ist dein Praktikum schon vorbei?“, fragte mich meine Mutter und bemühte sich um ein Lächeln, was jedoch leichte Risse durch ihre Maske ziehen ließ. Einige Bröckchen davon fielen in ihr Getränk.

In mir blubberte bereits leichte Schadenfreude wegen des abbröckelnden Gesichts auf, aber auf einmal wurde die Häme von einem Film in meinem Kopf abgelöst, als wäre ich einige Jahre in die Zukunft gebeamt worden. Mit erschreckender Klarheit sah ich in meiner Mutter und ihrer steinernen Fassade plötzlich mich selbst und mein zukünftiges Leben.

Genau das war meine Zukunft! Genau das wäre meine Zukunft gewesen!

Gesichtsmasken und Gin Tonic am Nachmittag, während das Personal binnen Minuten die Koffer aus- und dann gleich neu packen musste. Ganz offen gesagt, *war* das in Zügen bereits meine Gegenwart gewesen! Das war *mein* Leben, das ich angesteuert hatte!

Und das machte mich unendlich wütend.

Und ich schämte mich.

Für meine Eltern.

Und für mich.

Für jeden einzelnen Prosecco oder Gin Tonic oder Martini (Himmel!), den ich nachmittags nach dem Haarewaschen getrunken hatte.

Für jede meiner abfälligen Bemerkungen über Beatrice und alle anderen Menschen, die mir jemals etwas serviert oder gebracht hatten, während ich *nicht* gearbeitet hatte.

Und während ich überraschend wutschnaubend zwischen meinen Eltern stand, hielt mein Vater meiner Mutter diese Klopapierrolle hin, die er aus irgendeinem

Grund aus dem Gästebad geholt hatte, und fragte sie nach seinem Nagelknipser.

„Den hast du doch bei Lance in Cannes schon gesucht", sagte meine Mutter milde, fast zärtlich und die Tatsache, dass sie besser über den Nagelknipser meines Vaters Bescheid wusste als über den echten, richtigen, schweißtreibenden Job, den ich seit Wochen ausübte und den sie abwertend als Praktikum bezeichnet hatte, ließ mich einen kurzen Wutschrei ausstoßen. Dann stampfte ich wie ein Teenager davon und knallte die Tür meines Zimmers ins Schloss.

„Elisabeth, wir sind hier nicht bei den Wilden!", rief mir meine Mutter hinterher, wie sie es seit mehr als dreißig Jahren nicht mehr gemacht hatte und ich wusste nicht, ob ich lachen, heulen oder randalieren sollte.

Schließlich entschied ich mich für die Flucht. Ich warf ein paar meiner wichtigsten Dinge und Kleidungsstücke in einen Weekender und packte das Buch, das auf meinem Nachtkasten zuoberst lag, dazu noch ein. Dabei fiel mein Blick auf das Notizbuch meiner Großmutter, das ich vor ein paar Wochen, in einem gefühlt anderen Leben, dorthin gelegt und schlichtweg vergessen hatte. Nicht lang weiter darüber nachdenkend warf ich das Notizbuch auch noch in die Tasche, riss meine Jeansjacke vom Haken an meiner Tür und eilte nach draußen.

Ich rannte die ebenfalls laufende Beatrice fast über den Haufen, die diesmal von der anderen Seite kam und ungefähr zehn gefaltete Handtücher in ihren Armen balancierte.

„Beatrice, haben wir ein Fahrrad?", fragte ich sie, einer spontanen Eingebung folgend.

„Mehrere!", rief sie mir zu. „In der Garage!"

Ich nickte und bedankte mich, überprüfte, ob die Luft

rein war und schlich mich dann ungesehen und ohne mich von meinen Eltern zu verabschieden aus dem Haus.

Ich fand tatsächlich mehrere Fahrräder in einem Eck unserer Garage und konnte gleichzeitig nicht glauben, dass ich mir beinahe ein neues Rad gekauft hätte, obwohl wir offenkundig bereits mehrere besaßen. Ich befreite eines der Fahrräder von zahlreichen Spinnweben, die scheinbar als Ganzjahresresidenzen eingerichtet waren, und schob das Rad zur nächsten Tankstelle, um die Reifen mit Luft zu befüllen.

Es war der erste Abend seit Langem, an dem die Wolkendecke endlich aufriss und sich ein paar goldrote Sonnenstrahlen den Weg in die Stadt bahnten.

Mit frisch aufgepumpten Reifen radelte ich zurück in die Innenstadt, motiviert vom überraschenden Sonnenlicht, folgte den Radfahrern den Ring entlang und bog bei der Hofburg ab. Am Heldenplatz tummelten sich Touristen sowie die immer wetterfesten Spikeball-Spieler und der eine oder andere Hundebesitzer. Ich hielt neben einer Parkbank und ließ mich erschöpft darauf fallen.

Ich hatte keine Ahnung, wohin ich gehen wollte oder was ich tun sollte. Ich wusste auch nicht, wen ich anrufen sollte.

Ich dachte an Lonny, aber sogar das schmerzte. Für einige Momente scrollte ich auf meinem Telefon herum, aber das konnte mich nicht ausreichend ablenken, also kramte ich in meiner Tasche nach meinem Buch, das ich mitgebracht hatte.

Es war lächerlich, dass ich von zu Hause so überstürzt aufgebrochen war. Nicht nur, weil ich kein Teenager mehr war (und selbst damals wäre es lächerlich gewesen abzuhauen), sondern auch, weil meine Eltern vermutlich heute Abend schon nicht mehr zu Hause waren.

Ich war den ganzen Sommer über allein gewesen, warum hätte sich das heute ändern sollen? Ich schüttelte über mich selbst den Kopf, wohlwissend, dass ich dennoch nicht wieder nach Hause radeln wollte. Ich wollte einfach nicht mehr dahin zurück.

Ich erstastete endlich den gesuchten Buchrücken und zog daran, hielt aber schlussendlich das Notizbuch meiner Großmutter in Händen.

Eine Welle der Sehnsucht überfiel mich nach diesen unkomplizierten Sommermonaten als Kind, als meine Großmutter rauchend im Garten saß und aus dem Gedächtnis Gedichte rezitierte, die für mich weder nachvollziehbar noch verständlich gewesen waren. Ich war mir heute nicht einmal mehr sicher, ob sie diese überhaupt auf Deutsch vorgetragen hatte und nicht in irgendeiner anderen Sprache, Französisch oder Italienisch vielleicht. Aber ich konnte mich an das Schauspiel erinnern, an die Theatralik ihrer Gesten, an die Freude in ihrem Gesicht.

Diese Freude ...

Ich strich über den waldgrünen Ledereinband, als würde das die Vergangenheit wiederbeleben können und nach ein, zwei, drei zögernden Atemzügen schlug ich das Notizbuch schließlich auf.

Tja, ums kurz zu machen: Das Lesen eines alten Notizbuchs ist weitaus weniger mystisch als es in Büchern und Filmen oft erzählt wurde. Nicht nur, dass die Sonne langsam unterging und sich über den Heldenplatz wieder diese regennasse

Sommerkälte legte, während die Straßenlaternen, eine nach der anderen, aufleuchteten.

Nein, auch die Schrift meiner Großmutter war kaum zu entziffern. Und die wenigen Kritzeleien, die ich lesen konnte, waren tatsächlich fast banal. Ich entdeckte Einkaufslisten neben Wunschlisten, eine sehr, sehr simple Zeichnung eines Fisches sowie eine Seite, über die sich wutentbrannte Streifen zogen, so wütend, dass sogar ein kleines Loch im Papier zu finden war.

Hm.

Ich blätterte weiter, fand unterschiedlich datierte Einträge. Einige Seiten waren akribisch mit Daten aus dem August 1970 gefüllt, dann setzten die Texte erst wieder 1981 fort. Im Jänner 1995 fand sich ein besonders düsterer Text. Er wirkte wie der Versuch eines lyrischen Textes, mehrere Satzfetzen versetzt untereinander geschrieben. Ich konnte nicht alle Wörter entziffern, aber jene, die lesbar waren, schrien förmlich nach dieser Sehnsucht nach Veränderung, die wir alle wohl irgendwann schon einmal verspürt hatten. Die Großmutter philosophierte über Perfektion und „weibliche Gefängnisse, die das Leben waren", sie suchte die „Bühnen der Freiheit" und verdammte die „patriarchalen Hämmer, die auf unsere Körper, unseren Geist einschlugen, immer wieder einschlugen".

Ich schluckte. Diese verzweifelte – und zugegebenermaßen fast martialische – Seite meiner Großmutter war mir gänzlich unbekannt. Ich konnte mich an ihre Wut am Ende, als sie gezeichnet von ihren vielen Erkrankungen durch unser Haus gegeistert war, erinnern, aber all die Jahre davor waren geprägt gewesen von Lebensfreude – und eben einer gewissen Theatralik.

Ich wusste mir keinen Reim darauf zu machen.

Ich blätterte weiter und fand noch einige Einträge, die mich nur noch mehr verwirrten. Ein Text erzählte über „das stumpfsinnige Kind, das keinerlei Regung zeigte, mit welcher Nahrung oder Idee man es auch fütterte" und weil ich fürchtete, dass damit ich gemeint war, ließ ich das Stöbern im alten Notizbuch meiner Großmutter wieder sein. Ich musste mich nicht noch Jahrzehnte später beleidigen lassen. Mein Tag war anstrengend genug gewesen.

Als ich meinen Kopf hob, sah ich, dass es rund um mich herum schon recht dunkel geworden war. Vereinzelt campierten noch kleinere Gruppen auf der regenfeuchten Wiese. Ich hörte sie auflachen und sah sie ihre Telefone und diverse Flaschen durch die Dunkelheit schwenken.

Ich schob mein Fahrrad zurück zum Ring, nachdenklich und innerlich auch ein wenig leer. Die Wut und Irritation über meine Eltern waren schon längst verflogen, waren abgelöst worden von der Enttäuschung, dass dieses waldgrüne Notizbuch obendrein keinen Schlüssel zu all meinen Fragen ans Leben enthielt.

„*Always keep singing your own song*", hörte ich plötzlich Herrn Andis Stimme im Hinterkopf und dieser laminierte Zettel aus der Bistroküche tänzelte durch meine Erinnerung. Und plötzlich wusste ich, mit wem ich reden wollte.

Einundzwanzig

LONNY

Ich war missmutig. Vermutlich nannte man das so. Ich wusste es nicht genau, denn ich hatte selten schlechte Laune. Aber heute ging einfach alles schief. Und nicht einmal die goldenen Sonnenstrahlen der Abendsonne gaben mir Hoffnung auf einen Lichtblick für die nahe Zukunft meines Lebens.

Kurz nachdem Birdie gegangen war, kurz nachdem sie das Café verlassen hatte, einfach so, ohne ein Wort des Grußes zu sagen oder sich zumindest mit einer Umarmung oder was auch immer zu verabschieden, hatte ich das Café fertig zusammengeräumt und für einige Schließtage vorbereitet. Ich drehte alle Lichter und den Wasserhahn in der Küche ab, ich kontrollierte die Heizung, damit sie nicht mit einer unvermuteten Automatik plötzlich zu heizen begann, und ich hing einen Zettel in die Tür, auf dem „Bis auf Weiteres geschlossen“ stand.

Danach setzte die schlechte Laune ein.

Auf dem Nachhauseweg kam ich beinahe unter die Hufe und Räder eines Fiakers, wie auch immer ich ein Gefährt mit so geringem Tempo übersehen hatte können. Als ich Arthur anrief und um noch weitere Urlaubstage bat, um die Sache mit dem Café und der Pause ordentlich abwickeln zu können (und allfällig ebenso Olly bei der Betreuung von Egon unter die Arme greifen zu können), gebärdete er sich, als hätte ich irgendetwas Unverzeihliches getan und nicht an den ruhigsten Abenden der Saison um Urlaub gebeten, was natürlich nicht zu meiner Laune betragen konnte.

Im Lebensmittelgeschäft neben meiner Wohnung fiel mir dann eine Packung Eier aus der Hand, gerade als ich sie aufs Kassenband legen wollte, was nicht nur eine unbeschreibliche Sauerei verursachte, sondern auch unbeschreibliches Chaos, weil ich eine gesamte Reihe an hocheffizienter Kassierleistung aus der Bahn geworfen hatte.

Als ich endlich zu Hause war, war meine gesamte Vorfreude auf die bevorstehende Reise nach Nicaragua verflogen und eigentlich wollte ich nur mehr schlafen gehen.

Und weil meine Laune ohnehin nicht mehr schlechter werden konnte, setzte ich mich an die Buchhaltung des Cafés. Ich hatte einige Unterlagen sowie Ollys Laptop aus dem Café eingepackt und klickte mich durch seine Dateien und Dokumentenordner. Wir hatten das Kassensystem für sein Café vor ein paar Jahren gemeinsam ausgesucht und installiert, weil sich Olly einfach nicht mehr damit auseinandersetzen wollte, wie er damals behauptet hatte.

So akribisch und detailliert, wie er aber seither seine Buchhaltung geführt hatte, war keine Spur dieses damals gezeigten Desinteresses zu bemerken und ich fragte mich, ob auch das einer seiner vielen Hinweise im Verlauf der Jahre gewesen war, um mich auf die Übernahme des Cafés vorzubereiten.

Ich schüttelte meinen Kopf, um die Gedanken zu vertreiben (ich war schon so schlecht gelaunt genug) und vertiefte mich in die Zahlen.

Soweit ich das sehen konnte, war es dem Café immer recht gut gegangen. Olly und Egon hatten angenehm davon leben können. Nur die vergangenen Monate, seit Beginn des Jahres etwa, zeigten einen deutlichen Abwärtstrend. So wie Olly und Egon amtsmüde geworden waren, waren auch die Umsatzzahlen deutlich eingeschlafen.

Ich gähnte und streckte mich, nahm mir vor, in den nächsten Tagen mit Olly und Egon zu sprechen, jedenfalls erst, wenn sich meine Laune gebessert hatte, als es überraschend an meiner Tür läutete.

Und als hätte ich ihn heraufbeschworen, sah ich Olly durch den Türspion, wie er ungeduldig vor meiner Tür wartete.

„Ist alles okay mit Egon?“, fragte ich zur Begrüßung und Olly nickte.

„Ich musste mal raus“, antwortete er und klang müde. „Seine Schwester ist gerade bei ihm.“

Ich winkte Olly herein, bot ihm Kaffee an, den er ablehnte. Er deutete auf meine Sammlung an unterschiedlichen Schnapssorten, die ich im Verlauf der vergangenen Jahre produziert hatte.

„Wann brennst du wieder etwas?“, fragte mich Olly und

ich zuckte mit den Schultern.

„Hatte wenig Zeit in letzter Zeit“, antwortete ich und Olly zwinkerte mir zu.

Ich schenkte uns von meinem Zirbenschnaps aus dem Vorjahr zwei kleine Gläser ein. „Aber die Geschichte mit Birdie ist jetzt ohnehin vorbei. Nicht, dass wir richtig zusammen gewesen wären …“, sagte ich währenddessen, damit ich Olly nicht ansehen musste.

Trotzdem hörte ich sein enttäuschtes Seufzen hinter mir. Wieder flammte der Grant in mir auf.

„Ich bin heute schlecht gelaunt“, warnte ich Olly vor und sah ihn schließlich doch an. „Davon unabhängig. Damit unzusammenhängend.“

Olly hob erst seine Augenbrauen, dann das Schnapsglas und prostete mir zu. „Santé!“

„Gesundheit!“, gab ich zurück. Olly grinste und stürzte sich das Getränk in den Rachen, lehnte sich auf seinem Stuhl zurück und sah mich müde an.

„Wie geht’s dir?“, fragte ich ihn und schenkte ihm nach.

Olly zuckte mit den Schultern. „Ich habe ja gewusst, dass es irgendwann einmal nicht mehr so weitergehen konnte“, sagte er schließlich. „Aber ich hätte nicht gedacht, dass es so abrupt kommt. Ich dachte, wir hätten noch ein bisschen mehr Zeit.“

„Ihr habt es ausgereizt“, sagte ich. „Die letzten paar Monate …“

Olly sah mich streng an.

„Ich habe in deine Buchhaltung geschaut“, erklärte ich, „ich wollte wissen, ob irgendwelche Rechnungen offen sind.“

„Und? Ist noch was offen?“, fragte mich Olly provokant.

Ich lächelte ihm leicht zu.

„Natürlich nicht“, beschwichtigte ich ihn. „Du hast die Lage immer im Griff gehabt.“

Olly nickte. Er hob sein wiederaufgefülltes Schnapsglas an und kippte es leicht, um mir in der Luft zuzuprosten, dann nippte er daran, stellte es wieder ab, fuhr sich mit einer Hand übers Gesicht.

„Ich bin zu müde, um lang herumzureden“, begann er nun, „deshalb sage ich es jetzt so, wie ich es mir denke: Ich habe nie verstanden, warum du lieber in dieser komischen Hotelbar die schlechteste Schicht des Tages arbeitest, anstatt das Café nach deinen Wünschen herzurichten.“ Olly hob seinen Kopf und sah mich direkt an.

Seine Augen waren rot unterlaufen und ich fragte mich, wann er das letzte Mal mehrere Stunden am Stück geschlafen hatte.

„War ein langer Tag heute, hm?“, sagte ich.

„Lenk nicht ab!“, grummelte Olly zurück. „Gib mir eine Antwort. Warum willst du das Café nicht? Willst du dein Leben lang abends in der Bar stehen und Cocktails mixen?“

Ich stand auf, machte ein paar Schritte, dann ging ich wieder zurück und ließ mich auf den Sessel fallen. Für jemanden, der zumindest einmal täglich Yoga-Übungen machte, klappte das mit der Atmung eher schlecht in letzter Zeit. Ich holte stotternd Luft.

„Warum machst du das immer?“, fragte mich Olly verwirrt.

„Was?“, presste ich hervor.

„Das Zappeln und Atmen, wenn wir vom Café sprechen“, sagte er und deutete auf mich.

„Ich weiß es nicht“, gab ich zurück. „Ich kann nicht über das Café nachdenken. Oder ob ich mein Leben lang

Cocktails mixen will. Oder darüber, was ich in fünf oder zehn Jahren mache. Ich bekomme dann kaum Luft."

Olly musterte mich und sah fast ein wenig verlegen aus dabei.

„Ich frage mich …", begann er und seufzte. „Ich frage mich manchmal, ob ich dich zu sehr in diese Gastro-Schiene gelenkt habe." Er seufzte noch einmal. „Immer noch lenke."

„Weißt du", setzte er fort, als ich nichts dazu sagte, „ich kannte nichts anderes. Und ich konnte dir mit nichts anderem helfen. Bei den Hausübungen bin ich ausgestiegen, als du etwa zehn Jahre alt warst. Und ein paar Jahre später konnte ich dir nicht erklären, warum deine Mutter und ich nicht funktioniert haben. Aber ich konnte dafür sorgen, dass du einen Beruf erlernst." Er lächelte mich traurig an. „Und du *kannst* diesen Beruf. Nachdem du nach dem ersten Lehrjahr deinen Frust über die Welt und das Leben … und deine Mutter … vergessen hattest, warst du richtig gut in allem."

„Wie bitte?", fragte ich überrascht dazwischen und Olly nickte.

„Das muss dir doch selbst aufgefallen sein, sonst hättest du ja schon längst die Branche gewechselt", beharrte er, aber ich sah ihn nur verwirrt an. „Du redest gerne mit den Gästen, egal woher sie kommen, hattest immer ein offenes Ohr für alle. *Hast* immer ein offenes Ohr … – vor allem die Theateratmosphäre mochtest du früher besonders gerne." Olly zwinkerte mir freundlich zu und ich lächelte leicht. „Vermutlich magst du sogar die Gäste im *Goldie's*."

„Weil sie bald wieder gehen", murmelte ich.

„Hm?"

„Weil sie nicht lang bleiben", sagte ich, etwas lauter. „Manche kommen ein zweites Mal, aber selten. Die

Touristen gehen lieber woanders hin, wollen nicht jeden Tag in der gleichen Bar hocken." Olly sah mich neugierig an. „Ich mag das. Für einen Abend teilen wir unsere Geschichte. Und dann ziehen sie weiter. Nichts ist fix." Ich bemühte mich um einen tiefen Atemzug. „Dass Herr Müller jetzt keinen Ort hat, an dem er seine Tage verbringt, macht mir …", noch ein Atemzug, „… ein richtig schlechtes Gewissen. Und diese Verantwortung ist derart belastend, obwohl es viele gute Gründe gibt, das Café zu schließen."

Olly lehnte sich zurück und sah mich mehrere Minuten lang nachdenklich an. Ich leerte mein Glas, konzentrierte mich auf das Brennen in meinem Hals.

„Was ist mit Birdie passiert?", fragte er mich schließlich. Ich zuckte mit den Schultern, schenkte uns nach, um etwas zu tun zu haben.

„Was, Apollon?", beharrte Olly.

Ich verdrehte meine Augen. „Ich brauche eine Pause", sagte ich. „Von allem." Ich sah Olly direkt und trotzig in die Augen. „Wir schließen das Café für ein Jahr. Ich fahre mit Jim nach Nicaragua. Und da ist es besser, wenn Birdie und ich unseren Sommerflirt jetzt gleich beenden."

„Nichts ist fix", wiederholte Olly meine Worte von zuvor leise und musterte mich wieder mit zusammengekniffenen Augen.

In mir stapelten sich ein weiteres Mal alle Gefühle dieser Welt auf einmal aufeinander und übereinander. Ich fühlte mich unsicher und ärgerlich, ich hatte ein schlechtes Gewissen Olly und Egon und eben auch Herrn Müller gegenüber, fühlte mich gleichzeitig aber eingesperrt von den begrenzten Möglichkeiten, die ich hatte. Birdie war vor gerade mal fünf Stunden gegangen und ich vermisste sie bereits jetzt. Ich bereute es, dass wir uns so holprig voneinander verabschiedet hatten.

„Hast du dich schon jemals für etwas angestrengt?“, fragte mich Olly und klang fast ein wenig ärgerlich.

„Wie bitte?“, schoss ich zurück, meine Wut binnen Sekunden wieder zu Höhenflügen aufgelegt. „Jeden Tag!“

„Nein, ich meine, *so richtig*“, beharrte Olly, unbeeindruckt von meinem Grant. „Du gondelst jeden Tag so dahin, nimmst keine Verantwortung an, triffst keine Entscheidung. Vermutlich fliegst du nicht mal nach Nicaragua, sondern redest nur immer davon.“ Olly sah mich herausfordernd an.

„Ich habe eine Reisenische!“, rief ich aus und deutete zur Landkarte in meinem Wohnzimmer.

„Ach, du hast eine Reisenische?“, fragte Olly spöttisch. „Und?“

„Als ob du … –”

„Wir reden hier nicht von mir“, unterbrach mich Olly streng, „ich habe zu viele Fehler gemacht, um die mit drei Schnäpsen an einem Abend runterzuspülen. Aber du, du solltest weniger Fehler machen als ich!“

„Was mache ich denn für Fehler?“, schrie ich Olly an. „Ich gehe jeden Tag zur Arbeit. Ich bin ein netter Mensch, wann immer es mir gelingt. Und dann gehe ich schlafen. Und am nächsten Tag geht es wieder von vorn los!“

„Aber du eierst nur herum!“, warf mir Olly vor.

„Wofür sollte ich mich denn anstrengen?!“, rief ich aufgebracht aus. „Es rennt ja eh immer jeder davon!“

Olly schnaufte überrascht auf, sagte aber nichts.

„Du nicht“, lenkte ich beschwichtigend ein. „Du bist der Einzige, der geblieben ist. Weil du musstest. Und siehst du jetzt, was du davon hast?“ Ich leerte mein Glas in einem Zug und hustete wegen der überraschenden Schärfe. „Du wartest und wartest und wartest auf mich und mittlerweile sind das Café und Egons Rücken und eure Reisepläne ruiniert."

Für einen kurzen Moment fühlte ich mich als wollte ich losheulen, aber das verflog ähnlich schnell und unvermutet wie meine schlechte Laune.

„Aber Lonny", sagte Olly sanft und sah mich fast ein wenig verdutzt an. „Ich wusste nicht ..."

„Ich auch nicht", grummelte ich nach ein paar Sekunden und lehnte mich zurück, ließ meine Finger durch meine Haare fahren und massierte meine Kopfhaut.

Zweiundzwanzig

BIRDIE

Es tröpfelte bereits wieder leicht, als ich mein Fahrrad mit einem Radschloss an den Laternenposten hängte. Ich schulterte meine Tasche und läutete an der Gegensprechanlage, die bald darauf knarzte und surrte. Dann stieg ich fünf Altbaustockwerke nach oben.

„Hi", schnaufte ich, endlich angekommen, weil ich kaum Luft bekam.

„So schlimm ist es auch wieder nicht", schalt mich Herr Andi und ließ mich in die Wohnung.

Ich sah mich um. Herr Andis Wohnung war charmant und überraschend geräumig, dafür, dass man beim Aufstieg durch das bedauernswert liftlose Haus eigentlich das Gefühl hatte, einen Taubenschlag zu erklimmen.

. . .

Es war ein wenig eigenartig, Herrn Andi in Zivil zu sehen. Er trug Jeansshorts und ein Sweatshirt und ganz ohne seine obligate Perlenkette sah er fast ein wenig fremd aus.

„Was ist los?“, fragte er mich, nachdem ich auf der Couch Platz genommen hatte. Er reichte mir ein Glas Rotwein.

„Warum bist du so … kultiviert?“, fragte ich anstelle einer Antwort, aber Herr Andi runzelte nur die Stirn.

„Bist du hier, um mich zu beleidigen?“, gab er zurück.

„Ich bin hier, weil ich mit dir reden will“, sagte ich unverblümt. „Und weil ich nicht nach Hause will.“

„Was ist denn los?“, fragte Herr Andi ein weiteres Mal, ausgesprochen mitfühlend.

Ich schwieg, weil ich plötzlich nach Worten suchte. Ich konnte ihm ja schlecht sagen, dass mich dieser laminierte Spruch aus der Bistroküche hierher geführt hatte.

„Du kannst auf der Couch schlafen, wenn du möchtest“, sagte Herr Andi und unterbrach meine stillen Wortfindungsübungen. „Das Gästezimmer ist bereits belegt.“

„Du hast ein Gästezimmer?“, fragte ich ungläubig. „Wie groß ist diese Wohnung?“ Aber Herr Andi kam nicht dazu mir zu antworten, weil es gerade in diesem Moment – als wäre auf das Stichwort gewartet worden – an der Wohnungstür sperrte.

Und dann stand Lavendel in der Tür.

„Es regnet schon wieder“, sagte er und schüttelte sich leicht, hielt dann aber in der Bewegung inne, als er mich entdeckte. Sein Blick wechselte schnell zu Herrn Andi, dann wieder zur mir.

„Hi“, sagte ich, erneut ein wenig atemlos, diesmal aber wegen der Überraschung.

Lavendel verdrehte die Augen, kickte sich die Schuhe von den Füßen und verschwand ums Eck in einem der Zimmer.

„Ihr wohnt zusammen?“, fragte ich Herrn Andi ungläubig. „*Er* wohnt in deinem Gästezimmer? Seit wann?“

Herrn Andis Gesichtsfarbe wechselte binnen Sekunden zwischen grau und grün und rosig.

„Er ist *nur* mein Mitbewohner“, flüsterte er schließlich, „er brauchte ja eine Wohnung und ich habe mehr als genug Platz und ich glaube … ich glaube …“ Herr Andi holte tief Luft. „Ich glaube, er wohnt sogar sehr gerne hier.“ Seine Stimme war kaum mehr zu hören und ich hatte so viele Dinge auf einmal zu verarbeiten, dass ich einige Momente lang nichts sagen konnte.

Noch nie zuvor hatte Herr Andi irgendeinen Einblick in seine, zugegebenermaßen eigentümliche, Freundschaft zwischen Lavendel und ihm gegeben. Jeder im *Endlich satt* schien akzeptiert zu haben, dass sich die beiden fast wort- und tonlos verstanden und ihre Loyalität zueinander durch nichts zu zerrütten war. Dass Herr Andi nun auch nur einen Anflug an Unsicherheit zeigte, irritierte mich fast mehr als die Tatsache, dass Lavendel „nur“ sein Mitbewohner war.

„Wir wollten aber eigentlich über *deine* Probleme reden“, sagte Herr Andi nun und riss mich aus meinen Gedanken.

„Ich habe gerade all meine Probleme vergessen“, antwortete ich augenzwinkernd und Herr Andi verdrehte die Augen.

· · ·

Dann begann ich doch noch zu erzählen. Von Lonny und meinen Eltern, vom Fahrrad, das ich in der Garage gefunden hatte, und vom Notizbuch meiner Großmutter, vom stumpfsinnigen Patriarchat oder so ähnlich und all den wirren Gedanken in meinem Kopf.

Herr Andi hörte mir aufmerksam zu, während ich sprach und gleichzeitig mein Weinglas leerte. Irgendwann ging hinter uns eine Zimmertür auf und eine andere schloss sich, kurz darauf hörte man eine Dusche anspringen.

„Ich kann nicht glauben, dass Lavendel hier wohnt", unterbrach ich meine Ausführungen leise.

„Ich auch nicht", flüsterte Herr Andi mit rosigen Wangen zurück, dann machte er eine wegwischende Handbewegung. „Aber zurück zu dir." Er holte tief Luft. „Ich kann dir nicht helfen", hielt er fest und ich fühlte mich tatsächlich ein wenig enttäuscht.

„Aber ich sage jetzt etwas, das schon längst mal jemand hätte sagen sollen: Dieser Tanz, den Lonny und du aufführt, ist unerträglich!"

„Wie bitte?"

„Ihr mögt euch", fuhr Herr Andi unbeirrt fort, „das sieht jedes Kind. Und wenn ihr einmal ehrlich zu euch wärt, würdet ihr es ebenso sehen."

„Wie bitte?", wiederholte ich.

„Es ist nicht so schwer", sagte Herr Andi. „Irgendwer muss es mal aussprechen. Und Lonny wird es nicht machen, also musst du in den sauren Apfel beißen."

„Wovon sprichst du?"

„Du musst ihm sagen, was du fühlst!", rief Herr Andi aus, als wäre das die einfachste Sache der Welt. „Und all diese anderen Probleme, die du hast", setzte er fort, „die unhöfliche Großmutter, die komischen Eltern – vergiss diese Leute! Jetzt hast du ja uns!“ Er strahlte mich an und plötzlich fühlte ich mich fast ein wenig gerührt.

Und verwirrt.

Und herausgefordert.

Und sicher.

In meinem Gefühlsstrudel schwimmend, lehnte ich mich auf der Couch zurück, ließ mich von den weichen Pölstern, die sich rund um mich wickelten, umarmen.

„Ich will auch bei dir wohnen. Hier ist alles so gemütlich“, flüsterte ich, woraufhin Herr Andi leider dreinsah, als hätte er in eine saure Zitrone gebissen.

„Ich habe jetzt schon so viele Probleme“, gab er zurück und nickte in Richtung des rauschenden Wassers der Dusche, das kurz darauf aufhörte.

„Vielleicht solltest du deinen eigenen Ratschlag ebenfalls ein wenig beherzigen“, schlug ich vor und nickte ebenso in Richtung Badezimmer.

„Wir reden immer noch nicht über mich“, gab Herr Andi schnippisch zurück und schenkte uns beiden nach.

Darüber musste ich lachen.

„Ich mochte Lonny immer schon“, gab ich schließlich zu. „Schon in der Schule war er anders und immer eine Spur liebenswerter als alle anderen.“

„Das musst du *ihm* sagen, nicht mir“, sagte Herr Andi, lächelte mir aber aufmunternd zu.

„Das ist schier undenkbar“, sagte ich und schnaufte

durch. „Lonny ist so …“ Ich dachte nach. „Er ist so flatterhaft … freiheitsliebend!“ Ich seufzte. „Er kann mit dem Konzept von fixen Beziehungen einfach nichts anfangen“, behauptete ich und Herr Andi seufzte mitfühlend, warf wieder einen schnellen Blick in Richtung des Badezimmers, damit ich es nicht bemerkte.

Wir schwiegen einen Moment, nippten gedankenverloren an unseren Weingläsern.

Irgendwann seufzte Herr Andi erneut. Und genau in diesem Moment kam Lavendel aus dem Badezimmer, wie Herr Andi in Jeans-Shorts und Sweatshirt gekleidet, die Haare zum Trocknen in einem Handtuch zu einem Turban gebunden.

„Ich kann dir nicht sagen, was du tun oder nicht tun sollst“, sagte Herr Andi schließlich, der Lavendel nicht gehört zu haben schien, „diese Freiheitsliebe, wie du es nennst, das ist doch etwas fast Ehrenhaftes, oder?“

„Ja, das finde ich auch“, antwortete ich und sah Lavendel an, der sich langsam unserer Couch näherte. „Warum sollte ich das also nicht respektieren? Sonst würde ich Lonny ja nur einen weiteren Klotz ans Bein hängen, oder? Vor allem, wenn ich ihm erzähle, was ich fühle. Oder?“

Lavendel wackelte nachdenklich mit seinem Kopf. „Aber manchmal muss man manche Dinge *hören*, damit man Bodenhaftung behält. Damit man weiß, dass man mal abstoppen kann“, antwortete er daraufhin und lächelte mir traurig zu. „Manchmal ist es einfach – wortwörtlich – nicht zu glauben, dass jemand will, dass man an einem Ort bleibt.“

Herr Andi fuhr überrascht auf der Couch herum und sah Lavendel eine Zeitlang fast hoffnungsvoll an. Die beiden versanken wieder in eine ihrer wortlosen Konversationen, die offenbar doch rätselhafter waren, als wir es bisher immer vermutet hatten. Herr Andi sollte wirklich einen Schluck seiner eigenen Medizin nehmen und ein paar der Dinge aussprechen, die er fühlte. So wie er es mir aufgetragen hatte.

Ich war mir beim besten Willen nicht sicher, ob ich Lonny tatsächlich mit meiner gesamten, selbst für mich völlig verwirrenden Gefühlswelt konfrontieren sollte. In meinem Leben schienen sich seit ein paar Wochen so viele Dinge auf einmal zu ändern, dass ich meinen eigenen Emotionen nicht mehr recht über den Weg traute. Obwohl ich mir bei wenigen Angelegenheiten jemals so sicher gewesen war wie bei meinen Gefühlen für Lonny.

Denn diese waren immer schon da gewesen.

Schon als wir als Jugendliche in der Schule nebeneinander gesessen waren.

Als wir später gemeinsam Hausübung gemacht hatten.

Und als wir uns zum ersten Mal geküsst hatten.

Und auch, als wir uns in diesem Sommer bereits zum hundertsten Mal geküsst hatten.

„Wieso lächelst du so?", fragte mich Herr Andi und riss mich aus meinen Gedanken. Lavendel hatte sich mit einem Glas Wasser neben ihn gesetzt und sah mich so freundlich an wie noch nie zuvor in meinem Leben.

„Warum magst du mich eigentlich nicht?", fragte ich Lavendel, anstatt Herrn Andi zu antworten.

Lavendel legte seinen Kopf schief. „Ich dachte, du bleibst

nicht lang im Bistro“, antwortete er und ich nickte, weil ich glaubte, ihn zu verstehen.

„Ich muss jetzt aber bleiben“, gab ich augenzwinkernd zurück. „Herr Andi hat gesagt, ich gehöre jetzt zu euch.“

Lavendel riss gespielt schockiert die Augen auf, lehnte sich dann aber lächelnd auf der Couch zurück. Ich beobachtete amüsiert, wie er erst seinen Arm anhob, als wollte er ihn um Herrn Andi legen oder zumindest auf den Couchrücken hinter ihm, dann jedoch zögerte, bis er ihn schließlich entmutigt neben sich wieder auf die Couch fallen ließ. All das, ohne dass Herr Andi auch nur ansatzweise etwas von Lavendels Hin und Zurück zu bemerken schien.

Und auf einmal verstand ich, was ich tun musste.

Lonny und ich brauchten Klarheit.

Ich brauchte Klarheit. Und ich konnte ihn vor allem nicht einfach nach Nicaragua oder wo auch immer hinziehen lassen, ohne dass ich mich zumindest richtig verabschiedet hatte.

Ich hatte keine Ahnung, ob und wie ich ihm die gesamte Palette meiner Gefühle für ihn mitteilen konnte, aber ich wusste, ich musste zumindest einen Versuch unternehmen.

„Ich muss los!“, sagte ich also plötzlich und sprang von der Couch auf.

„Jetzt plötzlich?“, fragte Herr Andi.

„Aber es regnet“, gab Lavendel zu bedenken.

Ich winkte ab und nickte gleichzeitig euphorisch.

In der Tür umarmte ich Herrn Andi fest und bedankte mich ungefähr Hunderte Male. Ich umarmte dann Lavendel, der das stocksteif, aber bemüht lächelnd über sich ergehen ließ.

„Ich weiß gar nicht, wie ich euch danken soll“, sagte ich

schließlich ein weiteres Mal, „und ich mag auch unsere Kaffeepausen so gerne!“

Es war sicher nicht die beste Deklaration meiner Freundschaft zu den beiden, aber sie schienen es zu verstehen. Oder sie lächelten mir nur aus Mitleid zu. Ich hatte in diesem Moment keine Zeit, das genauer zu analysieren.

Ich hatte noch einen Weg vor mir.

Dreiundzwanzig

LONNY

Olly und ich hatten irgendwann im Laufe des Abends die allzu schweren Themen hinter uns gelassen, auch wenn wir zwischendurch nochmals auf Egons bevorstehende langwierige Genesung zu sprechen kamen.

Ich konnte sehen, wie müde Olly war. Beim Sprechen ließ er immer wieder mal halbe Sätze unvollendet, vor allem, wenn er jene Gedanken aussprach, die diesen neuen Lebensabschnitt betrafen, der nun vor ihm stand. Er hatte sich zwar wohl seit Jahren darauf vorbereitet, das Café und die tägliche Arbeit hinter sich zu lassen, aber vermutlich auch gehofft, dass er alle das Alter begleitenden Umstände und Einschränkungen wie Schmerzen oder nötige, schmerzlindernde

Operationen noch einige Jahre von Egon und sich selbst fernhalten könnte.

Ich wusste, dass ich ihm mit der Übernahme des Cafés eine Sorge abnehmen hätte können und je länger der Abend andauerte, desto egoistischer fühlte ich mich in meiner Angst vor der Entscheidung.

„Du würdest das nicht allein machen“, beharrte Olly. „Ich wäre doch immer in der Nähe. Ich kann immer einspringen.“

Mir gingen die Argumente aus, die dagegen sprachen, selbst wenn ich das Café nicht nur zur Beruhigung Ollys übernehmen würde. Und vor allem rumorte dieser eine Satz, den Olly nun schon zum zweiten Mal zu mir gesagt hatte, beständig in meinem Hinterkopf: Warum war ich tatsächlich lieber Abend für Abend in einer Hotelbar mit einem unfreundlichen Chef, anstatt ein Café nach meinen Wünschen umzugestalten?

Ich hatte keine Antwort darauf.

Irgendwann kurz vor Mitternacht verabschiedete sich Olly mit einer für unsere Verhältnisse langen Umarmung.

„Ich bereue gar nichts“, sagte Olly und umarmte mich noch ein Stück fester.

„Was denn?“, fragte ich, etwas unsicher, was er gerade meinte.

„Geblieben zu sein zum Beispiel“, antwortete Olly, „ich bereue keine Sekunde davon, dir beim Erwachsensein, beim Erwachsenwerden zusehen zu können.“

Daraufhin hielt ich die Umarmung noch ein bisschen

länger, damit Olly meine brennenden Augen nicht sehen konnte.

Ich blinzelte heftig und schloss hinter ihm die Tür, ging langsam zurück in die Küche. Gerade als ich unsere Schnaps- und Wassergläser in die Spüle stellte, läutete es erneut an der Tür.

„Hast du etwas vergessen?“, fragte ich, als ich meine Wohnungstür öffnete, aber es stand nicht Olly davor, sondern Birdie.

Triefend nass und leicht zitternd.

„Ich habe mich vorhin nicht richtig verabschiedet“, sagte Birdie und mein Herz klopfte laut auf, während mein Brustkorb ganz warm wurde. Birdies Zittern ging jedoch langsam in Schlottern über.

„Komm rein“, sagte ich daher eilig und riss die Tür weit auf.

Ich führte Birdie ins Bad und drehte die Dusche auf.

„Ich bringe dir Gewand“, versprach ich und eilte davon. In der Küche drehte ich den Wasserkocher auf und suchte dann aus der Kommode in meinem Schlafzimmer nach Kleidung, die Birdie tragen konnte, bis ihre Sachen getrocknet waren.

Es dauerte nicht lang, bis Birdie – nicht mehr schlotternd – aus dem Badezimmer kam. Meine Yogapants hingen nur sehr locker an ihren Hüften, während sie sich mit einem Handtuch die nassen Haare trockenrubbelte.

Ich schluckte.

„In den Filmen schlottern die Heldinnen nie, wenn sie im Regen irgendwo vor der Tür stehen“, behauptete Birdie, vollkommen ungerührt von meiner Sprachlosigkeit.

„Warum bist du so nass geworden?“, fragte ich sie und reichte ihr eine Teetasse, aus der es heftig herausdampfte. Birdie nippte leicht daran und schloss dann ihre Augen.

„Es regnet“, murmelte sie. „Und ich bin mit dem Fahrrad gefahren.“

„Mit welchem Fahrrad?“, fragte ich.

„Wir hatten immer schon Fahrräder“, erklärte Birdie, aber ich sah an ihren in meiner Wohnung herumschwenkenden Augen, dass sie eigentlich nicht darüber reden wollte.

„Wer hätte vorhin etwas vergessen sollen?“, fragte sie mich plötzlich.

„Hm?“

„Du hast die Tür geöffnet und gefragt, ob ich etwas vergessen hatte, aber du wusstest ja nicht, dass ich vor der Tür stand, oder?“

„Olly ist gerade kurz vor dir aufgebrochen“, erklärte ich. „Hast du ihn nicht gesehen?“

Birdie schüttelte den Kopf. „Ich bin übers Stiegenhaus gekommen, weil der Lift belegt war.“ Das erklärte das Nicht-Zusammentreffen der beiden, aber Birdies Gedanken schienen schon wieder weiterzutanzen. Schließlich schnaufte sie genervt auf.

„Ich hatte mir das ganz anders vorgestellt“, sagte sie seufzend. „Irgendwie hat mir der Regen den Wind aus den Segeln genommen.“

Sie klang richtig empört und ich musste darüber lächeln.

„Was möchtest du denn?“, fragte ich sie.

Birdie sah mich über den Rand der Teetasse an und zuckte mit den Schultern.

„Was möchtest du denn nicht?“, fragte ich daher.

„In deiner Kleidung im Vorzimmer herumstehen und nicht wissen, was ich sagen will“, erklärte sie schließlich, dann schlug sie sich die Hand auf die Stirn. „Jetzt habe ich meine Tasche bei Herrn Andi vergessen! Ach, ich bin ja wirklich zu nichts zu gebrauchen! Das mit dem hollywoodreifen Sprint durch den Regen liegt mir offenkundig genauso wenig wie das dramatische Verlassen des Elternhauses!“ Sie verdrehte die Augen.

„Du hast dein Elternhaus verlassen? *Dramatisch*?“, wiederholte ich und wunderte mich über die theatralische Formulierung.

„Lange Geschichte“, murmelte Birdie.

„Und was hat Herr Andi damit zu tun?“ Wir standen immer noch in meinem kleinen Vorzimmer, von dem aus alle anderen Räume der Wohnung zu erreichen waren, unschlüssig, wohin sich dieser kuriose und überraschende Besuch entwickeln würde.

„Ich wollte mit ihm reden“, sagte Birdie, als wäre das logisch. Und auf eine gewisse Art und Weise war es das vermutlich auch. Sie hatte sich von Anfang an um Herrn Andis Freundschaft bemüht, obwohl dieses Bemühen gar nie nötig gewesen war. Herr Andi hatte sie gesehen und ins Herz geschlossen.

„Lavendel sagte dann, man muss …“, sie hielt mitten im Satz inne und hob ihren Blick, sah mich direkt an. „Ich wollte mich verabschieden“, sagte Birdie schließlich. „Ich …“ Sie stellte ihre Tasse ab und ließ ihren Blick ein weiteres Mal unruhig durch mein Vorzimmer schweifen, bevor sie ihn erneut direkt auf mich richtete.

Sie schien innerlich mit sich selbst zu debattieren und es dauerte ein, zwei Sekunden, bis sie einen Entschluss fasste. Jedenfalls stampfte sie dann leicht auf, schnaufte einmal tief durch und ein Augenblinzeln später legte sie ihre Arme um mich und küsste mich.

Küsste mich, wie beim ersten Mal. Und als sei es das letzte Mal.

Meine Überraschung hielt nicht lang. Dann küsste ich sie zurück.

Küsste sie, als wäre es das erste Mal. Und auch das letzte Mal.

Und danach ging alles ganz schnell.

All die Kleidung, die Birdie gerade eben erst angezogen hatte, ließen wir noch im Vorzimmer zurück, ebenso wie meine Shorts und mein T-Shirt.

Wir taumelten in mein Schlafzimmer, wo der Regen rhythmisch ans Fenster trommelte, und ließen uns aufs Bett fallen. Für ein paar Augenblicke wurden Birdies Küsse langsamer, zärtlicher, sie unterbrach sich selbst, um mir in die Augen zu sehen und all das, was darin zu lesen war, könnte mehrere Bücher füllen. Es war, als wäre unsere gesamte Geschichte in ihren Augen zu erkennen, von Anfang an. Bis jetzt, dem Ende.

Ich sah in ihre Augen und legte alles in meinen Blick, was ich in den vergangenen Jahrzehnten eigentlich jeden Tag zu ihr sagen hätte sollen. Dass sie ein Happy End verdiente. Dass ich vor Sehnsucht nach ihr fast verging. Dass ich ihr gerne diese Happy End ermöglicht hätte, aber keine Ahnung hatte, wie das gehen sollte.

Als Birdies Augen trauriger wurden, lenkte ich sie mit weiteren Küssen ab. Ich strich über ihren Rücken, ganz leicht. Als ich ans untere Ende ihrer Wirbelsäule kam, waren meine Fingerspitzen bloß ein zarter Hauch auf ihrer wieder aufgewärmten Haut. Birdie seufzte auf und streckte ihren Rücken durch.

Und daraufhin änderten sich ihre Küsse ein weiteres Mal, wurden schneller, intensiver und ich gab zurück, so gut es ging. Versuchte mitzuhalten, mit aneinander stoßenden Zähnen und hastigen Bewegungen, die all meine Nervenenden in Alarmzustand versetzten.

Und so nach und nach verschwammen die Grenzen zwischen uns, ich wusste nicht mehr, wo ich begann, wo Birdie aufhörte. Und umgekehrt.

Wir bewegten uns zum rhythmischen Trommeln der Regentropfen an meinem Fenster, miteinander, ineinander verschmolzen.

Selten hatte etwas mehr Sinn gemacht in meinem Leben und als wir schließlich atemlos und ineinander verschlungen einschliefen, war mein letzter Gedanke, dass ich das hier, diesen Moment und dieses Gefühl, auf jeden Fall festhalten sollte.

Allen Ängsten zum Trotz.

Birdie weckte mich am nächsten Morgen mit Kaffee und frischer Sommerluft im Zimmer. Das Fenster stand sperrangelweit offen und dort, wo es in den vergangenen Tagen dunkelgrau und regnerisch war, schien nun strahlend hell die Sonne. Als wäre alles ein Traum gewesen.

Birdie trug einen meiner Kapuzensweater, der ihr fast bis zu den Knien reichte, und ihre Augen waren noch klein und verschlafen. Aber sie lächelte mir zu, reichte mir eine Tasse mit Kaffee und schlüpfte, ihre eigene Tasse balancierend, wieder unter die Decke.

„Guten Morgen", sagte ich lächelnd und hielt meine Nase in die Tasse, nippte daran und sah überrascht zu Birdie.

Ihr Blick war fast trotzig. „Entgegen dem, was Herr Andi mir zutraut oder nicht: Ich kann kompliziert Kaffee kochen."

Darüber musste ich lachen. Kompliziert Kaffee kochen war Birdies Ausdruck für alles, was nicht Nespresso-Kapsel-Knopfdruck-Kaffee war. Sie hatte mir während des Sommers natürlich oft genug zugesehen, als ich in meiner zugegebenermaßen aufwendigen Prozedur, die man vermutlich als hedonistisch bezeichnen konnte, Kaffee zubereitet hatte.

„Der Kaffee ist sehr gut", beeilte ich mich zu sagen und nahm einen weiteren Schluck.

Wir saßen eine Zeitlang schweigend nebeneinander, nippten an unseren Kaffees und sahen zum Fenster hinaus. Irgendwann hatte ich nach Birdies freier Hand getastet und unsere Finger locker miteinander verschränkt, um ihr ohne Worte zu sagen, dass ich das mochte: mit ihr aufzuwachen, mit ihr Kaffee zu trinken, während sich die Sonne alle Mühe gab, den Regen der Vortage vergessen zu lassen.

Ich atmete tief ein. Die Luft, die durchs Fenster kam, war frisch und kühl, die erste Erinnerung daran, dass der Sommer bald zu Ende gehen würde, aber es roch dennoch nach einem angenehmen Sommertag und ich überlegte, ob wir heute wieder ins Stadionbad fahren sollten.

„Ich weiß jetzt wieder, was ich gestern Abend eigentlich

sagen wollte“, sagte Birdie plötzlich und ihre Stimme zitterte leicht, als wäre sie nervös.

„Ja?“, murmelte ich, nippte ein weiteres Mal an meinem Kaffee, noch nicht ganz bereit für die Realität, die sich wieder über uns legte. Konnten wir nicht noch einen weiteren Sommertag für uns herausschlagen?

Birdie drehte sich zu mir. „Ja“, sagte sie und ihre Stimme klang fester. „Schau mich an, Lonny“, bat sie daraufhin und ich hob meinen Kopf, fast ein wenig widerwillig. Birdies Gesicht war offen, klar, so anders als zu Beginn des Sommers, als sie mit Schichten an Make-up im Gesicht bei mir in der Bar aufgetaucht war. Ihre gesamte Körperhaltung hatte sich seither verändert. Von dieser wie eine Schutzschicht vor sich hergetragenen Herablassung, getarnt hinter überbordender Selbstsicherheit hatte sich ihr Körper gänzlich befreit. Sie sah entspannter, fitter, schöner aus.

Wunderschön nämlich.

So schön, dass mir fast der Atem stockte.

Und jetzt lächelte sie auch noch!

Wollte sie, dass ich in Ohnmacht fiel?

„Ich fand unseren Sommer wunderschön“, sagte Birdie nun schließlich und ich hörte die Vergangenheitsform sehr deutlich.

„Der Sommer ist noch nicht vorbei“, murmelte ich und Birdie lächelte etwas trauriger.

„Aber du hast Pläne und musst dich um Olly und Egon kümmern und um deine Reise nach Nicaragua“, sprach Birdie weiter, „und ich muss langsam Fuß fassen.“

„Was heißt das?“

Sie zuckte mit den Schultern. „Ich weiß es selbst noch nicht genau“, ihre Augen blitzten leicht auf, „aber ich habe eine Idee und ich hoffe, dass Fred und Ivo mir dabei helfen werden." Birdie holte Luft. „Ich kann dir gar nicht genug danken für all deine Unterstützung in diesem Sommer. Dass ich bei Fred arbeiten kann, dass du dich einfach so mit mir unterhalten hast, jeden Tag. Dass du so ohne Forderungen an mich mit mir sein wolltest. *Mit mir!* Einfach so!"

„Aber das wollte ich doch immer schon!", gab ich zurück.

Birdie nickte. „Ich auch", flüsterte sie. „Ich war immer schon ein bisschen verliebt in dich. Vom ersten Tag weg, als ich noch gar nicht gewusst hatte, was es bedeutet ... zu lieben." Ihre Augen füllten sich mit wenigen Tränen. „Geliebt zu werden", ergänzte sie mit fast tonloser Stimme.

„Bird", flüsterte ich und verschränkte erneut unsere Finger, zog sie an mich und umarmte sie. Und Birdie umarmte zurück, mit aller Kraft, die sie hatte. Sie setzte sich auf meine Oberschenkel und verschränkte Arme und Beine rund um mich herum, legte ihren Kopf in meinen Nacken.

„Ich wollte mich gestern am Abend nur ordentlich verabschieden", murmelte sie in meinen Hals, „nun mache ich das eben jetzt." Sie knabberte leicht an meinem Ohrläppchen und schnaufte einmal in meinen Haaransatz. „Wir hatten immer schlechtes Timing", setzte sie fort. „Ständig begleiten uns die großen und kleinen Katastrophen des Lebens, meine Großmutter, deine Mutter, jetzt Egon und Olly." Birdie lehnte sich zurück, küsste mich leicht und kurz auf den Mund. Viel zu kurz, wie ich fand. „Mit dir war es immer wie im Traum. Da kam die Realität nicht dran heran", sagte Birdie und lächelte nun richtig traurig. „Aber ich muss mich jetzt wirklich darum kümmern, dass ich den Boden unter den Füßen wieder spüre. Dass ich selbst dafür sorge, dass ich

Boden unter den Füßen habe. Ich kann mich nicht immer nur in den Traum mit dir flüchten und hoffen, dass du das ähnlich siehst.“ Sie beugte sich ein weiteres Mal nach vorn, küsste mich hauchzart. „Ich mag dich. Ich … ich bin verliebt in dich. Und ich will … ich *kann* deiner Freiheit nicht im Weg stehen“, sagte sie schließlich und in diesem Moment begann mein Herz zu klopfen.

Irgendetwas lief hier schief. Ich verstand ihre Worte, ich verstand, dass wir diesmal den quasi erwachsenen Ausweg wählten. Dass Birdie mir diesmal nicht mit dem ehrgeizigen Toni vor der Nase herumwedelte, dass sie es nicht bei dem wortlosen Abschied vorm Vortag beließ, sondern mir direkt ins Gesicht sagte, dass es vorbei war.

Und ich verstand, dass es ihr nicht leichtfiel.

„Birdie“, sagte ich leise, verstärkte meinen Griff um ihre Hüften, noch nicht bereit, sie loszulassen, aber Birdie wackelte bereits mit ihrem gesamten Körper, zog sich aus der Umarmung, aus diesem eigentlich so hoffnungsvoll begonnenen Vormittag, zog sich aus meinem Leben zurück.

Ich war wie vor den Kopf gestoßen. Sprachlos. Regungslos. Sah Birdie zu, wie sie meinen Kapuzenpullover auszog und sich ihre über Nacht getrockneten Kleidungsstücke wieder anzog. Sah ihr zu, wie sie nach ihrer Tasche fischte und in ihre Schuhe schlüpfte.

„Ich will das nicht“, sagte ich leise, als Birdie gerade die Tür öffnete. Sie drehte sich halb zu mir um, sah mich jedoch nicht mehr an.

„Was willst du denn, Lonny?“

Als ich nicht antwortete, ging sie. Zog die Tür leise ins Schloss.

Vierundzwanzig

BIRDIE

„Ich finde das eine hervorragende Idee!“, rief Ivo bereits zum dritten Mal aus und zog zum dritten Mal die Aufmerksamkeit aller Gäste im *Endlich satt* auf sich. Wir saßen in einem eigentlich ruhigen Eck des Bistros und hatten zahlreiche Papierzettel vor uns ausgebreitet. Herr Andi schwirrte immer wieder mal an uns vorbei, versorgte uns mit Limonaden und Kaffee und dem einen oder anderen Stück Kuchen.

Wir sahen aus, als würden wir ein strategisches Manöver planen, dabei war unser Gespräch eigentlich sehr angenehm verlaufen.

Und Ivo fand das alles sowieso eine hervorragende Idee.

. . .

Nach meinem Abschied von Lonny hätte ich mich am liebsten für ein paar Tage in ein Erdloch zurückgezogen, um meine Wunden zu lecken und all meine bisherigen Lebensentscheidungen zu hinterfragen, aber ich wurde im *Endlich satt* erwartet, wo ich bis jetzt immer pünktlich erschienen war. Und das war einer meiner wichtigsten Vorsätze für mein „neues" Leben und das Projekt „Boden unter den Füßen": Arbeitszeiten einhalten und ernst nehmen.

Ein Blick von Herrn Andi kurz nach Dienstbeginn hatte jedoch genügt und ich war in Tränen ausgebrochen, woraufhin ich an diesem Tag zum Küchendienst eingeteilt worden war. Ich half Fred beim Gemüse putzen und schneiden und Lavendel zeigte mir, wie man vor dem Backen kleine Sonnen in den Brotteig ritzte. Herr Andi sah alle Viertelstunden nach mir und ich ignorierte die Blicke, die sich Ivo und Fred den ganzen Tag lang zuwarfen.

Herr Andi erlaubte mir, dass ich auf seiner Couch schlafen durfte, bis meine vom Heulen verquollenen Augen wieder ausreichend Sicht freigaben, um verkehrstüchtig zu sein. Lavendel machte in der Wohnung anfangs einen großen Bogen um mich, aber als ich am zweiten Abend erneut mein Lager auf der Couch aufschlug, setzte er sich zu mir und bot mir selbstgemachte Pancakes an.

„Du weißt, dass ich niemals hier ausziehe, wenn ihr mich auch noch füttert", hatte ich Lavendel mit vollem Mund und geschlossenen Augen (weil's so gut war!) angedroht, aber er hatte nur lächelnd den Kopf geschüttelt.

„Andi mag es, wenn du da bist", hatte er leise gesagt und ich war mir sicher, seine Wangen wurden leicht rot dabei.

„Er mag es auch, wenn du da bist", gab ich zurück,

woraufhin Lavendel tatsächlich und unmissverständlich rot geworden war und ich das Thema wechselte.

Somit hatte ich das ganze Wochenende auf der Couch verbracht und sowohl die beharrlich optimistische Augustsonne als auch Herrn Andis erst motivierende, dann drohende Aufforderungen, mal einen Spaziergang zu machen, ignoriert.

Ich hielt regelmäßigen SMS-Kontakt zu Anna, die von mir täglich einforderte zu berichten, ob und was ich aß (obwohl ich ein wenig den Verdacht hatte, dass sich nebenher ein *Endlich satt*-plus-Anna-Gruppenchat gebildet hatte, in dem mein Zustand live getickert wurde).

Am Montagmorgen war ich jedenfalls erwacht und hatte mich endlich nicht mehr gefühlt, als hätte mich ein Bus überfahren. Meine Augen öffneten sich so weit, dass ich wieder in den Verkaufsraum des *Endlich satt* gelassen worden war und bis zum Nachmittag hatte ich einige Ideen und Entschlüsse gefasst, wie mein Projekt „Boden unter den Füßen" tatsächlich umsetzbar werden konnte.

Als erstes musste ich dafür mit Ivo sprechen, der sich – wohl aus Dankbarkeit, dass ich mich endlich wieder zivilisationstauglich verhielt – mit glühenden Augen zu mir an den Tisch setzte.

Mit einem tiefen Atemzug fragte ich ein weiteres Mal nach Rosas alter Wohnung und, nachdem ich erfahren hatte, dass sie immer noch nicht weitervermietet war, erkundigte ich mich nach den nötigen Formalitäten, um den Mietvertrag zu übernehmen.

Ivo informierte mich über all die Möbel, die Rosa in der Wohnung zurückgelassen hatte, und ich war erleichtert zu erfahren, dass ich das Nötigste vorfinden würde, sodass ich mein Budget ein wenig schonen konnte.

Als zweiten wichtigen Punkt arbeitete ich mit Ivo eine Möglichkeit aus, wie ich im *Endlich satt* angestellt bleiben und gleichzeitig die ganze Sache mit dem Kuchen backen erlernen konnte.

„Ich finde das eine hervorragende Idee!", proklamierte Ivo daraufhin mehrmals und spann gleich zahlreiche Ideen, wie er sämtliche zusätzliche Back- und Kuchenwaren außerhalb des Bistros vertreiben konnte. Er zählte Hotels und Geschäfte in der Nähe auf, die er nun endlich als Kunden beliefern konnte, wenn er genügend Personal hatte.

„Wir brauchen dich aber weiterhin im Verkaufsraum", beschwor er mich jedoch auch eindringlich, „du bist nett und aufmerksam zu unseren Kunden und die Kunden mögen dich auch. Ab Oktober ist Herr Andi wieder vermehrt an der Uni, da brauchen wir jemanden, der ihn souverän ersetzen kann."

Wir unterhielten uns noch eine Zeitlang weiter, Fred gesellte sich etwas später dazu und zeigte sich ebenso erfreut über unsere frisch geschmiedeten Pläne.

Er ging sogar so weit, dass er irgendwann meine Schulter drückte und dabei etwas sagte, wie: „Es ist gut, dass du bleibst." Für einen Moment hatte ich den Eindruck, er wollte noch etwas ergänzen, hielt sich jedoch im letzten Augenblick zurück und so biss auch ich mir auf die Zunge und fragte nicht nach Lonny.

Irgendwann würde der Schmerz wohl nachlassen.

. . .

Aber im Moment vermisste ich ihn in fast jeder Sekunde des Tages und vor allem nachmittags, wenn mein Dienst zu Ende ging und niemand wie zufällig auf mich wartete, um mit mir eine halbe Stunde lang das Naschmarkt-Grätzl entlangzuspazieren.

Dafür kam aber Anna fast täglich irgendwann im *Endlich satt* vorbei. Sie beharrte darauf, dass sie an der Fotoauswahl im Bistro arbeitete, aber kein Mensch musste so lang Fotos auswählen, wie sie es tat. Außerdem hatte sie immer ausreichend Zeit, um mit mir über das Wetter, die in Wien erhältlichen veganen Eissorten sowie die quer durch Europa beginnende Fußballsaison zu sprechen. Wir planten einen Ausflug auf die Hohe Warte, um uns ein Match der österreichischen Frauenliga anzusehen, was mich fast ein wenig nervös machte. Aber ich war bereit für Neues – und Fußball mal nicht mehr nur im Fernsehen oder via Instagram zu verfolgen, war definitiv neu für mich.

Anna war es auch, die mich auf die Idee brachte, meinen Kleiderkasten zu durchforsten und Teile meiner Kleidung zu spenden oder zu verkaufen. Wenige Tage, nachdem ich mit Ivo und Fred die weiteren Schritte meiner Arbeit im Bistro fixiert hatte und mir Rosas Wohnung (in Fußgehweite zum Lokal!) nochmals angesehen hatte, kehrte ich in das Haus meiner Eltern zurück, um weitere Kleidungsstücke zusammenzupacken. In meinem überstürzten Aufbruch hatte ich zwar erstaunlich zielsicher gepackt, aber ich war ja doch etwas mehr Abwechslung in meiner Garderobe gewöhnt.

Ich suchte nach Jeans und komfortabler Kleidung und widerstand dem Jucken in meinen Fingern, mir neue *Endlich satt*-Garderobe zu kaufen, mithilfe eines Blicks in meine Banking-App und einer Nachricht an Anna.

„Das ist ein Vermögen!“, rief sie aus, als sie die nach Farben und Saisonen sortierten Kleidungsstücke das erste Mal sah.

„Das ist mein Lebenswerk!“, sagte ich spöttisch und drehte mich im begehbaren Kleiderkasten einmal um die eigene Achse.

„Das ist deine Lebens*versicherung*“, gab Anna mit verschwörerischem Augenzwinkern zurück. Dann erzählte sie mir von zig Möglichkeiten und Apps, wie ich zumindest Teile der Garderobe in Bargeld verwandeln konnte.

Und so nach und nach fühlte sich der Boden unter meinen Füßen tatsächlich *echt* an.

Eine Woche später, nachdem ich in Rosas alte Wohnung gezogen war, stand plötzlich meine Mutter im *Endlich satt* und rümpfte die Nase, noch bevor die Tür hinter ihr ins Schloss gefallen war. Unser Tagesablauf im Bistro hatte sich mittlerweile leicht verändert. Die Morgenschicht und die zwei Stunden über die Mittagszeit waren nun wesentlich stressiger als während der gerade vergangenen Sommermonate, denn die gesamte Stadt schien mit Schulbeginn gleichzeitig zurückgekehrt und hungrig geworden zu sein. Und wie hungrig sie waren!

An vielen Tagen fragte ich mich, wie es Fred und Ivo und Herr Andi geschafft hatten, die täglich hereinströmende Meute zu versorgen, bevor Lavendel und ich bei ihnen angeheuert hatten. Fad wurde es uns allen nämlich niemals.

Unsere Viertelstunde Kaffeepause am Vormittag ging sich für Herrn Andi, Lavendel und mich aber weiterhin aus und wir zelebrierten sie genauso wie während der wesentlich ruhigeren Sommermonate.

Natürlich kam meine Mutter genau während einer dieser Kaffeepausen ins Lokal, nicht ahnend, dass wir davor schon gefühlt Tausende Menschen mit Kaffee, Brot, Snacks und Schulpausenjausen versorgt hatten.

„Läuft ja gar nicht so gut", sagte meine Mutter und rümpfte erneut ihre Nase. Aus den Augenwinkeln sah ich, wie Lavendel Herrn Andi am Arm festhielt, damit er nicht in ihre Richtung stürmte, aber dazu hätte ich ihm auch keine Chance gelassen.

„Trinkst du einen Kaffee?", fragte ich meine Mutter, fest entschlossen, das Naserümpfen für den Anfang zu ignorieren.

Sie schüttelte mitleidig den Kopf. „Wir haben gesehen, dass du ausgezogen bist", informierte sie mich schließlich. Hinter mir bewegte sich etwas und ich sah, wie Lavendel Herrn Andi in die Küche zog. Ich blieb sicherheitshalber hinter der Theke stehen, die Barriere zwischen meiner Mutter und mir kam mir durchaus gelegen.

„Du hast dich nicht verabschiedet", setzte meine Mutter vorwurfsvoll fort.

„Ihr wart nicht zu Hause", antwortete ich lapidar.

„Du bist wirklich pubertär", sagte meine Mutter mit dieser missbilligenden Stimme, die mir die Nackenhaare aufstehen ließ, „du musst ja nicht gleich ausziehen, nur weil dein Vater Miete verlangt."

„Ich zahle jetzt sogar mehr Miete", antwortete ich (und ja, ich klang mächtig stolz deswegen).

Wieder rümpfte meine Mutter ihre Nase und mir ging das langsam auf die Nerven.

Ich hörte, wie sich die Schwingtür zur Küche hinter mir erneut bewegte, drehte mich aber nicht um, hielt den Blick meiner Mutter. Sie war gekommen, um mir etwas zu sagen und noch war sie nicht an diesem Punkt angelangt.

„Dein Vater ist bereit, dich wieder finanziell zu unterstützen", begann sie schließlich, „er würde diesen Selbstfindungstrip hier finanzieren, Miete und was du sonst noch so brauchst, wenn du dafür einmal im Monat zum Essen kommst."

Hinter mir hörte ich Fred nach Luft schnappen. „Das ist wie bei den Gilmore Girls!", flüsterte er und klang dabei aufgeregt und skandalisiert gleichzeitig. Ivo und Lavendel machten gleichzeitig „Psst!", um ihn abzubremsen, aber in mir blubberte bereits ein fast hysterisches Lachen auf. Ich drehte mich um, damit mich meine Mutter nicht grinsen sah, wurde dabei aber fast überwältigt vom Anblick, der sich hinter mir bot. Fred, Ivo, Lavendel und Herr Andi standen zu viert rund um mich herum, jeder mit verschränkten Armen, und wäre ich nicht von plötzlicher Rührung überwältigt worden, hätte ich wohl über diesen Anblick tatsächlich laut lachen müssen.

„Sie kriegt bei uns ausreichend Essen", preschte nun Herr Andi vor und sah meine Mutter grantig an. Wieder hörte ich Ivo und Lavendel, wie sie ein hektisches „Psst!" von sich gaben, aber Herr Andi war bereit zu argumentieren, flüsterte mit den anderen etwas von „Gehaltserhöhung" und „sie darf keinesfalls wieder deren Geld nehmen".

Ich schüttelte meinen Kopf, drehte mich nochmals zu meinen wie ein Männerchor aufgestellten Freunden hinter mir um. „Es ist okay", sagte ich beschwichtigend, dann sah ich zu meiner Mutter.

„Ich komme gerne zum Essen“, sagte ich zu meiner Mutter mit einem Lächeln, „und sogar ohne, dass ihr mich dafür bezahlen müsst.“

„Du bist undankbar“, zischte meine Mutter unerklärlicherweise, woraufhin Lavendel Herrn Andi mit beiden Armen festhalten musste und Ivo und Fred plötzlich so nah neben mir standen, dass sie mich an beiden Schultern berührten.

„Kaufen Sie noch etwas?“, fragte Ivo mit bemühter Unschuldsmiene.

„Wenn nicht, müssen wir Sie bitten, unsere beste Mitarbeiterin nicht weiter abzulenken“, setzte Fred, ohne mit der Wimper zu zucken, fort. „Wie Sie sehen können, haben wir gerade endlich eine kurze Verschnaufpause, bevor der Mittagstrubel losgeht.“

Meine Mutter rümpfte ein weiteres Mal ihre Nase, sah mich von oben bis unten an und ließ ihren Blick schließlich auf meinen Händen ruhen. Ich hätte Geld dafür gezahlt, um zu erfahren, was sie sich in diesem Moment dachte.

Aber dann ging sie einfach. Ohne sich zu verabschieden. Ohne etwas zu kaufen.

Ich wünschte, ich hätte die Episode mit mehr Humor nehmen können. Oder zumindest mit so viel Wut wie Herr Andi, der den ganzen Nachmittag erbost durchs Bistro stürmte, als wäre es seine Mutter gewesen, die ihn vor allen lächerlich gemacht hatte.

Interessanterweise war nämlich genau das eines meiner stärksten Gefühle in Bezug auf diesen kuriosen Besuch: Ich schämte mich. Und ich war auch auf eine gewisse Art traurig.

Denn in den wenigen Wochen, seit ich hier arbeitete, seit ich schließlich aus meinem Elternhaus ausgezogen war, hatte ich mich besser gefühlt als in allen Jahrzehnten davor. Dass sich dadurch diese Kluft zu meinen Eltern eigentlich nur verstärkt hatte, war mir ein Rätsel. Dass sie mich einerseits dazu gezwungen hatten, Geld zu verdienen, es nun aber nicht respektierten, *wie* ich es verdiente, enttäuschte mich maßlos.

Aber wie immer zeigte sich die *Endlich satt*-Crew verlässlich darin, jene Person, die es grad am nötigsten hatte, mit Komfort zu überschütten und so wurde an diesem Abend das Lokal etwas früher geschlossen als sonst und kurz vor Ladenschluss tauchten Anna sowie Eliza und Rosa mit den Kindern auf. Fred kochte Herrn Andis Lieblingsessen und Ivo buk mit mir Schokoladenkuchen, in dessen Teig wir Apfel- und Birnenstücke eingerührt hatten.

Wir schoben mehrere Tische zusammen und gemeinsam aßen und tranken wir, lachten und sprachen über alles, was uns fern von der schaurigen Begegnung mit meiner Mutter hielt und mich auf andere Gedanken brachte.

Irgendwann, als vom Birnenschokokuchen nur mehr Brösel übrig waren, war es draußen dunkel geworden. Wir unterhielten uns leise über Gott und die Welt und Fernsehserien aus den 90ern. Viola war quer über Ivos Brustkorb eingeschlafen und Holly döste in Lavendels Armen. Eliza hatte ihren Kopf auf Freds Schulter gelegt und sah ebenso schläfrig aus wie die Kinder, hielt ihren müden Blick jedoch stets auf Holly fixiert. Wie auch Herr Andi den Blick in diese Richtung hielt, obwohl ich den Verdacht hatte, dass er eher vom Anblick Lavendels mit einem Kind in Händen fasziniert war.

Aber das war eine andere Geschichte.

Irgendwann räusperte sich Anna auffällig und unterbrach das schläfrige, friedliche Miteinander rund um den Tisch. Dann deutete sie zur Eingangstür. „Wir haben noch einen Gast", sagte sie leise, aber bedeutungsschwer und während sich jeder umdrehte und die Augen zusammenkniff, um nach der Figur vor der Tür Ausschau zu halten, erkannte ich sofort den Kapuzenpulli, den ich am letzten Morgen mit Lonny getragen hatte. Sowie das freundliche Gesicht, das zwar überraschenderweise von einem Bart bedeckt war, jetzt jedoch eher skeptisch und verunsichert zur Tür hereinsah.

Und Herr Andi und ich schluchzten gleichzeitig auf.

Fünfundzwanzig

LONNY

Es war immer etwas eigenartig, wenn man als Letzter zu einer Party stieß. Selbst wenn man alle Leute gut kannte, manche sogar von Kindesbeinen an, fühlte man sich dennoch die ersten Momente lang wie ein Fremder. Als würde man das für diesen Abend fertig ausverhandelte Gefüge für einen Augenblick aus dem Konzept bringen.

Ich fühlte mich grundsätzlich sehr selten schüchtern, aber in solchen Momenten war ich es. Ich war vor allem verunsichert, weil ich tatsächlich den halben Abend und den gesamten Nachmittag, seit ich von Freds Einladung (und dem Grund dafür) erfahren hatte, darüber nachgedacht hatte, ob ich dazustoßen sollte.

Nicht, dass das Nachdenken ein grundsätzlich neues

Phänomen für mich war. Seit der ersten Minute, nachdem meine Wohnungstür vor einigen Wochen hinter Birdie ins Schloss gefallen war, hatte mein Hirn nichts anderes gemacht als gedacht. Es hat sich erinnert. Es hat mir Vorwürfe gemacht. Es hat vermisst. Es hat versucht, das Positive an der Sache zu sehen. Und es hat mich getröstet, wenn das Positive an der Sache gerade nicht sichtbar war.

Nachdem sich Birdie verabschiedet hatte, war ich tagelang wie in Trance. Ich ging zur Arbeit. Ich ging schlafen. Dazwischen schaute ich bei Olly und Egon vorbei und beriet mit ihnen, was Egon für seine schnelle Genesung unternehmen konnte. Ich wich ihren besorgten Blicken und noch besorgteren Fragen aus. Gelegentlich aß ich etwas. Ich hob mittlerweile wieder ab, wenn Fred bei mir anrief, und hörte ihm zu, wenn er lustige Geschichten von Eliza und Holly erzählte, und ich schwieg, wenn er mich fragte, wie es mir ging.

Was hätte ich denn antworten sollen? Mir ging es … *leer*. Ich konnte das Gefühl nicht anders benennen als „leer“.

So fühlte ich mich einfach.

Und so würde es wohl für immer bleiben.

Immer und immer wieder liefen in meinem Kopf die beiden Gespräche mit Birdie ab, jenes in Ollys Café und jenes am Morgen danach. Wie Filme in Dauerschleife.

Je nach Tagesverfassung oder Wetterbericht machte ich mir oder Birdie Vorwürfe.

Und in jedem Fall ging es mir schlecht.

Heute Nachmittag hatte mich Fred angerufen und das erste Mal seit Wochen Birdie erwähnt, mir von dem eigenartigen

Aufeinandertreffen zwischen ihr und ihrer Mutter erzählt. „Egal, wie ihr zueinander steht“, hatte er mich schließlich beschworen, „Birdie braucht heute jeden Freund, den sie hat.“

Und nach einigem Hin und Her in meinem Kopf war eines plötzlich völlig klar: Ein Freund war ich für Birdie jederzeit. Immer schon gewesen, seit Anbeginn an. Seit dem Kindergarten und den Jahren in der Volksschule, als Birdie vier Jahre lang drei Reihen hinter mir gesessen war. Aber auch an jedem Tag des gemeinsamen Heimwegs. Und bei jedem einzelnen Kuss – damals wie heute.

Aber – und das wurde mir nach Freds Anruf immer klarer – Birdie wusste eigentlich gar nichts von meiner bedingungslosen Freundschaft. Ich hatte es ihr nie gesagt und leider nie so gezeigt, dass sie sich meiner Freundschaft sicher sein hätte können. Das Einzige, das ich jedes Mal gemacht hatte, war, mich als Beifahrer in den Birdie-Zug zu setzen, wann immer mich ihre Aufmerksamkeit streifte.

Aber all die Loyalität und Zuneigung und Freundschaft und … und Liebe (ja, das auch) hatte ich stets für mich behalten, weit vor ihr verborgen. Und an den meisten Tagen selbst vor mir versteckt.

Ich war mir sicher gewesen, dass ich nur so meine eigene Freiheit behalten konnte. Und ich war mir ebenso sicher gewesen, dass es so weniger weh tun würde, wenn sie weiterzog.

Aber das war doch das große Problem, nicht wahr?

Ich hatte Birdie gar nie einen Grund gegeben zu bleiben, mit meiner automatisierten Nonchalance und Gleichgültigkeit stets verheimlicht, wie es um mich stand. Wie ich zu ihr stand. Dass ich durchaus mehr zu bieten hatte als selbstgebrannten Schnaps und In-den-Tag-hinein-Lächeln.

Dass ich ihr zumindest ein Freund war (und wenn es nur das war!).

Da hatte ich nun aber meine Freiheit.

Und um ehrlich zu sein, so richtig angenehm fühlte sich diese zurzeit auch nicht an.

Je länger ich darüber nachdachte, was mir Fred über das Zusammentreffen mit Birdies Mutter erzählt hatte, desto mehr Wut sammelte sich in meinem Bauch. Wut auf Birdies Mutter, aber genauso Wut auf mich. Weil ich nicht da gewesen war, um Birdie den Rücken zu stärken. Und sei es nur damit gewesen, dass ich sie nachmittags nach der Arbeit getroffen und ihr zugehört hätte. Aber sogar das hatte ich uns genommen.

Mit meiner Sprachlosigkeit. Und meiner blöden, blöden Pause, die ich ausgerufen hatte. Womit ich nicht nur Olly und Egon verletzt hatte, sondern ebenso Birdie.

Und schließlich sogar mich selbst.

Als meine Gedanken an diesem Nachmittag schlussendlich an diesem Punkt angelangt waren, fielen sie endlich wie Puzzleteile an die für sie vorgesehene Stelle, durchbrachen die Film-Dauerschleife der Selbstvorwürfe – und mein Bauch gluckerte freundlich, weil ich mich endlich auf den richtigen Weg begab.

Fred öffnete die Tür zum *Endlich satt* und begrüßte mich mit einer halben Umarmung und einem fast paternalistischen Schulterklopfen. Herr Andi sah aus, als hätte er Tränen in den Augen. Ivo winkte mir so heftig zu, dass Viola fast davon erwacht wäre. Eliza und Rosa strahlten mich an. Lavendel war damit beschäftigt, sich zu entscheiden, ob und wenn ja, wie er seine Hände zum Trost rund um Herrn Andi drapieren sollte, während er weiterhin Holly in den Armen hielt, und widmete mir keine Aufmerksamkeit.

Und dann war da Birdie. Sie sah etwas müder aus als sonst, aber immer noch strahlend schön.

Authentisch, das war vermutlich das Wort, das ich seit Beginn des Sommers suchte, um ihre Wandlung zu beschreiben. Vom hochnäsigen Schutzschild hin zu ihrem authentischen Selbst. Das könnte der Titel für einen hochpreisigen Workshop sein und ich musste über meine wirren Gedanken grinsen.

Birdies anfangs hauptsächlich überraschter Gesichtsausdruck wurde von ihrem langsamen, selbstbewussten Lächeln abgelöst, diesem offenen Lächeln, das für mich immer ein wenig die Zeit anhalten konnte.

So auch jetzt.

Sie freute sich, mich zu sehen.

Und ich merkte, wie ich deshalb ein Stück weit leichter atmete.

Wir sahen uns in die Augen, ließen die Welt um uns herum für einen Moment verschwinden.

Bis wir von lautem Geschirrklappern wieder zurück in die Realität geholt wurden.

Während unserer kurzen Auszeit schienen sich alle am Tisch gleichzeitig in Bewegung gesetzt zu haben. Wer kein Kind trug, packte so viele Teller wie nur möglich zusammen und half mit, den Tisch wieder zu leeren.

„Isst du etwas?“, fragte mich Fred. „Ich richte dir einen Teller.“

So nach und nach verschwand einer nach dem anderen durch die Schwingtür zur Küche, bis ich mit Birdie allein war, die ähnlich ratlos wie ich mitten im Raum stehen geblieben war.

„Hi“, sagte ich, wieder einmal die Eloquenz in Person.

„Hi“, sagte Birdie und lächelte wieder.

„Fred hat erzählt …“, begann ich zu erklären, aber Birdie winkte ab.

„Alles halb so wild“, meinte sie, aber ich schüttelte den Kopf.

„Doch“, beharrte Birdie. „Wer Herrn Andi in jeder Lebenslage – wortwörtlich! – hinter sich hat, ist grundsätzlich gut versorgt.“ Sie runzelte kurz die Stirn. „Obwohl ihn das heute mehr getroffen hat als alles andere bisher.“

„Vielleicht ist seine Familie auch …“, wieder ließ ich den Satz offen, weil mir keine freundliche Umschreibung für Birdies Eltern eingefallen war und sie sah mich nachdenklich an.

„Vielleicht“, murmelte sie.

Ich hielt die mitgebrachte Flasche hoch. „Ich habe Vogelbeerschnaps“, erklärte ich. „Der ist zwar aus dem Vorjahr, weil es heuer noch nicht kalt genug war, um die Vogelbeeren zu ernten. Und schließlich müsste man sie noch nachreifen lassen … und so weiter …“ Für einen Moment vergaß ich, was ich eigentlich sagen wollte. „Nun ja, das war das Einzige, was mir zu deinem Namen eingefallen ist. Als Mitbringsel. Birdie … und Vogelbeere.“ Offenbar hatte ich auch vergessen, wie man vollständige Sätze formuliert. „Ich habe noch nicht davon getrunken“, erklärte ich, „ich weiß auch nicht, warum ich keine Sätze …"

Birdie schüttelte lächelnd den Kopf.

„Schön, dass du da bist", sagte sie leise.

„Ich hätte früher da sein sollen", antwortete ich.

„Küsst er sie schon?", hörte ich Elizas Stimme durch die Küchentür und mindestens vier unterschiedliche Zischlaute, die sie zur Ruhe mahnten.

„Na, was denn?", beharrte sie. „Was kann denn jetzt noch dauern? Wir wissen doch alle seit Juli, dass die zwei ein Happy End haben werden, nicht wahr?"

„Und bei dir und Fred hat man es ebenfalls beim ersten Dinner gesehen und trotzdem haben wir jeden Streit von euch geduldig abgewartet, bis ihr es euch endlich eingestanden habt", zischte Ivo.

„Na, dass du Verständnis hast fürs lange Anschmachten aus der Ferne, ist natürlich klar", schoss Eliza zurück, woraufhin jeder in der Runde lauthals zu lachen begann und auch Birdie und ich schnaubten durch die Nase.

Aber irgendwann wurde Birdie wieder ernst, legte ihren Kopf schief und sah mich direkt an. „Und warum bist du jetzt da, Lonny?", nahm sie das Gespräch vor Elizas Unterbrechung wieder auf.

Ich schluckte. „Ich habe da etwas erkannt", sagte ich schließlich und schluckte mehrmals. „Es ist nämlich so …" Ich schluckte noch einmal. „Ich mag dich. Ich … ich bin verliebt in dich." Ich schluckte nochmals. „Und die großen und kleinen Katastrophen, wie du es nennst, die meistert man vielleicht doch am besten gemeinsam." Ich lächelte verlegen. „Mit Freunden …", ich deutete in Richtung

Küchentür, hinter der es eigentlich nicht mehr leise geworden war, „... und manchmal auch zu zweit."

„Ja?", fragte Birdie.

„Ja", sagte ich bestimmt. „Und manche Entscheidungen, große wie kleine, trifft man ebenso besser zu zweit. Oder mit Freunden."

„Ich hätte gerne einen Hund", hörte man plötzlich Herrn Andi durch die Tür.

„Wir legen uns sicher keinen Hund zu", antwortete Lavendel und klang fast empört.

„*Ich* hätte gerne einen Hund", war Anna zu hören.

„Siehst du", sagte Herr Andi, „ich könnte mit Frau Anna gemeinsam einen Hund anschaffen, quasi als Co-Parents."

„Es darf kein Hund in die Küche!", rief Fred aus.

„Es gibt Co-Parenting für Hunde?", fragte Rosa dazwischen.

„Ein Hund kam i-hin die Küche ...", sang Ivo los.

„Ich will nicht einmal am Wochenende einen Hund haben!", beharrte Lavendel.

„Mein Hund wird sicher kein Scheidungshund", warf Anna ein.

„Natürlich wäre der Hund öfters als nur am Wochenende bei uns", setzte Herr Andi unbeirrt fort. „Wenn Frau Anna auf Fotoreisen ist, zum Beispiel."

„Es kommt mir kein Hund in die Küche!", wiederholte Fred so laut, dass Holly und Viola gleichzeitig zu greinen begannen.

Und Birdie lächelte mich an.

„Das ist jetzt dein Leben", sagte ich und deutete in Richtung des Wirbels in der Küche, ging ein paar Schritte auf sie zu.

Birdie nickte und setzte sich ebenso in Bewegung. „Das halte ich aus“, sagte sie leise, weil sie mittlerweile schon direkt vor mir stand.

„Du bleibst also hier?“, fragte ich flüsternd, Nasenspitze an Nasenspitze.

Birdie nickte.

„Und all die Abenteuer, die uns blühen, gehen wir jetzt gemeinsam an?“, fragte ich weiter.

Wieder nickte Birdie und ich spürte ihren Atem an meiner Wange.

„Und du?“, fragte sie schließlich. „Bleibst du auch hier?“

Ich legte meine Arme um ihre Schulter und zog sie sachte noch näher an mich heran, nickte in ihren Haaransatz.

„Und was machen wir, wenn sich wieder mal alle Gefühle als zu viel anfühlen?“, fragte mich Birdie schließlich leise, legte ihre Hände auf meinen unteren Rücken und ich merkte, wie ich endlich, endlich wieder tief einatmen konnte.

„Tief durchatmen“, schlug ich vor.

„Das kriegen wir hin“, sagte Birdie und legte ihre Lippen auf meine.

Wir küssten uns, bis hinter uns die Küchentür aufging und alle mithalfen, entweder weiter den Tisch abzuräumen oder ein Kind zu beruhigen.

Währenddessen blieben Birdie und ich in der Mitte des Raums stehen, umarmten uns und erzählten uns leise, welch kleine und große Katastrophen sich sonst noch in den vergangenen Tagen und Wochen abgespielt hatten.

Und alle Gefühle in mir waren weder zu viel noch zu wenig, sondern genau groß genug.

Epilog

LONNY

Zwei Jahre später

Ich öffnete die Tür zu *Ollys Café*, gerade als Herr Müller ums Eck bog. Wie jeden Morgen gaben wir uns die Hand. An manchen Tagen klopfte er mir sogar auf die Schulter, als wollte er noch etwas mehr sagen als „Guten Morgen". Aber wir beließen es meist bei unserem schlichten Gruß.

Ich klemmte die Tür fest, sodass ein wenig frische Septembermorgenluft ins Café wehte und nahm selbst zwei, drei tiefe Atemzüge. Der Sommer verabschiedete sich langsam aus der Stadt und das Alltagsleben nahm wieder an Fahrt auf.

Vor dem Café eilten eine Mutter und ein kleines Kind mit riesiger Schultasche vorbei, das Kind erzählte gerade wild gestikulierend von seinem ersten Schultag und lief dabei fast in den üppigen Oleander, der vor dem Eingang zum benachbarten Geschäft stand.

Wie gesagt, der Alltag kehrte wieder ein.

Seit einiger Zeit startete Herr Müller nun immer mit einem Kaffee und einem von Ivos Croissants in den Tag und oft setzte ich mich kurz zu ihm, nachdem ich ihm sein Frühstück serviert hatte. Wie immer unterhielten wir uns kurz über das Wetter und er erkundigte sich nach Olly und Egon.

„Sie sind gerade in Cinque Terre“, erzählte ich aufgeregt und suchte auf meinem Telefon nach aktuellen Fotos von den beiden. Olly und Egon hatten sich relativ bald nach Egons Bandscheibenvorfall davon erholt, dass ihnen nun ein Leben ohne Café bevorstand und nutzten die Menge an neugewonnener Freizeit ausgiebig mit Reisen durch die ganze Welt. Zurzeit testeten sie gerade diverse Nachtzugverbindungen in Europa und wenn ich mich richtig erinnerte, wollten sie fast den gesamten Herbst durch die Toskana touren.

Die Vormittage im Café verliefen meist ruhig. An manchen Tagen hatte ich das Gefühl, ich sperrte bloß auf, um Herrn Müller nicht allzu lang auf sein Frühstück warten zu lassen. Aber in Wahrheit mochte ich die langsamen Vormittage, die mich bis zur Mittagszeit in den passenden Groove kommen ließen.

So hatte ich genügend Zeit, das Mittagsmenü auf die Tafeln zu schreiben und einige Reservierungsanfragen für den Abend zu beantworten. Meist kam dann Stefanie recht bald nach 10:00 Uhr ins Café, um ihre Bowls für den Lunch zuzubereiten. Wenn ich Lust hatte, fotografierte ich einige ihrer Handgriffe, um diese auf Instagram zu posten und den Leuten, die dem Café folgten, den Mund wässrig zu machen.

Stefanie für das Lunch-Angebot ins Café zu holen, war eine meiner ersten Entscheidungen gewesen, nachdem ich vor zwei Jahren das Café von Olly tatsächlich und fix – so richtig mit Vertrag und allem – übernommen hatte.

Das Interessante war nämlich, wenn man sich mal drauf einließ – auf die großen und kleinen Katastrophen – kamen viele große und kleine Freuden dazu. Und auch so manche Entscheidung ließ sich dann viel leichter treffen. Zu zweit. Und mit dem nötigen Rückhalt einer unfassbar loyalen und unglaublich essfreudigen Clique hinter sich.

Und so hatte ich nach ein paar wenigen Schritten zur Modernisierung der Einrichtung im Herbst *Ollys Café* wiedereröffnet. Wir hatten es ja ohnehin immer schon so genannt, warum sollten wir das also ändern?

Nachdem Stefanies Pop-up-Engagement im Sommer vor zwei Jahren ausgelaufen war, wollte sie ihre Fans nicht allzu lang auf ein neues Geschäftslokal warten lassen. Also hatte ich ihr angeboten, vorübergehend vom Café aus ihre Bowls zu vertreiben. So konnte ich neue Gäste und ein neues

Angebot testen und sie konnte ihre gewohnte Kundschaft aus der Gegend weiterhin bedienen.

Aus „vorübergehend“ war im Vorjahr schließlich eine fixe Kooperation geworden und ich war begeistert, wie viele unterschiedliche Varianten an Bowls Stefanie einfielen – und wie gerne diese stets gegessen wurden.

Um kurz vor 11:00 Uhr kam Lavendel eilig ins Café, drei riesige Kartons voller Kuchen und Gebäck aus dem *Endlich satt* balancierend. „Entschuldige bitte die Verspätung“, keuchte er, „wir haben uns heute in der Kaffeepause verplaudert.“ Ich grinste und half ihm mit den Kartons. Lavendel zählte auf, was ich alles später darin finden würde und mir lief dabei das Wasser im Mund zusammen.

„Der Karottenkuchen ist von Birdie und mir“, zählte er auf, „Ivo hat schon damit begonnen, mit Kürbis zu experimentieren, darüber sind wir uns noch nicht ganz einig, was wir davon halten.“ Er dachte kurz nach. „Der Orangenkuchen ist von Birdie und die Nussecken sind von mir.“

Ivos Bäckerei florierte aus der Küche des *Endlich satt* heraus. Seit er Birdie in sein Team aufgenommen hatte, produzierten Ivo, Lavendel und Birdie Kuchen und Gebäck ohne Ende. Und sie versorgten damit einige Cafés und Lokale in der Umgebung. So auch meines.

Olly und ich hatten rund um die Übernahme des Cafés mehrere intensive Diskussionen geführt, ob es tatsächlich sinnvoll war, so viel Ware von rundherum zuzukaufen, schließlich sollte ich mit dem Café ja ausreichend verdienen. Aber wir einigten uns relativ bald darauf, dass meine Stärken nicht, wie bei Fred und Ivo etwa, in der Produktion von Essen lagen, sondern eher in der Bewirtung der Gäste.

Und Gäste hatte ich mehr als genug.

Die hungrigen Belegschaften aus den umliegenden Büros versorgten Stefanie und ich zu Mittag mit Bowls. Nachmittags fanden häufig Studierende zu uns, die entweder auf ihre Laptops einhämmerten oder es sich lesend in einer der stillen Ecken des Cafés gemütlich machten. Ich war anfangs völlig überrascht davon, die jungen Leute mit ihren dicken Büchern stundenlang im Café ausharren zu sehen. Manchmal kamen sie zu zweit oder zu dritt, sprachen kaum miteinander, sondern vertieften sich in ihre Lektüre, währenddessen sie immer tiefer in die Sitzmöbel sanken.

Ich hatte vor einem halben Jahr schließlich ein Bücherregal aufgestellt, um weiteren Lesestoff zur Verfügung zu stellen, und mittlerweile kamen immer mehr Personen, die hier ihren Kaffee tranken und währenddessen das Buchangebot durchstöberten. Es hatte sich eine kleine Tauschbörse entwickelt, was Birdie immer ungemein unterhielt, denn manche Gäste hinterließen ihre ausgelesenen Bücher mit kurzen Nachrichten und durchaus amüsanten Empfehlungen dazu, die sie auf ein Post-it auf den Titel klebten.

Auch Birdie gehörte zu meinen Stammgästen am Nachmittag. Nach ihrem Dienst bei Ivo und Fred radelte sie meistens zu mir ins Café, „zum Runterkommen", wie sie es nannte.

Manchmal gesellte sie sich lesend zu den Gästen, manchmal plauderten wir über unsere Erlebnisse des Tages, manchmal testeten wir eine neue Röstung von Jim, mit dem ich immer noch zusammenarbeitete – selbst ohne gemeinsame Reise nach Nicaragua. Die stand allerdings weiterhin auf meiner Wunschliste, nur dass mich – nach aktuellem Planungsstand – Birdie dorthin begleiten wird. Die Reisenische in meiner Wohnung hatte in den vergangenen Monaten Zuwachs bekommen, neben der Mittelamerika-Landkarte hingen nun Karten aus Neuseeland und Japan. Wann immer wir Zeit hatten, tüftelten Birdie und ich an Reiserouten herum oder ergänzten unsere Pläne um neu entdeckte Reiseziele. Es dauerte wahrscheinlich noch Jahre, bis wir tatsächlich verreisen würden, weil Birdie seit zwei Jahren eine unfassbar strikte Budgetplanung verfolgte – und ihr Reisebudget seither nur langsam anwuchs.

Aber das Planen allein machte uns derzeit schon so viel Spaß ... und half uns dabei, uns noch besser kennenzulernen.

An diesem Septembernachmittag kam die Sonne heraus und einige der Gäste nahmen auf den Holzbänken, die ich direkt vor der Auslage installiert hatte, Platz. Olly und ich hatten lang überlegt, wie ich die Schanigarten-Saison im Café angehen sollte und mit den schmalen Bänken vor dem Lokal einen ganz guten Kompromiss gefunden. Die Straße, in der das Café lag, bot eigentlich keinen Platz für einen größeren Gastgarten und ich war mir noch nicht ganz sicher, wie sich das mit dem Personal ausgehen würde, aber nun, da sich der Sommer ein weiteres Mal dem Ende zuneigte, blieb mir ein gutes halbes Jahr, um mir darüber weiter Gedanken zu machen.

Um kurz nach 15:00 Uhr fischte Herr Müller, wie jeden Tag, seinen kleinen Reisekamm aus der Tasche seines Sakkos und frisierte sich mit drei sicheren Streichbewegungen durchs Haar, gerade noch rechtzeitig, bevor die frisch pensionierte Ärztin ins Café kam und sich zu Herrn Müller an den Tisch setzte. Ich lächelte vor mich hin, als ich die zwei koffeinfreien Kaffees für die beiden zubereitete. Die wohl größte Veränderung an mir und meiner Arbeit hier im Café in den vergangenen Jahren war wohl, dass ich es mochte, Stammgäste zu haben. Und zu beobachten, wie sich ihre Geschichten entwickelten.

Im *Goldie's* hatte es fast immer nur diese flüchtige Kundschaft gegeben, Touristen, Polterrunden, Leute eben, die nur ab und zu ausgingen. Man hatte sich für einen Tag oder Abend getroffen und war dann, nach dieser kurzen gemeinsamen Episode, wieder auseinandergegangen.

Hier im Café entwickelten sich vor meinen Augen kurze Seifenopern, Fortsetzungsgeschichten, die mich Tag für Tag mehr unterhielten als das Fernsehprogramm.

So war es zum Beispiel so, dass vor etwa eineinhalb Jahren eine ältere Dame regelmäßig ins Café gekommen war. Nach mehreren Besuchen hatte sich herausgestellt, dass sie im Haus neben dem Café eine Arztpraxis unterhielt, die sie in absehbarer Zukunft an eine Nachfolgerin übergeben würde. An irgendeinem Märznachmittag war die Ärztin schließlich mit Herrn Müller ins Gespräch gekommen.

Und seither hatten sich Herrn Müllers Ernährungsgewohnheiten deutlich verändert. Statt ausschließlich Bier und Gulasch zu konsumieren, kostete er sich manchmal sogar durch unser veganes Angebot. Er trank zwar wesentlich mehr Kaffee als für ihn (und seine Gesichtsfarbe) gut zu sein schien, aber er hatte sich von der Ärztin mittlerweile zu koffeinfreiem Kaffee (zumindest nachmittags) überreden lassen.

Zusätzlich zur langsam erwachenden Freundschaft zwischen Herrn Müller und der pensionierten Ärztin hatte ich bei zwei Studierenden ihren Studienabschluss sowie ihren ersten Arbeitstag wenige Monate später miterlebt, ich verdächtigte die eine Rechtsanwältin, die sich fast jeden Tag zu Mittag eine Bowl holte, dass sie eigentlich mit Stefanie ins Gespräch kommen wollte, und ich kam regelmäßig mit den beiden Schwestern ins Reden, die oft abends im Sportgewand bei mir vorbeikamen und irgendeinen von Ivos Kuchen *to go* mitnahmen.

Wir hatten auch eine Autorin unter unseren Stammgästen, die demnächst ihren Debütroman veröffentlichen würde und im Stillen war ich überzeugt davon, dass meine Kaffees und Ivos Kuchen ihr den Endspurt beim Schreiben definitiv erleichtert hatten.

Und ein besonderes Geschenk war es darüber hinaus, dass ich seit einiger Zeit wieder Gäste aus dem Theater bei mir im Café antraf. Ich versorgte das Ensemble und alle anderen Menschen, die an den Produktionen beteiligt waren, während der Proben und nach der Premiere, vor und nach ihren Aufführungen.

An Theaterabenden half Birdie manchmal hier im Café aus, obwohl ihre Hilfe in letzter Zeit weniger nötig geworden war, seit ich für den späten Nachmittag und Abend eigenes Personal gefunden hatte. Junge Leute, die ein bisschen so wie ich in den vergangenen zehn Jahren waren: unbekümmert, offen dafür, was das Leben ihnen anzubieten hatte, vollkommen unbeeindruckt davon, dass ihr Arbeitstag eigentlich erst dann begann, wenn andere Leute nach Hause gingen.

Birdie und Olly lachten immer ein wenig über meine „Klone“, wie sie sie nannten, aber niemand von ihnen wusste tatsächlich, wie wichtig es war, dass jemand wie ich diesen Leuten eine Möglichkeit gab, zumindest einen Anflug von Routine zu gewinnen. Und das gab mir ein gutes Gefühl.

So wie es mir ein gutes Gefühl gab, dieses Abenteuer im Café hier mit Birdie zu teilen. Und sie ihr Projekt „Boden unter den Füßen" mit mir teilte. Kurioserweise war ich es mittlerweile, der unser Leben noch weiter miteinander verbinden wollte – und Birdie, der ich immer unterstellt hatte, auf gewisse Beziehungsmeilensteine abzuzielen, war diejenige, die all meine Bemühungen derweil noch abbremste. So fügte ich mich und akzeptierte, dass wir weiterhin getrennt arbeiteten und wohnten, obwohl wir uns wirklich täglich in irgendeiner unserer Wohnungen oder an irgendeinem unserer Arbeitsplätze trafen.

Birdies Suche nach dem „Boden unter den Füßen" verlief also planmäßig und sogar die Stimmung zwischen ihren Eltern und ihr hatte sich wieder mehr oder weniger entspannt. Ich behauptete ja, dass dies an einem besonders exzellenten Marillenschnaps, der mir im Vorjahr gelungen war und den wir an einem langen, langen Abend mit Birdies Eltern ausgiebig verkostet hatten, lag, aber Birdie lachte darüber immer nur.

Apropos Schnaps: Von Fred und Eliza gab es noch zu berichten, dass die beiden sich gerade auf ihre Hochzeit vorbereiteten. Und das hatten die zwei doch tatsächlich ganz ohne Einfluss von Birnenschnaps beschlossen.

Als das Tageslicht vor dem Café langsam abendlich wurde und die Abendschicht an Fahrt aufnahm, hing Birdie ihr Fahrrad an den Fahrradständer vor dem Nebenhaus, winkte zur Tür herein, blieb aber noch bei den beiden Frauen stehen, die auf einer der Bänke vor der Auslage Platz genommen hatten. Birdies Gesicht hatte diesen kühlen Gesichtsausdruck angenommen, den sie eigentlich nur mehr selten zeigte. Diese herablassende Schutzschicht, die sie während ihres ersten Sommers im *Endlich satt* fast zur Gänze abgelegt hatte.

Ich beobachtete das Gespräch aus der Distanz und wollte mich – irritiert von Birdies Gesichtsausdruck – gerade einmischen, als sie sich schließlich mit einem Nicken von den beiden verabschiedete und sich endlich wieder mit einem Lächeln zu mir wandte.

Ich begrüßte sie mit einer Umarmung, die sie eine Spur länger hielt als üblicherweise.

„Hi", murmelte Birdie in meinen Nacken. „Das sind Vroni und Phoebe da draußen", murmelte sie weiter und ich kramte in meiner Erinnerung, warum mir die beiden Namen bekannt vorkamen, aber mir fiel nichts dazu ein.

„Ich weiß nicht, wer das ist", sagte ich leise, hielt Birdie weiterhin fest, genoss die Wärme ihres Körpers.

„Die beiden, die damals mit Rafa …", sagte sie und lehnte sich seufzend zurück. „Wonach mir die Kreditkarten gesperrt worden … – ach!", sie unterbrach sich selbst. „Ich werde schon bei der Erinnerung an damals ganz müde! Was war doch das Leben anders!"

„Gut anders?", fragte ich augenzwinkernd, obwohl ich die Antwort kannte.

Birdie schüttelte empört den Kopf.

„Anders anders", antwortete sie und lächelte. „Gut anders ist es jetzt."

Ich küsste sie zärtlich und umarmte sie noch einmal.

„Ich mag unser gut-anderes Leben“, flüsterte ich in ihr Ohr. „Und dich.“

„So ein Glück!“, antwortete Birdie und lachte auf. „Ich mag das auch.“ Sie grinste. „Und dich.“

*** ENDE ***

Über Katrina Verde

Katrina Verde schreibt unterhaltsame Liebesromane mit gutem Geschmack. Ihre Geschichten drehen sich ums Essen, um den Genuss - und natürlich um die große Liebe mit Happy End.

Ob in den steirischen Weinbergen oder nahe der Wiener Innenstadt, die Hauptdarsteller*innen in Katrinas Büchern finden ihr Glück in kleinen Gesten, guten Freundschaften und zahlreichen Wohlfühlmomenten. Katrina behandelt die großen Fragen zwischenmenschlicher Beziehungen. Aber auch Fußball. Oder den Klimaschutz. Jedenfalls aber immer auch die Schönheiten der Jahreszeiten und die Sinnlichkeit des kleinen Moments.

Katrina ist selbst stets in Bewegung, immer auf der Suche nach der Magie zufälliger Begegnungen - und gutem Kuchen. Man findet sie daher häufig in der Weststeiermark. Oder in Wien. Und auch hier: www.katrinaverde.at